外国文学的盛宴

心灵的阅读

尚书房

难得聪明

野　莽◎著

地震出版社
Seismological Press

图书在版编目（CIP）数据

难得聪明 / 野莽著．—北京：地震出版社，2014.3
（名家文丛）
ISBN 978-7-5028-4376-2

Ⅰ．①难…　Ⅱ．①野…　Ⅲ．①随笔－作品集－中国－当代
Ⅳ．①I267.1

中国版本图书馆 CIP 数据核字（2013）第 301286 号

地震版　XM3065

难得聪明
野　莽　著
责任编辑：赵月华
责任校对：孔景宽　凌　樱

出版发行：地震出版社
北京民族学院南路 9 号　　邮编：100081
发行部：68423031　68467993　　传真：88421706
门市部：68467991　　传真：68467991
总编室：68462709　68721982　　传真：68455221
E-mail：seis@mailbox.rol.cn.net
http：//www.dzpress.com.cn
经销：全国各地新华书店
印刷：北京振兴源印务有限公司

版（印）次：2014 年 3 月第一版　2014 年 3 月第一次印刷
开本：710×1000　1/16
字数：229 千字
印张：17
书号：ISBN 978-7-5028-4376-2/I（5066）
定价：32.00 元

目录

中药与智齿

入秋以后，牙齿突然地疼起来，俗话说牙齿疼不是病，疼起来要人命。去看牙科专家，专家号召赶紧拔了，成语叫作除恶务尽。我想起一位春城的朋友，马上要坐飞机来京与我晤面，牙齿拔了十天才能安装新的，在这新旧不能交替的日子里，吃饭说话都会失去往日的潇洒，我便一手捂嘴，一手拨电话征求他的意见。这位朋友复姓欧阳，名叫常贵，贵在友情如春城之花常在，他一听就在电话那头厉声大叫，千万别拔！我说不拔就让它要命地疼我吗？他说你去拿支笔，拿张纸，听我说一味，你记一味，记完了，去药铺里抓三服药，吃了就好。我说右上方最里边有一颗牙，已经高出其他牙齿一厘多米，都摇摇欲坠了，要能吃好才是出奇！他说别管，那是智齿，吃了它还会缩回去。

常贵有异人相，正值耳顺之年，会八段锦，精养生术，每日睡前以五指张开如猪悟能先生的钉耙，倒推发根数遍，一头黑发美如少女。我一边不相信世上还有这等奇迹，一边却又矛盾地相信他，遂消消极极取了纸笔，登记他从遥远处报来的药名。如下：当归 10 克，丹皮 10 克，生地 12 克，细辛 3 克，白芷 10 克，荆芥 10 克，防风 8 克，生石膏 16 克，青皮 10 克，大黄 6 克，枳实 6 克。常贵叮嘱，其中有一味具毒性，不可单吃，亦不可过量。

我用红色的圆珠笔，记在白色的复印纸上，怀疑没有坐堂医生的处方笺，药铺会不会抓给我。居然不用怀疑，女司药一把夺过我的药方，伸手就抓，我问哪一味具毒性。她说细辛，我问三服中的三个 3 克加在一起能毒死人吗？她说也毒不死，我问若是有人作案，陆续抓够十服，十个 3 克加在一起能毒死人吗？她说这当然能毒死了，但是他要抓去毒人，我们也防不住。

回家我用煲汤的砂锅，在煤气灶上熬了药喝，其味辛苦涩麻，难咽之极。连喝三服，喝完之后，奇迹发生，牙齿果然就不疼了，那颗高出一厘多米的智齿也果然缩了回去。为了检验它的坚固，当即我咬了一个核桃，咔嚓一响，核壳破了，牙齿没掉。

我想起鲁迅，老先生无论思想，还是文学，都伟大得没有话说，可惜他仇视京剧和中医，使之失人并且误己。盖因绍兴著名的中医，用“经霜三年的甘蔗、原配蟋蟀一对、败鼓皮丸之类稀奇古怪的中药”，治死了他的患水肿病的父亲，他便认定，“中医不过是一种有意的或无意的骗子”，“虽然有人说是玄妙无穷，内科尤为独步，我可总是不相信。”于是，他的一生也未曾吞服过中国的那碗黑药汤。

对于到了肝癌晚期，宁死也不喝中药的孙中山，他简直是引以为知己：“那时新闻上有一条琐载，不下于他一生革命事业地感动过我，据说当西医已经束手的时候，有人主张服中国药了；但中山先生不赞成，以为中国的药品固然也是有效的，诊断的知识却缺如。不能诊断，如何用药？毋须服。人当濒危之际，大抵是什么也肯尝试的，而他对于自己的生命，也仍有这样分明的理智和坚定的意志。”

无书记载，先生那一嘴焦黄的牙齿，是否因烟草和愤怒和战斗而疼痛，而拔除，后世人只能确认，这位一个胞弟活了 80 多岁，一个胞弟活了 90 多岁，自己则只活了 55 岁的全人类最坚贞的战士，最后他是死于西医，死于那位后来竟然莫名失踪的德日派的须藤医生。

当夜我蓄意翻开《辞海》，查到智齿一词，立志要弄清这个可恶的东西智在何处。然而无此注释，只说它是恒牙中最后萌生的牙，最晚长到 22 岁。我的耳边冒出一首遥远的儿歌，老头今年八十八，先长胡子后长牙。本意是说玉米，却也适于智齿，因为22岁的小青年，嘴唇上已开始萌生毛茸茸的小黑胡了。

我想不通，抑或叫气不顺，颇觉脚下这个世界的荒唐不公，中药长得不好看，偏能治病，智齿名字取得美，却没有用。它不仅谈不上智，而且也谈不上勇，既不能像板牙一样嚼饭，又不能像门牙一样关风，只会躲在嘴洞最里边的一个角落里，别个都出来了它还不出来。即便若干年后终于现身，也如一个混吃粮饷的机构，一个滥竽充数的人，有它不多，没它不少，有它还不如没它好。然而，恰恰是这个无智、无勇、无用、无耻的混账东西，往往能把一个个有为的好人往死里折磨，你说怪也不怪！

父母官和好儿子

每听人称地方官为父母官，心里就想追查一下到底是谁先这么叫的，是父母官本人呢还是他们的子民？叫者中未尝没有白胡苍须的老爷子，满脸打皱的老太太，他们的年龄都一大把了，儿孙都一大群了（那时的父母官没有要他们计划生育），嘴巴里的牙齿都掉得不关风了，从里面发出的父母官这三个字的音来，好像是“无母官”。

但是父母官听着还是很舒服的，无母官就无母官，只要是个官就行。天长地久，习以为常，父母官们都喜欢在群众大会上这么亲切地作报告了，诸如身为百姓的父母官，我们一定要怎么怎么，云云。

从当代人中已追不出个结果了，追出来也会没人认账，只好从古代去找依据。古时被称为父母官的一般是七品县令，即社会最基层的芝麻官。如此相称，是说明这一级别的官员的重要性，他可以赐人衣食，而赐人衣食者，唯父母也，父母官一词大约就是这么来的。于是某朝某代某方土地如出了一位好官，必有秀才提笔赋文，抑扬顿挫，满怀真情，以爱民如子颂之。

但是这个发明是不科学、不理性、不系统的，因为再往上去，比父母官辈分还高的官又没有照此类推地称呼了，如称府官为祖父祖母官，称毕恭毕敬站在皇帝殿前的官为太祖父太祖母官，这样称起来还会惹出麻烦。同时也许还有一个原因，即上面的官虽大却管不着地方的事，从这点看还不及小小县官，因此索性就不称了，老百姓得罪不起的是顶头上司，山高皇帝远，大官反而不怕。

其实从古至今，子民耕田得食，种棉得衣，即使不事农桑，也必然是靠一点什么专业而养活自己以及家人，反倒父母官的锦衣玉食是子民所贡，不把老百姓的衣裳扒下来穿在自己身上，不把老百姓的食物抢过来吃进自己肚里，已经算是一个好官，可以得到一面鲜红的锦旗了，子民很少还有更大的奢望。可惜这么一个简单的道理，历经了多少个朝代，直到现在还被颠倒着，实在是父母官的教育有方，子民们的通情达理。

所谓父母官者，自然也是父精母血，孕育而生，假使父母官的父母见儿子长大后在一方做官，自己为了免去做儿子的子民的分儿，就把官做到另一方，或是水涨船高地升到府上乃至殿前，分别去当他人的父母，那实在是一件天大的好事。然而只因人是长在地上的，天大的好事并不太多，现实中的一般情况则是父母官的父母多在自己的辖区之内，因此如果按照规矩，其父母也得如万民一样称儿子为父母了。这样一来，本意是努力维持封建时代官民秩序的父母官，结果反而导致了纲常大乱，伦理全无。

目前自称父母官的地方官中，父官占多，母官却少，考其究竟，似乎仍和封建有关。当然这现象并不仅仅说明中国的社会仍然是男尊女卑，男强女弱，却还可以从另一方面进行考证。因为身为父母，毕竟肩负着哺养儿女的责任，而过去当爹的绝大多数抛家不顾，在家时只管苦读，在外面只管求官，为了风云气长，只好儿女情短，全然不像今天的模范丈夫和优秀家长，唯有当娘的坚持为儿女喂奶，屎一把尿一把地把儿子拉扯长大，再去读书求官。

这种分工，我们从无数的京剧故事中看得一清二楚。此风残延至今，母官虽有了零的突破，但仍成不了滚滚主流，为母的只长了两只乳房，喂自己的一双儿女还可以，若要负责一方的子民，那就难了，这便是古来绝无母官而今母官仍少的原因。现在的情况正在向好处发展着，但是因为要把精力放在一方子民的身上，肯负责任的母官离婚率高。

直到小平同志逝世，自称父母官的人才开始有点不好意思。当惯了子民的老百姓也才突然发现了一个问题，因为讣告中称小平同志是人民的好儿子，那么一个是人民的父母，一个却是人民的儿子，彼此之间竟有上下三代之别。当别人的父母干吗呢？吃了别人的饭，给别人干点活，这都是合情合理天经地义的事情，小小县令以后不好称呼，可以学京剧《智取威虎山》里的那个说法，叫老乡，叫同志，这样最好。

此外还有一个说法我很同意，从电视里看到某记者采访一位东北的人大代表，问他何为父母官，人大代表说，那个官字写错了，上面有个竹头，应该叫父母管。

想起人鬼和他的妻

刚刚在电视里面看到，北京市平谷区的一个中年妇女，丈夫在家瘫痪多年，没人种地，没钱买粮，看病吃药更不必说。妇女的娘家要给她另找一个丈夫，现有的丈夫知道了就要用刀子杀死自己，这个善良而无良策的妻子既想自己生存，又不想丈夫毁灭，就让娘家对那个要娶她的男人说，她愿意嫁给他，但是有一个条件，她要带着她的丈夫一道跟他过日子。那个男人开始没有答应，后来又答应了，于是他就成了这个带着第一个丈夫出嫁的妻子的第二个丈夫。

这个故事是在北京电视台的真情互动栏目播出的，年轻的女主持人脸上泪光点点，好几次对着镜头用手去抹眼睛。同样的故事还有一个，是不久前在中央电视台著名的实话实说栏目里，一个用自己的力气和厚道养活着妻子和她残疾前夫的农村壮小伙子，当他用当地土话说起她给他也生了一个胖娃娃的时候，面对全国亿万观众，他的脸上笑开了花。

除了跟节目主持人一样感动，除了跟全国观众一样叹息，我总觉得正常人还应有些正常的思考。这里面有一个比较重要的问题，电视里的主持人没有问，诉说人也没有说，可能觉得这是当事人最后的一点隐私，应该给予保留，那就是当这位妻子嫁给第二个丈夫之后，她的第一个丈夫以后还是不是她的丈夫，如果还是，第二个丈夫的心里会不会也感到不满？如果不是，第一个丈夫心里会不会也觉得难受？而无论是与不是，这位身边有着两个丈夫的妻子饮食生活是解决了，但是她的性生活又是怎样解决的呢？

盛赞第二个丈夫们的大公无私，助人为乐，这种未免功利的做法是不严肃的，也是不真实的。促成他们做出如此决定的最本质的原因，乃是他们经济与择偶上的双重贫困，因为我们通过北京平谷的那位妻子的诉说，看见那位后来成了她第二个丈夫的男人“开始没有答应，后来又答应了”的矛盾犹豫的表情，以及那种表情下面的沉重心理，得知他们何尝不想娶到一个全心全意爱着他的独身女人。是现实修改了他们的一厢情愿，他们方才有此下策。

上个世纪的30年代，被国民党枪杀了的青年作家柔石，曾经写过一篇著名的小说，名字叫作《人鬼和他的妻的故事》，那篇小说几乎就是70年后的真情互动和实话实说。同样是两个丈夫一个妻子，同样是由于贫困被迫组合，作品的调子却远不是今天的这种强颜欢笑，喜从中来。他把那个夜晚将自己蜷缩成一团，睡在一个床角听着妻子与别的男人性交的丈夫叫作人鬼，可以想见，若是换了柔石来做实话实说栏目的主持人，那两个丈夫和一个妻子说出的实话可能又是另一个版本了。时代的确是在向前发展的，然而人类的生活方式总不会随着这种发展，反而退回到群婚和母系社会吧。

作家们愿意听到这样的故事，这里的道理就是不说，喜欢看传奇小说的读者也会知道。不过在现实生活中这样的故事最好别老是发生，万一不幸而发生了，面对整个世界的电视传媒也别认为只能这么解决和这种办法最好。我们的社会，我们的政府，我们的残疾人协会和有关妇女组织，总应该有个更加符合人性、更加符合人伦的创意才对。

怀念一种古代的刑法

有一次，我问一个曾经做过贼的年轻人，我说奇了怪了，你这样的人为什么也想加入组织呢？那天他喝了酒，脸红红的，就把嘴凑近我的耳朵说，我就实话对你说了吧，我是想万一出了事，把我开除了我还是一个普通人，而普通人出了事没有什么东西可以开除，一下子就完蛋了，这就像冬天穿衣服，多一件不是比少一件好吗？这个年轻人现在已经不主动去掏别人口袋里的东西了，他成了一家招摇撞骗公司的总经理，改为让别人主动把口袋里的东西掏出来给他。我觉得这人很会思考问题，也会表达，关于衣服的比喻可以说是惟妙惟肖。如果不把精力用去做贼和骗子，将来可能在哲学上还有一些作为。

还有一次，一个贪官问我最近一段日子过得怎么样，我回答说挺好的，在家读读书，写写文章，自由自在的比你们都舒服。他望着我的眼睛表示好笑，说我是阿 Q 的精神胜利法，吴妈不跟我睡觉我就说吴妈脚太大。贪官说你不妨这样地想一想，我在位时把想要的东西都要到了，有一天实在要不到了再像你那样也不迟啊，这社会是一个一个的台阶组成的你懂不懂？我一不小心从上一层台阶落了马，滚到下一层台阶不还是在你的前面吗？这位贪官思考问题的水平，与那个酒后吐真言的贼旗鼓相当，他们的思维方式几乎是一样的，因为他们是一对孪生的兄弟。

我就在想，情况或许就是这样。小偷偷了别人的钱，贪官贪了别人的财，手脚利索的一拍屁股早就跑了，剩下几个手脚不利索的倒霉蛋偶尔被捉，如果是前者，过去是挨事主一顿饱打，现在是法制社会，改成在电视里曝一个光就行了；而如果是后者，则从古到今连打也不挨，光也不曝，即便是曝也会出于对其肖像权的保护，用马赛克的技术将他一张无耻的厚脸模糊成一团谁都不认识的肉，接下去再适当地给他一点类似开除党籍、撤销职务的小惩罚，从一个官员降为一个无职无权的普通人。想一想贼和贪官说过的话，真是精辟极了，他们万一落马还相当于一个安分守己的普通人，而一个安分守己的普通人却相当于每天都在贪污和盗窃。

贼和贪官不幸东窗事发之后，至少也有一个普通人保底，这是一件很安全、很幸福的事情。这种安全和幸福培养着越来越多的贼和贪官，使他们雨后春笋一般，野火春风一般，成长和再生于我们这个有社会主义特色的中国。这是他们的福气，也是我们的悲哀。书生们在一起的时候，经常议论着要给上级主管部门献一个计，为了便于识别，不要让他们落在普通人的这个台阶，让这些干过坏事的人跟没有干过坏事的人在形式上有一些区别，教人一眼就能看个底儿穿。如果觉得鲁迅先生说的痛打落水狗残酷了一点儿，那我们可以不打他们，我们绕着他们走，不再听他们说假话骗人，不再让现金和税款落在他们的手里该可以吧？

书生们寄希望于未来的科学，但凡是贪官和贼向人走来，远远地脸上就发出一道白光，让人在心理和行为上有所准备。在白光时代到来之前，另一种设想是学习古代的一种刑法，在他们的脸上也刻上字，是贼就刻贼，是贪官就刻贪官。这样一是能够起到一个档案的作用，相当于一张公开而且流动的履历表；二是使他们终于感到了诸多的不便，回家告诉自己的儿子，长大以后万万不要再这样了。

但是这个设想很快被推翻了，理由是这些人的钱多，长年累月的贪污盗窃，已经拥有了一定的资金积累，他们会花钱请高级美容师把脸上的字去掉。甚至用现代高科技的手段，给自己索性换一张人造脸，看着比谁都严肃正派，更像是一个真正的马克思主义者。

中国人喜欢皇帝

直到现在，直到我写这篇文章的时候，不信你打开电视机，保证你立马就能看见，要么是一些头戴一顶斗笠似的红缨帽子，背后搭着一根大辫子的男人，一条腿跪在地上垂着脑袋对皇上说“嗻”，要么是一些头上顶着一块牌子的妖冶女子，紧紧地围绕在皇上周围打情骂俏。或者还有另一种角色，文人朋友看了可能有点儿不是滋味，一个名叫纪晓岚的才子像个宠物一样，一天到晚跟在皇上屁股后面为他逗闷子，为此有时还跟另一个宠物争风吃醋，似乎他们拿的就是这份工资，干的就是这份活儿。

这种影视片是什么时候开始风靡全国的，现在已经记不清了，反正是一集一集，续了再续，居然能够经营若干年头。但是你还不能说编剧和导演的坏话，中国的很多观众都喜欢看，这是市场经济，你就没有办法了，中国人喜欢皇上，喜欢看皇上搞女人，喜欢看皇上玩文人，喜欢看皇上一不高兴就杀他手下的人。有人甚至后悔没有生活在那个朝代，是男人就戴着一顶斗笠，搭着一根辫子，跪在那里给皇上磕头，是女人就顶着一块牌子，站在那里给皇上扇风，若是还有一点儿小才华，跟皇上对个对联什么的不也挺有意思的吗？

风流皇上一时性起，在下面搞了人家民女，受害者暗结珠胎，私生龙种，作案人早把这事忘了个干净。民女却整日感念浩荡皇恩，死而无怨，民女的女儿继续投靠皇上，万苦千辛，拼死也要得到皇帝老子的承认。这个故事伴随着21世纪春天的到来，让多少人感动得流下了热泪。中国的观众喜欢看，乃是由于编剧编得好，导演导得好，演员演得好，因为事关皇上，所以非同儿戏，大家都得带着强烈的感情，把吃奶的劲儿都使出来。在一部一部的皇上戏中，皇上小时候都聪明绝顶，虽说生下地的第一声啼哭不是音乐与诗，但起码也比老百姓傻儿子的破喉咙里发出来的好听。少年登基，文治武功，管理国家的水平比布什还高，满朝老臣竟没有一个比得上他，只配撅着宽屁股喊吾皇万岁。而且老了也不糊涂，哲语警句，都在他临终之时脱口而出。

中国人看皇上戏的潜意识中，其实是想过一次皇上的瘾，与其南柯一梦当了太守，何如金銮一游做个皇上。看皇上戏，同时还可以看服饰展览，美女大赛，神州旖旎春色，稀世古玩鉴赏，看杀人，看灭族的威风，看一夫百妻的痛快和淋漓。而这所有，都是在老百姓戏中看不到的。甚至爱屋及乌，由喜欢皇上到喜欢扮演皇上的人，由喜欢扮演皇上的人到喜欢与扮演皇上的人发生一点暧昧绯闻。

话说去年有一位爱好写作的天府女子，鼓捣了一本什么破书，签售时不请作家助阵，却鬼使神差去请一个扮演皇上的人。据她所言，那个皇上要她先按圈儿里的规矩办事，在她宾馆床前坐到天色将明，她也没按那个规矩办那个事。结果皇上走了，她就在网上发布皇上的新闻。皇上一怒之下，将她告到法庭，害她赔了皇上一万块钱。可惜这个喜欢皇上的天府女子，运气不如紫薇和小燕子，身未败而名先裂，赔钱赔脸，可算是吃了皇上一个大亏。

二十一世纪看点什么

瞻望了新世纪的吃喝拉撒，继而还可以瞻望一下别的有关方面。官员们的精神生活是丰富多彩的，因为有很大的权力场可供驰骋。咱老百姓相比之下就简单多了，呼呼噜噜忙了一天，晚上吃饱肚子洗个热水澡，坐在那里找点儿小乐子就行。可以打几圈儿麻将牌，但是最好不要跟钱沾边儿，也可以跳一跳迪斯科，但是最好不要跳着跳着跳到歪门斜道上去了。咱老百姓要学好，不要学那些贪官污吏，人家搞出了问题以后再搞注意就是，而老百姓却得垂头丧气地进到局子里面待着，不多交些钱还不能出来。

别说当前，就是过去在我们的封建社会里，吃喝嫖赌都是本分百姓的大忌，一挨上这四个臭字，没老婆的找不到老婆，有老婆的也会痛失老婆。现在生活水平提高了，政策也因之放宽了，吃喝已得到了社会的默认，只要它不是海洛因，这就还剩下嫖赌是永远的禁区。那么咱老百姓晚上干点子什么好呢？根据抽样调查，绝大部分是看电视。

自从西方人发明电视以后，中国人的夜生活也有了一定的改变。过去是听评书，话说天下之势，分久必合，合久必分；或者是听京剧，包龙图打坐在开封府，如何如何。而现在大幅度地改为看电视了。电视这玩意儿先进，潘多拉的匣子似的，要什么它出来什么，电视连续剧，歌舞相声小品晚会，综艺大观，世界杯足球赛，实话实说，欢乐总动员，接着还出来个给人做媒的玫瑰之约一类节目。

咱老百姓乐了，咱老百姓是很容易乐的，知足常乐嘛，干吗不乐呢，赵本山演的那个东北口音的小品，干部作风最后不是好转了吗？他们真像公仆一样把一个赶马车的老头儿抬在肩上，嘿唷嘿唷地走出了演播大厅。咱老百姓的眼泪都流了出来，一半是笑的，另一半是感动。正幸福着，有人说焦点访谈要开始了，只听咔吧一响，观众十有八九都把台给换了。咱老百姓更喜欢看焦点访谈，因为那里面访的谈的，大多数是大家关注的焦点。

这个节目的确是好，好在几乎每期都有一个故事，从听评书过来的咱老百姓又是忒喜欢听故事的。最近的一期大家势必都看到了，访的是一家歌厅，谈的是一个局长，故事梗概是这个局长某天喝了三斤多白酒，晚上不幸醉倒在歌厅里，可恨的三陪女郎嫌他酒气熏天，没有忠于职守，致使他一命呜呼。局长夫人闻讯大怒，状告这家万恶的歌厅，歌厅女老板吓得慌忙自杀，以百姓之躯殉了鬼官。看电视的百姓观众愤怒了，这是他妈的什么世道啊，国家不给他报销酒钱和舞票，叫他哪里有钱去寻欢作乐，每月发他的工资只够付三陪女郎一夜的小费，花完了就让他喝西北风去！多么可爱的咱老百姓啊，急得像热锅上的一群小蚂蚁似的，要积极帮助政府查找事故的原因，最后一致认为，问题是出在会计和出纳的身上。

这样想当然是有道理，只不过却没有进一步地想到，会计和出纳是可以随时撤换的。似乎是为了呼应这一次的电视焦点，某报纸上又登出了另一个局长，说他嫖完妓后一手系裤，一手向被嫖者索要发票，于是就引出一个类似卖油郎的愣小子，噗的一刀把他给捅了。单位下属闻知局长遇难，沉痛哀悼之余，宣布他为因公外出牺牲。那张用生命交换的发票想必没有到手，不然肯定报销无疑。故事发展到这里，咱老百姓的心里不知道是喜少于怒，还是哀大于乐，焦点访谈得继续地看下去，一心想看出一个结果。

然而所期待的结果好像是没有的，下一个夜晚洗过热水脚后，焦点访谈一定会转入下一个故事，而将昨天的新闻装进历史，咱老百姓每天都被电视牵着鼻子，不停地发表新的议论，一任旧的悲剧随风飘去。久而久之，天下最有耐心的咱中国老百姓表示失望了，忽然发觉这个过去那么爱看的节目，原来竟和说评书差不多，区别是穿西装坐着讲，不用惊堂木，开篇不说书接上回，结尾不说且听下回分解，书中也没有那种令人痛快淋漓击节叫好的段子，如“说时迟那时快，只见那王朝马汉抬出虎头铡，咔嚓一声……”

21 世纪的焦点访谈，应该像人和人喂养的动物一样长大一岁，如果这样的话，咱老百姓们晚上没事还会打开看看，说书便说书，咱老百姓想来想去也想通了，世上既然有书，有人说总比没人说好。但有一个总的要求，希望每个故事都有始有终，等到“下期节目咱们再见”的时候，别忘了说那类依然健在的局长，以及比局长更大的官儿，目前是不是还在喝酒。

潘匣里的名嘴

正说着易中天，就听得易粉前来敲门，邻居是一对翻译家，退伍之后，在家一个编英汉大词典，一个弹献给爱丽丝。老太太此次造访，两个眼圈儿是粉红色的，语不成声，她说你看了吗你看了吗？那个中央电视台的名嘴太恶毒了！我请她进来坐下，慢慢地说，谁是名嘴，对谁恶毒，她说是那个姓王的对易中天，恶毒得让她不忍卒睹！

邻居老太太说，易中天跟你是师生校友，你打电话告诉他，不要接受那人的采访，人家是设局而来！又说你为什么不写一篇文章，痛骂一顿那个姓王的！

一个极其平庸的电视节目主持人，何时竟也成了名嘴，这话令我一阵难过。我不由得细看此人，除了下嘴唇比常人超出些许厘米以外，此嘴不知名在哪里，从嘴里出来的东西既无文化，也欠思想，仅仅仗着是在每家一个的四方匣子里上班点卯，按照编导事先订好的提纲，幼儿园的小朋友一样向男女明星们提出问题，这样的名嘴大马路上哪里不能捡到几张。邻居老太太说他两眼放出凶光，逼问着易中天，你把孙权称为孙帅哥，三国时代有这个说法吗？易中天一脸不屑，付之冷笑，回答说若是不能接受他的演讲风格，那么可以发动全国观众把他轰下台去，王名嘴终于沉不住气了，愤然喊道，并不是没有那个可能！

其实这事要怨，也只能怨易中天，怨他日前已经名副其实的如日中天，君不见网上易粉们悬出的对联，颇似一则征婚广告，上联是“生子当如孙仲谋”，下联是“嫁人应像易中天”。都是堂堂五尺须眉，有人紧俏到了如此地步，上海人斥资 180 万买走的仅是他的一部书稿，另外有人就得急眼了，妈妈的，和尚红得我红不得？我不红能让你红得成吗？于是发一声喊，将易帅哥团团围在核心，用一张张气汹汹的帖子去砸烂他的狗头，看他葫芦里究竟装有多少汉代风云人物。

我告诉邻居老太太，无论王主持有多么的恶毒，易中天都一定要拍马应战，不然的话，会被说成心虚胆怯，从而坏了自己的一世英名。又想起八旬老翁徐迟，跳楼之前，曾把电视比作放出魔鬼的潘多拉匣子，誓不观看。如今正是有了这些匣中魔鬼，使一些不学无术的江湖混混儿，居然混出名嘴的称号。但是不必担心，也无须我写文章，据我 20 年前所知，凭着易帅哥的一张利嘴，仅出一人，足以挡住打上门来的千军万马。

许多人都不会晓得，20 年前易中天在珞珈山上的演讲，比今天在百家讲坛里要绝妙得多。并非是人活着活着，反倒又活转去了，而是那个潘多拉匣子的多种禁忌，还有王名嘴们的可笑发难，毕竟限制了一位风流倜傥的思想者，聪明未可露尽，他还有诸多的学术异端，命中注定，只会笑对三两知己。

而今我谓昆仑，不要这样，倒易英雄若有略微的志气，莫如自己跳上讲坛，唱念做打，滔滔雄辩，使出一套更加先进的手段，将那可妒的老帅哥打下擂台，切勿只会在那遥远的地方嗖嗖射箭。公平竞争的世界，无论文武，都应该是这样的。

关于焦大爱谁

鲁迅先生喜欢贾府的焦大，夸奖他有骨气，不爱林妹妹。初听这话，着实有点儿大快人心，觉得这焦大给咱老百姓争了一回面子，但再一想，便怀疑鲁迅先生恰恰把话给说反了，恐怕不是焦大不爱林妹妹，而是林妹妹不爱焦大。天上掉下个林妹妹，多么冰清玉洁的鬘儿，连宝玉一天不见到她，都急得扯下脖子上的宝贝石头往地上摔，一个嘴里被人塞过马粪的老看家奴，怎么也不会清高到那种程度。林妹妹的身上固然有很多的缺点，但那张小脸蛋儿毕竟要比刘姥姥耐看得多。

如果不是人为地拔高焦大，本着世人爱美的天性，焦大是不应该瞧不起林妹妹的，实在硬要说是不爱，那只能是因为没有足够的银子，天天给她抓中药吃，也没时间用手帕轻轻拭去她腮上的香泪，赌咒说要是骗了她，自己就变成一个大老龟。同时最要命的是，一个大老粗不会整天坐在园子里和潇湘妃子做咏菊诗，“满纸自怜题素怨，片言谁解诉秋心”，一旦上述的这些问题得到了解决，林妹妹又因焦大先生的精诚所至，撇开他的相貌不论，只重点去爱他的心灵美，根据辩证唯物主义的法则，世上的任何矛盾都可以转化，说不定他们两人是可以结婚的。

或者，我们姑且再想，假若在美丽的大观园里，也开展一场轰轰烈烈的无产阶级“文化大革命”，你看他焦大爱不爱林妹妹呢？他会爱的，而且不仅是爱这一个，连栊翠庵修行的妙玉，也有可能被他不管三七二十一地扛去困觉。无数生动鲜明的事例，证明在漂亮女人的问题上，没有任何的阶级性可讲。

20世纪末叶，一些靠养鳖养乌龟发了横财的土老板，怀里揣些总裁之类的名片，特地乘坐飞机，来到美女如云的大都市，专门招聘女研究生做他的秘书。从这些典例可以看出，贾府的焦大如果在有条件的前提下，断不会听鲁迅先生的话。

《红楼梦》里没写焦大娶没娶老婆，曹雪芹把这一点儿给疏忽了，只说他在他年轻时跟着太爷出过三四回兵，从死人堆里把太爷背出来，偷东西给太爷吃，自己饿着，得半碗水给太爷喝，自己喝马尿。我想他仗着这些资本，在革命胜利以后，如果过去没有老婆，定会娶个美娇娘，如果过去有老婆，定会把过去的老婆踹了，也重娶一个美娇娘。人非圣贤，这样的典例同样不少。

最近忽然听说了一桩奇闻，想起来就毛骨悚然。杭州西子湖畔的某女子，年方18，国色天姿，却卖给一个50多岁的老独眼龙。邻居乡党正把两眼瞪得血红，惊羡这位独眼新郎的艳福，不料福兮祸之所伏，一个月黑之夜，西湖女用一把锋快的王麻子剪刀，刺进了睡梦中的丈夫的咽喉，将他的存折以及所有值钱的东西，一口袋给背起走了。案子自然是很快破了，凶手也自然是很快赴了刑场，但是这其中的教训，仍没引起人们全面的注意。

人们都一片声地谴责杀人的人太心狠手辣，却不埋怨被杀的人是个老糊涂蛋。想一想看，子曰，五十而知天命，你且扳着指头算算，你都五十过了，除了天命，应该连人命都知道了，但你却鬼迷心窍，一脚踹掉忠心耿耿的老黄脸婆，让一个居心叵测的小西施打入洞房，把吴王夫差犯过的错误重犯一遍。你怎么就不明白，你又老，又丑，身子骨又不灵便，力比多也不多了，说到底你的唯一亮点，无非是坑蒙拐骗挣了几个狗卵子钱，人家18岁的妙龄女子，究竟是爱你的什么东西？

当然，我们不是说西湖女杀人无罪，不是说林妹妹做了焦大的老婆之后，那爱喝酒的老爷子也会有什么血光之灾。我们只是想说，世上所有的男人都可以爱所有的女人，世上所有的女人都可以爱所有的男人，但是要想爱情和生命都取得保险，至少得坚持一项基本原则，那就是一定要有本身的东西被人所爱，不能为了价值不高的假的爱情，而把诚可贵的真的生命丢了。钱是不可靠的，官儿也是不可靠的，像贾府焦大那样的二百五，一喝醉了酒就骂人家扒灰养小叔子，即便改朝换代，让资产阶级的林妹妹嫁给了他，到头来心里也是没有爱的。

模仿秀

晚报上登出一个消息，有一条调皮的狗，每天清早模仿它的邻居鸡叫，鸡叫一声，狗叫一声，叫声惟妙惟肖，几乎可以乱真。主人初觉有趣，后来每天如此，把鸡吓得满院乱飞，以为来了妖怪，于是就讨厌了，终于将它赐死。

这真是一个悲剧，从性质上看，这条狗其实是一个有才华的艺术家，如果生而为人，是可以玩口技，说相声，演小品，一炮走红，上杂志封面，大街上被少女们追着签字留念的。远古一点儿，还可以做孟尝君门下的食客，鸡鸣狗盗者流，干下窃符救赵的大事，让司马迁写进《史记》。但可惜它本身是一条狗，没有人要求它再去模仿别个。这是世道的不公，越有才华，死得越快，早知如此，还不如做只循规蹈矩的蠢狗，只管吃屎咬人，不必去当什么模仿秀。

即便是做了狗，倘若生在另一个环境，不在鸡犬相邻的农舍，而在马戏团，或者被有见识的农夫卖到那里，那么它的命运依然不会如此。它还可以做明星的，坐飞机赴欧洲演出，为国人争光。又可惜它的主人缺少文化，心胸狭窄，目光短浅，根本看不到这登天的一步。而且爱狗的程度尚不如爱鸡，鸡会下蛋卖钱，而狗只会干叫，因此才演出舍狗保鸡的一幕。

杀狗的主人或许还有一种思想，那就是希望家畜家禽也如人类，各就各位，自守其职。生而为鸡，就负责下蛋，生而为狗，就负责看家，不允许有业余爱好，更不同意有第二职业，如果违背这条纪律，轻则一脚踢出大门，重则结果你的狗命。

在人类，模仿早已成为一门艺术，这门艺术光大到今天，群星灿烂，绝活倍出，因此而一举成名的有学鸭叫者，学孔雀舞者，学领袖说话者，不胜枚举。双休日之夜的电视机前，有一个颇受欢迎的节目，名字就叫模仿秀，成百上千做着明星梦的少男少女，憋足了劲儿在那里面狂呼乱叫，有些竟真的遇上伯乐，一位模仿黑人歌星休斯顿的小姑娘，目前就险乎儿成了一名真正的歌星。

但是古往今来，也有模仿失败的人，譬如模仿西子捧心的东施。最近听说，有人当了几年跑腿儿，说起话来就模仿领导，回到家里见了老婆，也一口一个“那么”，一口一个“不过”，“那么你去给我下碗面条吃吧，不过里面要少放一点点酱油”。老婆忍无可忍，觉得本来好好的一个男人，变得人不人、鬼不鬼的，提起一脚，把他给踹出门了。

天鹅想吃癞蛤蟆肉

人的预言总是被打破，奇迹随时都在发生。就在昨天，从遥远的天际飞来一群美丽的白天鹅，扑棱棱落在北京的团结湖畔，她们不是来用湖水洗浴，她们是看上了湖中那些疙里疙瘩、麻不溜秋的癞蛤蟆。癞蛤蟆趴在湖边仰望从天而降的公主，正呆呆地想着心事，突然间身体凌空，随即一声大叫，成为天鹅的美食。天鹅吃了癞蛤蟆的肉，在洁白的羽毛上擦一擦嘴，快乐地展翅而去。这是一个奇妙的神话，然而它不幸出现在人的眼前。

在此之前，我们一直受的是癞蛤蟆想吃天鹅肉的教育，乡下的穷棒子要娶城里的超短裙，山上的放牛娃做梦变成了动物学家，父母和领导不必做耐心细致的思想工作，只需用这句话轻轻儿一击，痴心妄想者立刻两膝一软就倒下去了。癞蛤蟆和白天鹅在一起，乃是极丑和极美，极卑和极尊，极低的泥土和极高的云彩之典型搭配，全然不是一码子事，你看人家那一身白，再看你那一身癞呵。不料世上的万物都会出现转机，穷棒子有一天发了财，不管他是喂猪还是养鳖，他拿钱买一套皮尔卡丹穿在身上，又在城里买下了别墅和汽车，这时候超短裙就围上来了，这一个喊先生，那一个也喊先生，第三个换个花样喊的是总经理，结果三朵鲜花就争先恐后地共同插在了昔日的这泡牛粪上。天地之间那用光年计算的距离，几捆票子连起来一扯，立刻就扯平了。

癞蛤蟆原本是有名字的，它叫蟾蜍，可是素以衣貌取人的人觉得它不配，就将它身份证上的那个名字弃之不用，看着它的皮肤不好就叫它癞蛤蟆。这绰号不仅侵犯了癞蛤蟆的姓名权，而且使不癞的蛤蟆民族的名誉也横遭株连，因为过去在格林兄弟的童话里，青蛙原是一位娶了漂亮公主的绿衣王子，想不到这下竟与癞蛤蟆混为一谈。被污辱与被损害的癞蛤蟆终日牢骚满腹，怒气冲天，元好问见其状，遂赋《蟾池》诗："小蟾徐行腹如鼓，大蟾张颐怒于虎。"令人浮想联翩，忆起那貌丑落第的钟馗，便知他没有似锦的前程，要气也只能是活活气死。

然而没有半点儿理由，说蟾蜍就是坏东西，尤有三只脚的蟾蜍，更乃是稀世之物，传说月亮就因有了三足蟾而称蟾宫。李白看见月蚀，疑是蟾蜍所为，遂吟："蟾蜍蚀月影，大明夜已残。"可惜连李白这样的叛逆也不喜欢难看的东西，并且又没有一个科学的态度，不懂得天体运行之理，将月蚀夜残的责任强加给蟾蜍。三足蟾和红颜不老的单身女贵族嫦娥住在一座广寒宫里，长夜漫漫，共消永昼，熬仙家之清寡，度无偶之寂寥，在除了她就是它的无数个日日夜夜，怎么说它也可以寻个机会跳到嫦娥的玉腿上去消受一番，俗人笑话它想吃而吃不到天鹅肉，岂不知这笑话本身便是一个笑话，难道嫦娥身上的肉还不如那坨鸟肉吗？

苦读寒窗的秀才一旦中了科举，便有人来长揖相贺，酸不叽叽地称作蟾宫折桂，争着要把家中小姐许配给他，足可见那一个蟾字的分量。李中诗赠黄秀才："蟾宫须展志，渔艇莫牵心。"鼓励黄秀才要一心一意地追求进步，最好把皇帝老儿家中的小天鹅搞到手，于自己的将来是有好处的。

天鹅是国家明令保护的飞禽，不是随便可以吃的，因为它美，古有英雄以死而救美人的雅风，何况不吃天鹅肉还不会死人。癞蛤蟆则不然，你看它丑得像泡狗屎，走路时一脚误踩上去，反而把你吓个屁滚尿流，只要你不嫌它癞，尽管用大碗装了去吃，绝不会有手持电棍的警察来抓你坐监。这便是出身的差别，生命的不公，就像是有的人降生在白领的家族，有的人却投胎在黑奴的怀中，未见天日尊卑已定。事实上哪怕到了最是饥寒交迫的岁月，人一见癞蛤蟆那样子，饿感即退，代之呕欲。公元1959年，国人有过吃死老鼠的记载，吃癞蛤蟆的还鲜有所闻。

曾听人说，北京人什么都敢说，上海人什么都敢穿，广东人什么都敢吃。但认真去考察广东人在北京开的粤菜馆，门上写的也只是生猛海鲜、飞机空运，深入馆内查找，也仅见玻璃缸里游的是乌龟和蛇，陶瓷罐里爬的是蝎子、蚂蚁和蝗虫，翻开菜谱，上面仍然没有登上癞蛤蟆这一道菜。是美丽而又勇敢的天鹅姑娘浑身是胆雄赳赳地飞到北京，在团结湖里很不团结地吃掉了癞蛤蟆。它们是鸟中的广东人，当代的神农，敢于献身试吃的实践者。

有一个问题我一直没有搞懂，即到底是天鹅的肉好吃，还是癞蛤蟆的肉好吃，因为一样都没吃过，所以保留谜底迄今。我想若是从外表来看，癞蛤蟆的票箱里很可能不如天鹅的票多，然而若从外表以外来看，许多把肚脐亮在外面的漂亮小姐，里面的确是一肚子屎。这么一想，天鹅的肉未必就赛过其他的飞禽了，它其实就是一只会飞的鹅。

鹅肉是不如鸭肉的，鸭肉又比鸡肉差得远，而鸡肉几块钱一斤哪里没有卖的呢？癞蛤蟆的肉不管好吃与不好吃，听说它那张疙里疙瘩麻不溜秋的皮肤下面，有一种分泌物是一味中药，名叫蟾酥，可以消炎祛火治疗咽喉肿痛。天鹅要吃癞蛤蟆的肉，是不是因为天鹅姑娘唱歌的时候唱坏了金嗓子，就像歌星们要吃草珊瑚含片一样，也想试试蟾酥的疗效？

难得聪明

有一次我的朋友，领我去看他的朋友，他的朋友是一个地级市的文化局长，他是觉得我有文化，所以回到故里，先别去看祖坟，先得去看当地最大的文化人。根据以强凌弱、以老欺少、以大管小的中国逻辑，文化局长理所当然，就是这个局部位居长者，最大最狠最有名的文化人了，这一点应该是毋庸置疑的，问都不能问。我记得这位文化局长的姓，不该忘了他的名字，后来一直想不起来，但是这不怪我，要怪得怪他家的墙。他家客厅的墙上挂了四个字，之所以夺目，是由于别家墙上挂的字是白纸黑字，他家墙上挂的却是黑纸白字，郑板桥的“难得糊涂”。不该那个扬州八怪死了，纵知他是一局文化之长，也不能亲自起身写给他，便只好请人从碑帖上拓下来，装裱制框，悬之中堂，让人一进门就纳闷儿，这家主人，怎么也聪明到了难受的程度。

20 世纪，70 年代之末，80 年代之初，中国文化人的家中以悬此物成风，那是因为，墙上挂了十年的语录和画像，好不容易可以撤下来了，但是撤下之后，墙上一大块白石灰也不好看，想起古人所谓补壁一说，遂将这个补了上去。正在富起来的中国老百姓们，一是不认识那四个怪字，二是觉得糊涂难听，这些年割资本主义尾巴，把人都割成了光骨头，不就是吃了糊涂亏么？再说那棺材板一样黑漆漆的东西，挂在家里也不吉利，于是情愿贴一些杨柳青的年画，花开富贵、年年有鱼之类。已经有了花和鱼的，家里还缺老婆，就在堂屋贴一张老槐树下的董永和七仙女，半夜起来解手也不忘记看上一眼。也有人犯了政治思想错误，趁此机会把观音菩萨贴上去，怀里抱个小水瓶，想一举解决所有的问题，结果被当地组织叫去批评一顿，回家把画撕下来。还有的属于文化水平不高，觉得手拿双鞭和两锏的一对门神，长得比公社书记还要厉害，买回来一张送给小舅子，一张贴在自己家，让那黄脸持锏的秦叔宝，黑脸握鞭的尉迟敬德，二位分工，一个保卫一家人。

有文化的人壁上补的不是这个，他们补的是唐诗，是宋词，大江东去浪淘尽千古风流人物云云。这些人中有读书的，有做官的，有读书兼做官的，有做了官后不怎么读书的，诸多不同，却有一样相同，那就是审美趣味万万不能与俗老百姓等同。老百姓喜欢胖牡丹，他们喜欢瘦竹子，老百姓喜欢倾国倾城的杨贵妃，他们喜欢怪里怪气的郑板桥，老百姓喜欢子孙一代比一代聪明，他们喜欢自己还是越糊涂越好。距离一旦拉开，客人到家也就可以刮目相看其主人了。

1984 年夏，我第一次上武当山，登上金顶，发现一个年轻道士盘腿而坐，面前摆满黑白拓片，张张都是“难得糊涂”。有游人问，一张卖多少钱，道士摇首说是不卖，捐 50 元可施一张。我遂捐 50 元，将被施的一张带回临时住所，夹于一箱书中，也没想好将来到底做什么用。是年秋天，我考取武汉大学，单位强留不放，我却选择逃跑，仓皇中将房门钥匙交给当时极好的朋友，请他代看房中之物，何时出差武汉替我带来。不料朋友给我带来的，袜子裤衩一应俱全，只是少了周韶华送我的一幅画，一幅字，另就是郑板桥的这一张拓片。一时无语，心中怨自己难得聪明，总共就三张纸，装进一个牛皮纸的大信封里，不就随身带上火车了么？

回头再说朋友的朋友，这位地市级的文化局长，盖因墙上挂了此物，勾起我心中这件往事。忽然便想，假使那三样东西当年不为人所窃，他日成家，有了私宅，周公的字画是可以裱挂的，但那张“难得糊涂”若如此人一样悬之大堂，让人将一个本来糊涂到家的主人，误以为是聪明绝顶，时时提心，处处吊胆，于人于己岂不都是一宗冤枉！

那个我没记住名字的局长，当了几年，据说本来可以当上去的，然而没有。我问带我去他家的朋友，是否因他学习能写会画的扬州八怪，清高怪癖，不入俗流，“三绝诗书画，一官归去来”，当着当着，觉得实在没什么当头而不想当了？朋友像武当山上卖拓片的道士一样摇头，说是当今之世，哪有那样的糊涂人哟，是有人在市委面前搞他的鬼，称他这人太聪明了，靠不住，要提拔，情愿提拔一个忠厚老实的。我便心中暗笑，谁叫你不忠厚，谁叫你不老实，谁叫你挂那个自以为聪明的“难得糊涂”来着！

爱钱如命说

这是一个永世不得翻身的贬义词。据说不爱钱的人贬它，其实很爱钱的人也贬它，舍了性命去爱钱的人贬它，舍命而去仍然没有爱到钱的人还是贬它。好像若不如此将钱这个可恨的狗杂种讥讽一番，就不可能得到全世界人民的景仰，就不可能脱掉一个俗字。于是就有人一边写着讽刺钱的文章，一边拿着稿费去买延生护宝丸回家用温开水吞服，若是稿费少了或是逾期未到，便用公家的电话打一个过去，虚报说是给别家写稿一个字几分钱，有的甚至提前就将稿费寄来了。

钱和命本是两种性质不同的产品，一种是用好纸或金属制成，一种则是依附于鲜血和灵肉。自从人间有了尊卑，同样是血肉之躯也就开始区分贵贱，命比钱贵的，就用钱来买命，抵挡不住联合国部队的伊拉克总统萨达姆，不惜万金买来相貌酷似的替身，充当自己的防弹背心。美国总统克林顿也这样做了，估计全世界提心吊胆的国王还为数不少。

这项技术很可能如四大发明一样，也起源于中国，因为至少在宋代有书记载，老令公杨继业的长子杨大郎就是替宋王死的，而且这类忠烈故事在中国历史上不会绝无仅有。不过杨大郎不是爱钱，而是爱国、爱君，爱杨家将的千秋美名。只有命比钱便宜的，才会冒着危险去抢银行，自知有幸抢成功了，就可以像《雅典的泰门》中主人公所说的那样，可以使卑贱变得尊贵。倘若不幸遇难，动物世界里也只是少了一条蚁命。

对于一个寻常百姓，有的时候钱就是命，都市医院急救室外的三轮车上，口袋里的押金和脸上的血色一样不足的呻吟者，寒冬腊月大雪封锁的地铁站里，浑身裂皮和手中破碗同时抖动的叫花子，他们早已明白了这条真理的颠扑不破。还有大山中辞学打柴的儿童，小村里卖作人妇的幼女，街道上逆子抛弃的老汉，荒野外恶狗咬伤的残人，他们也都因为钱的缘故而让命一寸一寸地缩短着、消灭着。这些人是俗人，他们爱钱，因为如命。而就在那家拒穷人于急救室外的医院高干病房里，一位打喷嚏扭伤了脖子的官员正用国家的支票预付着下月的按摩金。他的那个肥肥的屁股兜子里从来不习惯揣一分钱，吸一口堆在床前的水果、补品和鲜花的浓香，他说我实在想不通人为什么要那样爱钱，唉！

人当然是要为崇高的理想而奋斗，还要为伟大的抱负。但是这一切都必得在有命的前提下。物价飞涨，万物要钱，进城的乡巴佬上厕所贡献了一泡肥料反过来却还要缴钱的今天，你若不幸没有成为非凡的人，而只是很凡的老百姓，尤其是一个什么都买，又什么都没有保证的农民、打工仔、小手艺人、失业者，那么就还得考虑多挣点钱，不要乱花，存着，防备有一天你病了，老了，有灾难了，只有用钱才能买命的时候，不至于因为阮囊羞涩而眼睁睁地等死。

你不比人家什么都不用钱，或者一分钱相当于你一百块钱的人，你要明白这个道理。爱钱如命，俗是俗点，但没有罪，有罪的只是那些为了活好自己的命，而去贪污人民钱的不俗之客、不速之客。

现代食客

养士是中国古代的一大特色，《史记·孟尝君列传》："孟尝君舍业厚待之，以故倾天下之士。食客数千人，无贵贱一与文等。"是说齐国的孟尝君喜欢收养吃闲饭的人。春秋战国时期我国总人口才多少？古之齐国的山东那一片又才多少？而孟尝君一人就养了几千，其他如平原君、信陵君者自不必说。司马迁虽没统计出天下诸君的食客率占全国人口的百分之几，但那比例可想是不小的。养士之风若是延续至今，以我国现有人口作被除数，白吃白喝的人至少也有好几千万，相当于几个直辖市。

但是这种养士之风又的确是在延续着，当然因为现在已不是封建主义的缘故，没有舍业厚待的孟尝君了，只好让国家来作养者。社会的发展，时代的进步，使养与被养的方式都有了一定的变革。春秋战国时期的食客是吃了玩，玩了睡，不干工作就是不干工作，平时并不假装出一副忙忙碌碌的样子，只在关键时刻出来以效君命。屁事不干的食客冯谖还敢长铗归来，公然弹剑而歌，一会儿"食无鱼"，一会儿"出无舆"，闹着要吃小灶，坐小车。而现代食客们的名堂可就大了，策略可就多了，一天到晚都在开会，朴朴素素地抱着一只茶杯，喝多了上厕所都是提着裤子跑步前进。心里明明想着今儿个怎么把昨天被人赢了的两盘清一色捞回来，坐在办公室里脸上却板得像本文件，眼睛里挂满了操劳过度的血丝丝。

在各条战线的办公椅上，坐的是一天到晚核算自己工资的经济师，日复一日研究上司脸色的研究员，成年累月作不出一本书，即便终于作了出来也四处退稿的专业作家，还有更多“说他行他就行不行也行”的行政干部。昔日诸君养士还曾养出许多千古佳话，平原君门下挺身自荐的毛遂，太子丹府上一去不返的荆轲，连调皮捣蛋的冯谖最后也以收取银息十万而报答了主人的鱼舆之恩，事实证明了他们的才学和品德。

大难当头的孟尝君居然得救于“臣能得狐白裘”的狗盗鸡鸣之徒，而现代食客们是不屑于做那等下贱事的，他们终日挺着一面酷似孕妇的啤酒肚，连扔在脚下的烟头也用公款请操外地口音的老女人来扫去，脸上的学问掩盖着肚里的稻草，迈着庄严的步伐走向会而成瘾议而不决的会议室。一到过硬火的时候，血压嗖的一下就上去了。

刚开始时，上司对此是有些看不惯的，但是看着看着就看惯了，因为现代食客们有几样东西是很厉害的，是女人的擅长用眼泪，是男人的则索性拿菜刀，后来觉得眼泪太阴柔，菜刀又太阳刚，男女一起研究了一下，便统一使用烟酒和蛋糕，把他熏昏搞醉，甜得张不开嘴，再发音时口气果然就变得和蔼多了。

上司想，懒是懒点，笨是笨点，但是人家又没吃我的饭。

继而又想，要是给我家做保姆佣人，当然我是不能给她饭吃的。

夜里睡在床上，突然还想到一个险些被忽视了的问题，我的上司若是对我也来硬的，我不也完球蛋了么？

于是惊出一身冷汗，次日坐专车来到机关，召开全体干部大会，说今天我什么都不讲我只讲八个字。那么我要讲的是哪八个字呢？那么我要讲的就是安定团结，既定不变。

常常想起体育

每每从电视里看到那么年轻的运动员，脖子上挂着金牌，泪流满面地站在最高的领奖台上，心里总要想些其他的事情，比方说，其他行业能不能也像体育比赛一样，是谁跑得快就是谁跑得快，是谁跳得高就是谁跳得高，是谁赢的球就是谁赢的球，而不是输了扯皮，赢了争功，一看要发金牌了，抢过来就往自己那截因作报告和喝啤酒而弄得很粗的脖子上挂，又安排几个赛场外口号喊得响的看客去领奖状。

可以把各种质量不合格者塞进各个单位的权力人，以及权力的交换者和受益者，唯一不敢随便塞人的是体育赛场，因为害怕心上的人儿在泳道里呛了水，举重台上闪了腰，拳击场中被人家有真本事的一拳打死。至少观众的嘲笑和愤怒是不好受的。即便不顾一切地塞进去，教练也不会要他做徒弟，领队也不会像其他受贿的领导一样谈个交换的条件就发他一套队服。他们宁可不要补品，不要让补品白吃白补的美人，世上一切交换的条件都不要，他们要的是自己的国旗在自己的国歌声中冉冉地升起来。

体育没有门户之见，18 岁的农村姑娘想进小县城找个工作除非做梦，但转眼之间却成了威震全球的马家军，画报上的飒爽英姿贴得满北京都是。而这炫目的光环从没落到过达官贵人的公子小姐头上，他们的长处无非是做点贩卖批文的生意。体育不容易作弊，足球场上要是有人闹着说他刚才一脚踢进了三个球，别说国际裁判会从屁股后面摸出一面黄牌，坐在电视机前的全世界的人民都会骂他是个疯子。不像那些虚报亩产多少万斤，产值多少万元的地方干部，上头在根本搞不清楚的前提下立刻就发他一个更大的官儿。

体育中很少出现争功的现象，若是团体得了冠军，那光荣就均匀地闪耀在每一个参与者的脸上，若是单项得了冠军，那个金光闪闪的杯子自然就抱在一人的怀中。没有人给萨马兰奇写信说邓亚萍的球拍子是他做的，上场前吃的那碗牛肉面是他老婆煮的，要求给他夫妻二人也各发一个杯。

在体育以外的机关单位，却常常因为后类问题引起伤亡，擅长坐办公室尤其是有一官半职的机关干部害怕退休，经常都有一些改户口瞒年龄的故事发生，因为一退就没有人买他的账了，春节前分的苹果再也不能比别人的大，甚至一不小心就被过去的下级忘了他那一份。四肢发达的运动员的头脑果然是要简单得多，他们一到时候就自动地退下来，让新人去拿冠军，自己要么像郎平一样当教练，要么像李宁一样做衣服。

体育赛场不是官场也不是商场，不能用球虽然没进但是思想却进去了这一类的鬼话来蒙哄球迷，不能用阴谋和诈骗把自己的身体像放血大甩卖一样甩过栏杆。体育赛场不是文坛也不是艺苑，哥们儿几个可以边吃边喝就把一篇莫名其妙的小说弄成西方后现代主义的东方典范，接着又齐声赞美一个冲他们媚笑的鬼叫女郎是跨世纪国际接轨之星。体育赛场则不然，管他东方也罢西方也罢，只有像马拉多纳那样进了球，才能成为典范和接轨。

发展体育运动的目的过去一直仅仅被认为是增强人民体质，从以上看，原来它还可以使人加深哲学思考，提高社会觉悟，启发行业联想，产生改革意识。

由纸的作用想起

学校邀请开家长会，我去了。因为是启蒙教育，科技课的女老师手举一张纸问，同学们，请回答，纸的作用有哪一些？背坐于我眼前的小同学们应声而举起了森林般的小手。一个说，可以画画，说的是白纸。又一个说，可以写字，说的是格纸。还有一个说，可以扎花，说的是花纸。第四个说，可以包装漂亮的礼物送给喜欢的小朋友，说的是彩纸。再往后，几乎全是以上四类的重复，如印书本做挂历糊墙壁云云，除了美丽和梦幻，似乎再无别开生面的妙答。女老师最后粲然一笑，怎么没有一个想到手纸呢？她说。

这自然不能怪孩子们不聪明，也不怪他们的老师保守。孩子们天真无邪的思维，如空中白鸽直奔世间那一切美好纯洁的意象，诗一般，童话一般。也许只有调皮捣蛋惯挨批评的孩子，才会冒着风险去开垦一块不打人眼的想象的荒田。设若第五个孩子将小手举到半空，要求回答女老师的问题道，纸可以用于擦屁股，那么在这庄严神圣的课堂上，纸的作用是否讲得下去，还很难说。这孩子若想得到一句十足的表彰，那得遇上一位承认自己也上厕所的诚实的老师，而这样的老师并不见得平均每间教室都有一位。在孩子们生活和学习的周围，永远都会走动着一些捂着鼻子宣称自己从早到晚只干工作而不出恭的人。

隐瞒和掩盖，是谎言和骗术的学前教育。一个又一个性格早熟成绩优异者，靠此走向各式各样的成功。接过鲜花听着鼓掌，捂着左胸举起右手，无以数计的庸人在面对记者“活着是为什么”这类可爱的话题时，往往都会回答为了革命。批量日益可观的谋私者和贪污犯，则总是笔直地挺立在镰刀和锤子下，朗诵为共产主义奋斗终生的誓言，让鲜艳的旗帜映红着一张张撒谎的脸。不正常和不健康的时代，奖励着不真实也不完整的伪君子，空气中弥漫着太多的暗示，其弊端决不仅是受奖者得到了什么蝇头小利。

电视里最近开了一个栏目，叫作实话实说，主持人的严重的鼻音不断地挑起嘉宾的雄辩，每有妙语名言还伴以现代乐器相奏。然而鼻音和乐器却不能代替测谎器，知道自己要在荧屏上崭露尊颜的女士们先生们仍然努力向崇高靠拢，而尽量离庸俗三尺。一位跟着父亲学说相声的演员说，抽烟是为了创作。一位打扮时髦的青年女工说，不生孩子是为了事业。还有一位愁苦满脸仇恨满腔的孀妇，她说截至目前还没有发现一个好男人。

其实观众们在听他们实话实说的同时，自己心里也在实话实说，相声演员的段子都是别人写的，他抽烟纯粹是嗜烟成性，恶习难改。摩登女工参加完这场鼻音伴奏讨论会就已下岗，此刻怀里正搂着一只不为自己所生的小宠物。而愁苦孀妇所抱怨没有发现的好男人，有不少就坐在电视机前，他们微笑着回答她说，好男人为何不找好女人呢？

芝加哥的弗洛姆写了一本《逃避自由》，被追求自由的人诬为邪说。北京的王蒙写了一篇《躲避崇高》，也被自视崇高的人骂作媚俗。为了不挨骂遭诬，人们很早就学会了察言观色。下笔作文，开口说话，必先在耳边预感一番掌声的疏密，在眼前预见一番笑容的浓淡。上岁数的大人们斜眼看长官的脸，小不丁的孩子不认识谁是长官，于是就仰头看大人的鼻孔。躲避崇高挨了一顿臭骂的历史教训，吓得孩子们幼小的心灵中就只剩下写字、画画、扎花和送礼，而不敢有屁股、大便、手纸一类不崇高的生活必须用语，致使科技课上论述纸的作用，一个也不能得到满分。

我很佩服那位粲然一笑的女老师，至少因为她有一颗诚实的心。

就纸而论，应该是画画可以，擦屁股也可以，这才是完整意义的纸。而对人而言，则应该是崇高的事要做，虽不那么崇高但在生活中不做不行的事也要做，这也才是完整意义的人。否则假如你拉完大便，端坐于马桶之上引吭高唱一首革命歌曲，借用一句“扫帚不到，灰尘照例不会自己跑掉”的话，且看那个屁股能不能够自动干净？

保护祖宗

某家电视台正在以系列专题的形式，每日介绍一个中国的姓氏。这真是一个好节目，至少比长如王婆娘裹脚布的电视连续剧更受欢迎。开播伊始，收视率就极为可观，翌日友人相见，其中若有赵姓，必被恭贺一通，说是托了赵匡胤的福，自宋以来，做过几百年姓氏领袖之后，如今又被现代化的机器率先进行宣传。

福兮祸之所伏，我敢预言这节目播放到某一姓时，会出现一点小小的喜剧。由于编导先生的思维难逾常规，每到一姓，必寻其祖，必列其例，举出最始的一人和最有名的数人，来作本姓的代表，类似于一篇报告文学里面，各点出几个英雄以及混蛋。这便使我忧心，大凡名人之名，盖因他们的功罪才德，其中有正角也有反角，或许还有白鼻二丑。一味回避，当不生动，若是举例，万一失当，则不知后代子孙作何感想，并且有何行为。

《铡美案》在国内无人不知，无处不演，但演员们演到湖北均县陈家庄时，就得抱好脑袋。“解放”前后在此挨了饱打的草台班子，据说不止一个。原因是此庄陈姓后人庄严宣告，历史上的陈世美有才有德，无妻无子，戏中情节，纯属捏造，原本真相乃是这样：陈世美与三位同窗一道上京赶考，三人落第，仅他一人高中进士，留任京官，翌年三同窗上京又试，仍是不中，遂求陈大人给个事做。孰料陈大人为官清廉，不开后门，比几百年后一些党的干部作风还要过硬，一人赠银十两作为盘缠，劝其回乡发愤再读。三秀才愤然拂袖，决定回去写戏骂他。一秀才曰：骂他不认同窗。二秀才曰：

骂他不认爹娘岂不更甚？三秀才曰：同窗爹娘仍不激人恨也，何不骂他不认前妻和儿女？于是就有了被人追杀的秦香莲，又有了铁面无私的黑老包。

出于好奇，十几年前我曾去均县访过当地的文化名人，原想笑话一场，不料此情是真。不知电视百家姓系列到第十姓时，陈世美将作何典型，若仍让他那颗摘去驸马帽脑袋掉于黑老包的龙头铡下，陈家庄人会不会团结一心，砸了电视？

又有河北省清河县黄金庄潘姓的后人，严禁对武大郎之妻潘金莲进行人身攻击。引潘氏家谱为证：潘金莲的八世祖官于贝州甘陵郡（即今清河县），潘金莲乃是大家闺秀，在武大郎考中进士之前，两人就结为夫妻，婚后恩恩爱爱，白头到老，还生下四个儿子。而书中的三寸丁谷树皮卖炊饼的武大郎历史上则是山东阳谷县令，身高一米八零以上。从陈世美的三同窗求官不得，愤而写戏的轶史推测，南陵笑笑生和施耐庵是否当年向潘金莲求爱不逞，羞而著书，一写《金瓶梅》，一写《水浒传》，大骂淫妇，让其死于小叔武松刀下，目前尚无线索可考。但恐春节过罢，电视里就要播放潘姓了，筹划、导演乃至制片人，该不会大脑糊涂到那个地步，举例时放着潘安的貌、潘岳的才、潘天寿的画不讲，而专讲潘金莲的淫吧。

著名的美籍华人作家秦家聪，用英文写了一部传记，名曰《祖先——一个中国家族九百年的繁衍史》，在美国出版后，畅销欧、美、亚，三年前此书的中文译本在某社出版，书中罗列秦姓诸多人杰，从苏门四学士的首席才子秦少游到现代共产党人秦邦宪，而在谈及七十年代唐人街一家报纸称他是“一个秦桧的后人”时，作者引了宋书一段以雪此辱。宋书曰：“秦桧之独子为其收养。曾孙秦钜通判蕲州，金兵进犯，与郡守李诚之协力捍卫。城破，钜犹领亲兵巷战，死伤殆尽。钜归署焚房，一老军挽之出。钜大呼：‘我不欲生，宁为国死。’乃投火自焚。其二子皆死难。”

这位养子后代居然比他的宰相太爷忠勇节烈。由于秦钜父子死绝，作者就不再是秦桧家族的人了。清代状元秦大士游杭州曾跪于岳飞墓前，写下对联一副："人至宋后无名桧，我到坟前愧姓秦。"《祖先》一书作者系钦、徽二宗之后的人，自然以"一个秦桧的后人"一言所羞。根据秦桧的知名度，电视百家姓播放到秦姓时，不点他一名大约是不行的了，但愿姓秦的人尽量往秦观的身上多想一想。

三年前，我还经历了一件趣事。武汉范某人东偷西摸，抄了一本有关姓氏的书，署名他著，蒙过我眼。冒名书出版之后，湖南一位姓易的先生看了大怒，说作者将易姓祖宗溯到那位烹了自己儿子给齐桓公吃的齐国厨子易牙，源自《东周列国志》这部小说，实在荒谬之至，扬言要以伤害名誉罪起诉法庭。按照文责自负的道理，我将此信转给作者，范某人吓得屁滚尿流，一口供认没抄冯梦龙和蔡元放的《东周列国志》，抄的却是明代廖用贤的《尚友录》，原句为："齐大夫易牙之后，即雍巫人也，善知味。又望出济阳，今江东多此姓。"虽然证明了语出有据，但却露出了文抄公相。

不知电视百家姓播放到易姓的时候，姓易的祖宗可是那位害死管仲的齐大夫，这次若再惹官司，实在与我无关了。

看拳王泰森被击倒在地

强奸犯泰森出狱之后，一连击败四人，还要乘胜一路击下去，据说直至最后与刘易斯交手。不料中途出了个霍利菲尔德，一顿老拳将他打倒。通过北京台的电视直播，一个名叫张忠文的解说员用神秘兮兮的语调暗示北京的观众，说这位重新出山的拳王经过三年的面窗，已经今非昔比，连他的两只眼睛里都充满了哲学。这句和泰森的眼睛一样充满哲学的话，在使亿万热爱泰森也热爱强奸的女士们先生们大为振奋的同时，也令我大为惊奇，决心天大的事情也不做了，今天就来看看这场比赛。

中国的拳迷们打赌泰森必胜的原因，我想无非在于这几个方面。其一是对成功者的崇拜。根据过去的拳坛战绩，泰森比霍利菲尔德胜多而败少，胜者再胜的可能性自然更大，这并不是什么势利眼，而应属于通俗推理的法则。其二是对失败者的同情。拳坛上屡胜的泰森不幸惨败于情场，这曾使偏爱英雄的拳迷们暗自责备那位遭暴的美人，原不该葬送了拳王正值鼎盛的三年金色时光，今番终于复出，便满心希望他雄风依在，连狱中失去的多少根金腰带也一并补回。引申那个张忠文的话说，相信他能够打出一点哲学。其三，诸位也许知道，在这位精力充沛力大无穷的强奸犯的右臂上，绣着一个毛主席的头像，仅就这一点，拳王右臂上的头像不是美国人也不是日本人，而是咱们中国人，中国的拳迷就可以凭着“海内存知己，天涯若比邻”的革命友谊，和他站在同一条战壕里了。

距离几天前就在电视中公布的时间，泰霍之战推迟了将近四个小时。此前一直是几对轻量级的拳击手在为之垫赛。情形有些类似

30年前中国舞台上的三突出，主要英雄人物千呼万唤始出来。先泰森出场的是那位目前在观众心目中属牺牲品无疑的霍利菲尔德，那位据说也坐过监狱的黑汉鸭步横迈，黑脸堆笑，一路活动着拳脚，也像临行喝了妈一碗威士忌酒，证明无论对手什么样的拳他也对付得了。与旋即前呼后拥而出，攒着脑袋的泰森相比，他的昂首挺胸似乎有点不够资格。对于他的这副神态，中国的拳迷容易想起一句民间俗语，叫作“扬头的婆娘低头的汉”，认定只有具备那两类的人物才是无比可怕的，真正的拳坛英雄应该是泰森那个样子。

按照场前解说，我特别留心观察了泰森的两只眼睛，想看看哲学是个什么样子，但很可惜，里面除了拳击手的凶狠和恶毒，似无其他。第一个回合开始，名叫张忠文的解说员抑扬顿挫地念了几套早已烂熟于心的词儿之后，就渐渐发现有些不对劲儿了。果不其然，在第六个回合，泰森那只绣像的右臂挥出去没有击中敌人的脸，失去重心，一个踉跄，反被霍利菲尔德一拳击倒在地，从这一刻起，张忠文就恨不得把解说词儿中的赞美段落全都转用在霍氏身上。第十个回合，霍氏连击泰森十七老拳，打得他那充满哲学的眼睛流出鲜血。在紧接而来的第十一个回合，裁判为摇摇晃晃的泰森的生命着想，中断了这场比赛。

这个结果比较符合我的愿望。我与泰森无冤无仇，与霍利菲尔德也不沾亲带故。我只是凭着一颗良心希望泰森败后，让他用过剩的力气多去刻苦练拳，以待东山，这样就可以分散他的精力，免得再去强奸妇女。而在另一方面，遵照他右臂上人的教导，凡是敌人反对的我们就要拥护，那么我们就应该去拥护这位强奸犯的敌人霍利菲尔德。新的拳王虽然与泰森一样也曾有过坐牢的历史，但那是因为拒绝参军侵略越南。他是一位和平主义者，他的眼睛里未必充满哲学，但他心里的哲学却是宁可献身体育，也不做杀人的凶器。

这一天我很高兴，沏上一杯好茶，坐在沙发上慢慢品着，从关闭了的电视荧屏上看到了自己带笑的影子。这个周日过得很好。

看拳王泰森这次未被击倒

拳王泰森被霍利菲尔德击倒在地之后，恰逢《文化时报》的友人姜君来函，约我做灯下漫笔栏目的主持，我差点儿要说谢谢他了，开篇短文，便是以上话题，名字就叫《看拳王泰森被击倒在地》。孰料短文登出不久，忽一日姜君转来一信，并附檄文一篇，读罢大惊失色，差点儿就要像泰森一样仰翻在地，此文长达我所发表短文的三倍不止，一十五字的文章标题惊心而又动魂，杀气还要腾腾，乃是《请问野莽先生安的什么心肠?》，颇似“文革”红色运动中的墙上之语。

作者为湖南省湘潭县的一位乡长，愤然向我问罪曰，君不见美国的泰森右臂绣有中国的毛主席像乎，如此他便是中国人民的黑皮朋友，也便应得到中国人民对其永立拳坛不倒的衷心保佑，而你身为中国人却擅自写出那样的文章，公然宣称泰霍二人的比赛结果比较符合你的愿望！这位湖南乡长一气之下，买了一本儿童版的成语故事，从中选出一句路人皆知的成语，大骂我是司马昭之心路人皆知。

从此文的遣词造句，乃至还可运用成语的情况看来，这位乡长似乎不像土改时的干部，他有文化，是新一代跨世纪的中国基层领导，尤其可贵的是思想觉悟更要高于知识。他之所以如此愤怒，乃是根据如下的公式：本乡长生于毛主席的家乡，任于毛主席的家乡，由热爱毛主席其人到热爱毛主席其像，由热爱毛主席其像到热爱绣有毛主席其像的泰森其胳臂，由热爱绣有毛主席其像的泰森其胳臂到热爱泰森其人，于是当胳臂上绣了毛主席其像的泰森一连挨了胳臂上没绣毛主席其像的霍利菲尔德十七老拳终于倒地不起，又遭了我的一番戏谑之后，他的感情再也受不住了。

他本想杀了大洋彼岸那位大喊大叫的胜利者，却鞭长莫及，继而想砸自家的电视机，又舍不得。何况别家的电视机里，泰森照样那么难看地躺在地上，满腔怒火便只好对我来发，恨不得把历史的车轮扭回到30年前，上奏报纸，为文章的作者定一个“现行反革命罪”。

我极力主张《文化时报》发表这篇文章，姜君执意不肯，说是水平不及，又说文坛近期总是涌现出一些以打人骂人而成名的人，虽没有雨后春笋一般的多，却也好比是雪天的糠萝卜，咬一口就觉得怪不是味道，因此不理为好，哪怕他们一心想有人理。

姜君说我上次给他写的一篇杂文得了全国的一等奖，要我蓄精养锐再写几篇，司马昭就司马昭，安的什么心肠就安的什么心肠。这事算是过去，几乎就要忘掉，然而事情过去的泰森偏不肯忘，他仿佛知道遥远的中国有一位懂得成语的乡长在暗中为他打气，便毅然又下一封战书，说是上一次打的不算，这次再与霍利菲尔德决一雌雄。

通过卫星转播，全世界的观众都为那条耿直的黑大汉子捏一把汗，但是不怕死的那厮却立刻答应下来，于是双方择一吉日，再燃烽火，这次泰森勾紧了脑袋，扎稳了脚跟，一心要击倒对方而不要被对方击倒。想不到开战不到几个回合，一件拳击史上从未有过的奇迹骇然出现了，泰森一口咬住对手的耳朵，疼得霍氏又蹦又跳，哇哇大叫，比赛只好宣告中止。

在四方围着几根绳子的拳击场中，有人看见地上掉着一片红鲜鲜血糊糊的，类似熟食品一样的东西，那是从上届世界拳王泰森嘴里吐出的本届世界拳王霍利菲尔德耳朵上的肉。再次宣战的泰森这次终于没被击倒，他成功地保卫了自己不再倒下的形象。

由拳王到强奸犯本已可恶，而今强奸犯又变成了狗，实在便有些可耻了。全世界各种语言组成的一片斥责声，不知道中国湖南的那位爱屋及乌的乡长听懂了几种，听不懂却是能够看得懂的，可以视为哑语的抗议。

我想起湖南的那位乡长，这个镜头他若是没有看到，当继续写信到《文化时报》，状告姜君为何不发表他的革命檄文。他若是看到了，又是否要把沙发往电视机前挪动三五尺许，定睛观瞧泰森的牙齿上面有没有什么人的微雕图像呢？

重点鸳鸯谱

鸳鸯谱是可以重点的，这和写书一样，第一稿写错了，再写一稿，甚至可以批阅十载，增删五次，直到修改满意为止。《醒世恒言》第八卷，写了乔太守乱点鸳鸯谱的一段荒唐故事，这老先生歪打正着，一通乱点，居然成就了几对美满婚姻，皆大欢喜，反而传为一世佳话。冯梦龙有词为证："有缘千里也相投，对面无缘不偶。"这句话后来被挪用在香港人新编的白娘子和许相公身上，改为"有缘千里来相会，无缘对面手难牵"。

然而乱点毕竟有些冒险，设若乔太守断案水平有限，或者被点者择偶要求太高，那出喜剧恐怕就要变成闹剧了。因此这事还需要严谨一点儿的作风，科学一点儿的态度。面对那些眼巴巴等着再结良缘的鸳鸯们，重点而非乱点，根据各项指标，坚持才子配佳人，正人配良女，门当户对，才平貌等，再把剩下的歪瓜和裂枣组合起来，心有另仪的鸳鸯们就高兴了。

明人吴从先曾经设想来做这项工作，在《小窗自纪》中，开展着跨时空的鸳鸯相配，曰："李太白酒圣，蔡文姬书仙，置之一时，绝妙佳偶。"他觉得一个是诗歌协会主席兼酒司令，一个是书法家协会主席又会作"胡笳十八拍"，这两人还不是一对儿，谁还能是一对儿？其实他不可能知道，在1957年乃至以后的十几年中，诗人和书法家离婚的事例很多，倒是有不少嫩得出水的漂亮演员，嫁给了又秃又麻的工宣队长。

《鸳鸯牒》的作者程羽文，应该追认他是明朝的玫瑰之约主持人。经他重点的一对对鸳鸯，真是合情合理。他认为班昭应配郑玄，一个续写《汉书》，一个遍注群经，典型的学者家庭；朱淑真应配苏轼，或者他的弟弟苏辙，再或者他的妹夫秦少游，实在不行，晁无咎、陈季常、黄山谷之类的才子亦可，妻子唱曲，丈夫作词，生活得像一首诗；李清照配陆游；崔莺莺配王实甫；苏若兰配杨修；罗敷配冯谖；萧后配李煜；王嫱配苏武，两人都在那塞外寒邦，长长的披风上落满雪花，一个弹琵琶曲，一个唱牧羊歌，那才叫夫唱妇随。而且，王昭君就可以不嫁匈奴的国王，苏子卿也可以不娶草原的胡妇，并和她生下一个名叫“通国”的孩子了。

生活中的男男女女，倘使真按程先生的逻辑配成鸳鸯，有可能会闹得一团糟，夫妇二人整天写诗唱歌，编书作文，如挣不来稿费，又无家仆侍候，谁来洗衣做饭带孩子，看来还得商榷。据婚姻问题专家考证，在当今离婚的知识分子夫妇当中，有的是因第三者插足，有的则是因没人干家务劳动，也就是说，女人不肯站在成功男人的背后，丈夫更不肯趴在厉害老婆的脚下，双双都要去前台领奖，后方空虚，家庭之柱就倒了下来。

这位先生还要把武则天配给曹操，认为武皇魏帝，旗鼓相当，并主张把风流绝代的武媚娘“锁之铜雀台上，无使播秽牝晨”。却不知这两位强人结婚之后，面对圣母皇太后那么多的男面首，那位白脸奸雄当如何处置，究竟谁是公鸡，谁是母鸡，谁把谁锁在铜雀台上，难说。

杜秋娘考

因为要与人和诗，我便再读唐诗，古今人云，熟读唐诗三百首，不会做诗也会吟。孰料人头中的年轮渐多，再读少时读过的书，总爱翻动一双讨厌的老眼。忘了是鲁迅还是胡适，当年在北京大学，戏称钱玄同为疑古老爹，或褒或贬，状他对过去的一切皆不信任。我便也在想着，迄今一千一百年古的唐诗经典，其中的每一首诗都是最好的吗？而不幸未入此书的诗作，它就一定是在三百之外吗？心中的困惑，颇有些像钱玄同。

试说李贺，“衰兰送客咸阳道，天若有情天亦老”，“我有迷魂招不得，雄鸡一声天下白”，如此奇诡的好诗，仅只四句，毛泽东同志一人就抄袭了其二。而在初版《唐诗三百首》中，不仅没有此首，而且他的每一首都没挂号。这个27岁的小河南人，籍贯不好，长得也不洋气，听人称其诗鬼，初版三百首的选编者，那个笔名叫作蘅塘退士的清人，就认他做钟馗，写得再好也不选他。

而选谁呢？美女作家！蘅塘退士选的最后一首，作者名叫杜秋娘：“劝君莫惜金缕衣，劝君惜取少年时。花开堪折只须折，莫待花落空折枝。”多少年来，无数专家，论起此诗一咏三叹，如饮醇醪，怎奈我是一个生于大山中的野人，反复地读，也没读出它不得了在什么地方。若是翻译成时下流行的歌词，派一个露脐女郎边唱边舞，意思大抵是这样的：“妹妹劝哥要会穿着，趁着年轻要多玩乐，路边的野花你直管采，不然老了要后悔哟。”也有研究人员要往好处研究，偏说是劝少年珍惜时光，好好学习，天天向上。那是瞎蒙人的，别信。

网上有人说杜秋娘是杜甫的女儿，这肯定是胡扯，据长诗《茅屋被秋风所破歌》中透露，杜诗圣膝下似乎是一个儿子，“布衾多年冷似铁，娇儿恶卧踏里裂”，在那个难忘的风雨之夜，儿子不会睡觉，把一床冰凉的旧被子都蹬破了。而且即便杜甫有女，从他诚实严谨的诗风来看，他对后人是否进入文坛的态度应如鲁迅：“若是没有真才实学，不要做空头的美术家和文学家。”

又有人说杜秋娘是妓女，还有人说唐朝的著名女诗人中，薛涛与鱼玄机是真，杜秋娘是假，金缕曲乃同时代的风流墨客托名伪作。此说我仍怀疑，终于便从杜牧的文字中找到了她的出处，杜牧居然有一篇写杜秋娘的诗，序曰：“杜秋，金陵女也。年十五为李锜妾。”后因丈夫参与谋反被处死，她被掳进宫里，得景帝宠，继而又做了穆宗皇子的傅姆，也就是皇帝儿子的保姆兼老师。

能做皇子的傅母，证明这位叛臣家的二奶还是有一点子文化的，但她十五芳龄脱口而出的四句歌词，便在歌手大奖赛中淘汰了李贺，这就有些不公平了。何以令初版《唐诗三百首》的评委和主编如此垂青，我想可能于当今文坛是一个征候，老头子们年纪大了，心眼俱花，见了青春期的异性写作者，统统认作美女作家，争相晕菜。果不其然，杜牧不惜长诗八百言，死夸他的同姓小美眉：“京江水清滑，生女白如脂，其间杜秋者，不劳朱粉施。”不过你要会听，小杜只是夸她人长得好看，并没提她诗写得如何。

我很想重编《唐诗三百首》，把侥幸如杜秋娘者全部扒拉出来，把埋没如李贺者多补一些进去，然而鼓掌稀少，朋辈劝我尊重经典。不过两天以前，我的朋友聂鑫森打电话来，说是我的另一个朋友李元洛受湖南岳麓出版社之邀，正隐居在一个地方，编一本新的《唐诗三百首》。洛公的湖南作协主席前面，早已加了“名誉”二字，今夏森兄亦然，二位均入“退士”仙班，但我只是忘了咨询，隐居编诗的那个地方有没有蘅塘，唐朝那朵杜牧喜欢的水莲花杜秋娘者，是否还要劝少年只管折花。

美人古今谈

提起古代的美人，很多人立刻会想到柳眉杏眼，樱口贝齿，脸自然是瓜子状的，削肩蜂腰，三寸金莲，这印象多出于旧小说和古代的仕女图。但古代的美人标准也是在改变的，并非代代一律。钱钟书的《管锥编》中论及古代美人，概括起来是两大一多，第一额头要大。《诗经》里面提倡“螓首”，“扬颜”，“广扬而颜角丰满”，是说额头应该像秋天树上的知了那样四四方方，鼓鼓囊囊，也就是说最好是个大锛儿头。第二下巴要大，《诗经》中要求“硕大”，《楚辞》中还要求“曾颊”，王逸注曰，“曾，重也”，下巴应该是双重的，也就是民间老百姓说的双下巴。第三身上的肉要多，《楚辞》中的“丰肉微骨”，肉要肥，骨头要小，反之，若是当今服装模特儿那种没有肉的大骨头架子，就是一个丑八怪。

楚王也主张骨头小，腰身细，“楚王好细腰，宫中多饿死”，但屈原大夫是辩证的，他肯定不希望美人瘦到那样的程度，那样就太法西斯了，要是饿到那种程度，哪里还会有“丰肉”呢？

司马相如在《美人赋》里也说要“弱骨丰肌”，汉时没有照相术，从画像上看，当垆卖酒的卓文君长得并不丰满，当初司马相如之所以看上她，携其私奔，大约更多的是看上她的才，后来又想娶茂林女子为妾，估计此女身上的肉要比卓文君多，聊可作补，却遭到卓文君的抵制未逞。周舫善画肥美人，几乎成了模式，因此后人才有诗曰“骨细肌丰周舫画”。

从现存的资料来看，唐伯虎画的仕女一个一个也是胖嘟嘟的，但是香港电影《三笑》里的秋香却瘦，不知是他的创作审美与爱情审美不相符合，还是当时这位风流才子玩儿肥的玩儿腻了，想换换口味故意点一个瘦的，或者就是现在的导演挑错了演员。并且一错再错，后来香港和大陆重拍这段往事，由演过秋菊的巩俐来演秋香，比那一个还瘦。

徐文长作《眼儿媚》，认为美人应该"粉肥雪重，燕赵秦娥"，这就提出不仅要胖，而且要白，又白又胖才是美人。白当然是越白越好，如粉，如霜，如凝脂，胖却没有说出一个标准，得自己看着办，反正胖得过度即便再白，也是一头大白猪。宫廷佳人开始曾经时兴过一阵子瘦，后来才主张肥，即所谓"环肥燕瘦"，肥的是唐朝的杨玉环，瘦的是汉宫的赵飞燕，据说这位刘骜老儿的皇后，体态轻盈，弱不禁风，跳舞的时候被一阵风吹得掉进御池子里，宫廷乐师冯无方将手中的笙一扔，扑通一声跳下去把她举起来，她的两只小脚尖儿接着又在冯乐师的掌上跳起舞来。

赵飞燕能瞒着皇帝老公，在夹壁里与他的警卫班班长的儿子性交，可能就仗着自己瘦小玲珑，而警卫班长的儿子矫健灵活。如果换了杨玉环，做爱时被卡在夹壁里面，翻起身来就不大方便，所以后者始终也未敢。

李隆基却认为美人还是肥一点儿好，瘦的虽说长袖善舞，论起实用性来肥的却明显地要占上风，不管是搂是抱，还是在御床上过性生活，要想销魂，那还得有一定数量的肉。因此一见到儿子李瑁的妃子杨玉环那一对雪白酥软的肥奶，口水哗的一声就流了下来，说什么也不做她的公公了，而要亲自做她的老公。时代由周及汉，由汉及唐，美人由肥到瘦，又由瘦到肥，中国的古人尤其是古代的皇帝老儿，在女性身体与面貌的审美上先后进行了几次革命，直到最后才发现瘦有瘦的妙处，肥有肥的味道，于是不再争论，闷起头来各取所需。

20 世纪末期以来，美人的标准又有了大的变化，柳眉杏眼樱桃小口都吃不开了，女孩子喜欢把眉毛画得又黑又粗，像关云长那样的卧蚕状；眼睛以细长为好，最好还是单眼皮，笑起来成一条缝，香港的小眼美人林忆莲就是一个可爱的榜样；嘴巴要大，两片嘴唇要肥厚宽阔，接起吻来有足够的受益面积，酣畅淋漓，一发而不可收；牙齿要白，这一条可能会有一点儿麻烦，一些漂亮女孩儿小时候吃多了糖，长大后牙齿像吃了黑芝麻糊没有漱洗干净，用什么品牌的牙膏也无济于事，遇上这种情况只好自认美中不足；至于“螓首”“扬颜”，去他妈的，把头发染黄了再往下一披，额头是方的还是圆的，一概都看不出来了。

而在身材上，当代美人明显又有了趋瘦的迹象，君不见那 T 型台上面无表情的模特儿，两扇排骨瘦得可怜，又比赵飞燕皇后高出一个脑袋，两根竹竿似的细腿走来走去，真担心被风吹倒了没有乐师能托得起来。凡自认为有几分姿色的青壮年妇女，无不争先恐后地加入减肥运动，不吃不喝，猛跑猛跳，每夜躲在家里过磅，超过一两就弹起脚来号啕大哭。

妙龄少女更不用说了，为了证明自己的腰部苗条，符合昔日楚王的要求，纷纷把上衣裁短一截，以便露出皮带上面的那段白肉。只是没有想到，精力都用在脸部的化妆上了，却忘了细腰上的那一枚螺蛳似的肚脐眼儿，里面藏有很多的黑垢，也顾不得用火柴棍蘸着酒精棉球好好地擦一擦，就那么原汁原味地展现在观众的面前，让人觉得其脸虽美，其腰也细，只可惜其脐却脏，便在心里只给她打 80 分。

上帝的过失

目前论说男人和女人的书，几乎与男人和女人一样众多，以至于散布了整个世界，说是浩如烟海、汗牛充栋实不怎么为过。论者从西方到东方，从肉体到灵魂，研究之广博、之精深，令人叹服或比较叹服。君不见亿万以计的读者先生已将好奇的眼光从武侠，从惊险，从侦探等恐怖的洞窟里探了出来，渐渐转向人之本体，转向这一片更为奇异而又与己相关的领域。

这时候，广博精深的议论固然精彩绝伦，但往往还不如本色原貌的事实更有吸引人的魅力。缘此便应运而生了描写男人抑或女人情感命运的纪实文学。而在男女充作的主人公中，又以女为多。穷根究底，原因乃在于女人较之男人，其尤为美妙的肉体和神秘的心灵，以及尤为困窘的人生和苦难的命运，更能震撼人类包括大多执迷的女人自身。

圣经说红尘之中本无女人，善良的上帝为驱除亚当的孤独方才造了夏娃。却万万没有想到两个人类的祖宗一旦会合，便偷吃禁果，生出七情六欲，而在同样丰富的生命色调中，女人往往是辉煌闪过即凝冷色，更可怜者甚至从未有过辉煌；上帝好心反成了恶意，灾难成性的爱海洪波泛滥着，横流着，使天地间一片混沌，冲垮了所有的障碍，淹没了整个人类。

然而如若是没有女人，又怎么还有人类呢？

于是女人为人类的繁衍而受难。上帝创造了女人，但上帝创造之后却再也无暇顾及，对于为人类而浴血奋斗战功卓著的女人没有进行奖赏，却一任其惨遭各种严酷的惩罚——来自外在的、社会的惩罚，和源于内在的、自身的惩罚。

上帝当年为亚当而创造夏娃，乃是为了弥补应当完整的人的另一半，方才蓄意给了伊与阳刚相对的阴柔，与雄健相对的羸弱，与干净利索相对的逶迤缠绵。女人来到世上就注定了是成为配角的第二性，上帝为什么不先造一个夏娃呢？尤其不公平的是，男人和女人共同所有的孩子，却要怀在女人一个人的腹中，且要由伊一个人哺乳，这就必将使其花容速谢，玉体早损，使其属于人体自然范畴的审美价值随着无私的奉献而反倒日趋贬低，因此让在相同抑或相似的价值的地平线上燃起的爱欲的篝火大受影响，以致全部熄灭。这是上帝的过失。上帝应当让男人怀孕和哺乳，让女人长出象征雄威的粗硬的髭须。

那么一来，男人不又成了女人么？替换角色，代之受罪而已。因此纵使上帝在天堂也进行一场关于性别的伟大改革，也断乎不是解决生命悲剧的根本措施。女人的问题之于女人，仍然既是与生俱来，而又与死俱去。

上帝是虚无的，其心哀哀的女人将无从控告。但社会则是实在的，身伤累累的女人却应当申诉。不平则鸣，诗可以怨，这期间女人中自然有觉悟而勇敢的巾帼英雄挺身而起，奔走号呼。更为激动人心的是，还有男人中无私而侠义的豪杰仗笔而斗，力透纸背。关于女人问题的纪实小说便如一通冤怨愤忿的新鼓，大义凛然地敲进森严的文坛，一路之上，令闻者魄动心惊。

这批作者绝非蓄意危言耸听。原是他们的脚步的确闯进了女人的私寓，迈入了女人的心灵。他们继而就带着茫然的心绪走向世界，握着那苦难线索的一端而去寻找一万种硕大无朋、错综复杂、网状混沌的迷宫般的线团。他们工程浩大，运笔千钧；他们材料翔实，不容置辩；他们行云流水，一气呵成。以与纯文学不甚形似的朴素和自然的笔法，吼唱出一部部群体的和个体的女性之歌，或恋歌，或恨歌，或悲歌，或颂歌。这雄浑的歌声震荡着一度死沉的文坛，闻者如云，有女人因同类而惊觉奋起，亦有男人为另一半而有泪轻弹。

明星未必不是好东西

最近报界又在批评毛阿敏，说伊的出场费原不该是那么的高，说闻讯来听毛氏歌喉的都是水火之中倒悬之下的灾民，伊真是芳心何忍。这事果然是有些问题，遭灾地区的父母官手里拿着大把钞票，不去解民水火倒悬之苦，却偏偏要买歌听。即便听歌，拣个便宜的听听也罢，又何必一定要去听她毛阿敏呢?

霓裳半裹的歌女对于一身臭汗的灾民是否能够产生一点爱，比方说免个费义个演什么的，我们不好管而且也管不住，那得由伊的阶级觉悟所决定。我们只有抱怨那些抱怨者，既然你们无灾，你们为什么要人家救你们的灾，既然你们有钱，你们为什么不给人家钱，不吃饭是不得活的，不听歌莫非也不得活了？毛氏女如此的无情无义，你们还如此的牵肠挂肚，到头来挨一下宰也是活该。

同时也怪这个阿敏小姐只顾着动嘴，却不去动动脑筋向有的同志学习，从贪污的几千万中捐出千把块来买几箱罐头，当晚还可以坐在电视里向外面频频挥手。

由此看来，艺人的身价原是欣赏者哄抬起来的，如同生活市场上的米面油、肉禽蛋，哪个品种味道好吃，那个品种就贵，反之就便宜以致无人问津，这便是毛阿敏的歌子为什么有人买，而王阿狗的歌子就没有人买的原因所在。我们常常希望志者或者智者凌空一喝，号召大家团结一心杀下高价艺人的威风，让他们和糠了心的萝卜一样只卖两毛五分钱一斤。然而失望得很，人们依然决定省下给老公老婆买裤子的钱，而去一睹非老公老婆的台上风采。回家之后余音绕梁，久久难眠，睡着了又一不小心把人家的名字念出来，由此埋下一颗离婚的种子，真是应了鲁老夫子的一句话，哀其不幸，怒其不争。

更多的时候则是人们赏罢了艺人的歌舞，接着又来讨论艺人的收入，经常梦见某位大腕演出回来的半路上突然杀出一个程咬金，十万块钱没有了，刚在巴黎买的裙子也被剥个精光，嫩花花的肚子上还挨了一刀。人们很少能够想到优秀艺人兜里的银子多是多了一点，但是却来于自己如莺的甜喉，如蝗的柔腰，无论这些东西是娘胎天生还是苦练十年，比起那些挣着公鸡嗓子作报告的贪污犯，挺着啤酒肚子盖公章的受贿者来，毕竟还算是劳动所得。

蔑视艺人的人中首先是一些官员，他们以结结巴巴朗读秘书起草的报告的水平，一听人家妙语连珠就心里难受；接着是一些学者，他们深刻着一张脸把剽窃前人的八股文章作为标准，批评人家的歌词里面没有主语；接着还有不当官也不致学的泼皮无赖混混儿二流子，直着两只血红的眼珠把人家的大腿看够了，然后骂一声真他妈的不合理，恨不得把人家的出场费抢来拿到馆子去喝酒。这些人对明星这个说法不大愿意接受，情愿眼泪巴洒地把这个大人物比作太阳，把那个大人物比作青天，而坚决不许身怀绝技的艺人是颗小星星，好像我们的国家是被这些小不点儿的星星搞坏的一样。其实小星星们只是红太阳的歌者，只是一闪一闪地要给人间红尘装点那么一点所谓的美丽而已，唱个歌跳个舞演个喜剧小品什么的，没有那么大的本事祸国殃民。

一些官员视演员为戏子，知道他们屁股下面的那个皇帝宝座无非是木匠做的，并不存在实际的意义，晚会谢幕后上台去和他们握手，总是用一只手松松垮垮地对付人家两只。他们不知道里根曾经做过武打男角，周恩来扮演的甚至还是女人，两人从艺术的戏台演到历史的舞台，职位都比那些局长部长们大到哪儿去了。而一些文人称艺人为优伶，认为他们的平均文化程度没有达到大学本科，然而戏台上突然走出一个莎士比亚，掀掉银色的假发而捧出永恒的四大悲剧，让戏剧学院一届一届的研究生们，研究了一辈子又一辈子。

贝多芬不向国王让路的故事已成为世界艺苑的千秋佳话，可惜我们中国目前还没有贝多芬，也没有如此尊敬音乐的国王。聋着两只耳朵还这般猖狂的这个贝先生，假若生于我国史无前例的无产阶级“文化大革命”中，可能早就有红卫兵死神敲他的命运之门了。喜欢艺术似乎是人类最原始的天性，因此在尚未进入社会的学龄前小朋友的眼中，六小龄童是世界上最伟大的英雄。然而一上学小朋友就开始懂事了，才知道剧团的团长原来管着孙悟空的工资，还可以说不给就不给大肚汉猪八戒的饭吃。

虽然如此，一到除夕的晚上，大家还是一如既往地坐到电视机前，等着看赵本山出来，一时间把市里的张市长和李书记忘了个干净。通过这样一些典型的环境，体改委的同志们发现了一个致命的问题，那就是有些闲官以及生产闲官的机构其实是可有可无，有不如无，无了才好呢。而人们需要艺术明星，视他们为大年三十的饺子和正月十五的元宵。

明星们大多都长得好看，女的美若画眉，男的帅若公鸡，一出场就能够把人的眼睛搞得一亮一亮的，亮罢了才有些后悔不该，说他们的好看不过是得力于爹爹和妈妈，当年的染色体搭配得好，让他们长大之后享尽了人间的风流。人们说着听着把头连连点着，但是却觉得对于这个不合理的现象又不好起诉，便只好继续观看他们下半场的演出。后来又有人发现一颗女星的升起完全是因为美媚二绝，正好就找着了好色而有捧权的男导演。

这个发现一举得到了很多人的承认，于是小报记者鼓足勇气去问女星有没有这码子事，女星却把两线弯弯的蛾眉扬到额头顶上，用两片鲜红的嘴唇回答说，哇，难道我不应该报答他吗？小报记者一下子蔫了，回家一边写千字绯闻，一边觉得多情善感的女星道德良心恰恰不坏，跺着脚只恨自己当年考大学没报艺术学院的导演系。

漂亮明星的功能是给人制造愉悦，消除疲劳，扭转哀思，淡化痛苦，因而无论国内哪里发生天地人灾，哪里就有各种旗号的慰问演出，由此可见美的本身便是为人民服务。前面说到的那位死也不肯降价处理的毛阿敏小姐，便是在灾区受到的愤怒声讨。当然今日的娱乐市场也不全是唯美主义，且看那一颗一颗的丑星像信号弹似的冉冉升起在欢乐的夜空，便知人们已经被甜兮兮的肥肉腻住了，调转方向又奔往与猪草无异的山野菜。

与美星相比，丑星的思想性略强一些，他们在胜利之中始终保持着一颗清醒的丑脑，对着镜子反复研究一阵，知道自己的确不具备先天的相貌优势，便决定靠后天的努力来补一把火。因此电视连续剧宰相刘罗锅子演完后，北京人对贼眉鼠眼的李保田的热爱，居然远远超过了京都第一美人。

人们比较讨厌的是那种发女人气的男人，作男人状的女人，觉得他们是故意跟自己身体性别作对，失了阴阳，违了天道，想反潮流却又打不过如来佛的手掌心。同时还讨厌那种在小品晚会上称著名电影明星，在著名电影里又只有几个小品动作，当节目主持人经常念错台词，做食品广告消费者都怀疑酒里掺了猪尿的演员，就如同在画家中形容自己像中国的劳伦斯贾平凹，在作家中比方自己像东方的梵·高石鲁，对一窍不通的老婆大谈稿费收入，对爱好文学的企业家却哀叹出书缺钱的一级赖汉兼九流文痞武汉周某人。

这种人恨不得全世界的人都是小学毕业，墙上挂着他的画嘴里念着他的文眼睛盯着他出现在电视中的一张自我推销的厚脸。这种人可以装模作样在文艺圈中整整混一辈子，人们看着他的年龄想揭发又不好意思揭发他，但他自己却好意思，时不时地还在小报上登块豆腐干大的玩意儿，谈谈自己的创作体会艺术心得之类。

这种人自然不属于艺术明星，不是本文所说的好东西。

关于艺人著书

书稿竞价会是一个隐形杀手，因为有人统计，无论深圳还是北京，书稿们每竞完一次价，它们的主人中就有一至几位心脏病要发作，至于埋下一颗忧郁和愤怒的种子，说不定哪一天要嘣的一声爆炸出来的操笔者还不在其内。这自然是一些在竞价中得到了比较便宜的待遇，或是再便宜也竞不出去的主儿。

在这样的时刻，从报上得来的消息是电影演员刘晓庆的一个书名，就有人愿出 180 万元的高价买走。妈妈的，有人忿忿然了，脸上有疤的就满疤通红，没疤的就红两只眼珠，至少在一个礼拜之内马应龙眼药水会丧失一切疗效。不就是个戏子么？一位竞价者说。而我还是一级作家，又一位竞价者说。愤怒在他们的脸上按照年龄的比例水涨船高，并且很想在刘晓庆的屁股后面扔一颗石子。

竞价者已经出版五本书了，每出版一本不仅没有 180 万的稿酬，反而还要倒贴两万多，虽然不是以动员支持神圣的文学事业的名义，骗取老婆手里的存款折子，而是以写报告文学的策略乞讨于花钱买广告的聪明厂长。但是那讨来的钱上，也浸透了说干的口水和硬挤的汗血。著书本是作家的事业，怎么却让艺人做了？这种令人想不通的事情，就像是上帝发给张三和李四一人一碗牛肉面，张三吃了自己的一碗又来吃李四的，以至于害得后者大饿其肚。更何况抢占阵地的无非是在电影里卖过米豆腐的小镇女人，便是扮过慈禧太后和则天女皇，那也不会真的是她。

紧接着赵忠祥也写了一本，据本人称已经印发了 60 万册，稿酬是按版税付的，到底有多少万元，作者替出版社以及自己保密，只说是要做一件有意思的事情。这又足以令人滴一瓶马应龙眼药水了。这类图书在中国的文化市场上已经逐渐地多起来，从各种媒介传来的说法，很多成功后的演艺界人士都想写书，其原因是他们都憋了一肚子的话要说，辛酸或是喜悦，悲苦或是甜蜜，感恩或是诉屈，纪念或是宣泄。

按理说这是好事，说明艺术正在走向成熟，艺人正在靠近学者，他们应该各自都有一套够用的学问和理论。在目前的艺术圈内，会写几篇诗文的艺坛泰斗，会作几首词曲的年轻歌星，会导几集电视的全才演员，会画几笔国画的当红小生，比比皆是，令人振奋。尤其是在某一台晚会上，赵丽蓉老太太在喜剧小品中的那几个苍浑遒劲的毛笔字，让目瞪口呆的观众转着脑袋与四座讨论，那书法如果真是出自她手，那该是多么的可喜可贺。

在卓别林献给乌娜的他的自传中，我偶尔读到全书快要进入结尾的那一段美文：“叔本华说，快乐是一种消极的状态，但我不同意他这种说法。最近 20 年来，我明白了快乐的意义……怀着这段快乐，我有时候坐在外面我们的阳台上，夕阳西下，我的眼光越过了那大片青绿的草坪，眺望远处的湖水，而湖水以外的则是那些凝重的群山，怀着这种心情，我一无其他杂念，只知道欣赏那庄严的宁静的美。”这时候我抬起头想，假若有一天我们的赵本山也能写出这么空灵而又执拗的文字，这本书一定也可以远销美国。

图书的市场与其他市场大体无异，如水果，如蔬菜，如鱼肉，如禽蛋。物竞其类，适者销焉。两者的分别也是有的，无非一是物质，而一是精神。这样看来，在从事演艺的艺人畅销著作的书摊一侧，一些专事写作的作家的书皮上落满了灰尘，抑或根本就印不出来，原不应该归罪于艺人，上法院去和他们打官司，义愤填膺地起诉他们侵犯了创作的阵地，要求赔偿经济和精神损失费 10 万元的。

不要觉得他们来钱如此容易，不敲白不敲。在真正的自尊者的面前，本还有两条道路可走，一是想办法把自己的书写得比他们更好；二是也学他们的样子反串角色，去演电影电视或是主持晚会节目，以其人之道还治其人之身，把他们香喷喷的饭碗也给端了。

据史料记载，英国的莎士比亚和中国的关汉卿写完剧本，都是演过戏的，虽然没有主演替父复仇的哈姆雷特王子以及断头于冤假错案的窦娥小寡妇，只不过是跑跑龙套，最终不以演艺传名，乃是因为他们的创作在当时更令世人瞩目。与今天既不屑于表演，又不善于编写的所谓剧作家并不是一码子事。

电影演员沈丹萍送我一本她写的书，怀着一种很多人都熟悉的心理，我颇有些不以为然，透过书名预知无非是十几万关于艺术和婚恋的记述文字而已。直到几年之后因看了她演的一部新片而想起那本书来，随手翻翻，忽然就看到这样的一段言论："思考生命的意义，是一件很沉重、很沉重的事情，由此及彼，由表及里，痛苦得高尚。牲畜只为自己活着，所以做了供品，这道理简单得出奇……生而为人，一定要活得美好。"

此时我的目光在字行中走得慢了。我羞愧我们很多作家是与牲畜为伍，人类的研究者在这一点上竟启悟于人类的扮演者。不过我想，做供品的何止只为自己活着的牲畜，《圣经》中说，人类的先觉耶稣就是被钉死在十字架上。

艺人著书在今天已是一种时尚，对未来也是一种趋向。其势似乎将成必然，不仅艺人可以著书，大凡世上有生存权的人无一不有著书权。田间的农民可以著《小麦栽培》，炉前的工人可以著《怎样炼钢》，捡垃圾的老头儿老太太可以著《捡垃圾的原则及其艺术》之类。如有此类著作问世，它的价值自然会远远超过某些所谓后现代主义的小说。

天才干什么都比蠢货容易出色，而由于某种原因误入文坛的，作不出好书甚至作不出书的专业作家，若是当初端了艺人的饭碗，同样也未必唱得出好歌，跳得出好舞，他们在艺坛的尴尬地位，也许仍然如在文坛。人才成功的奥秘，过去往往爱被人才学家认为是专业的选择，而否认了自身的质量。无数触类旁通、多才多艺的人物作为独会一门也只一般的人物的衬托，将艺多不精的说法变成历史的谬论。

不过我们蔑视那种沽名钓誉、附庸风雅的，混入著作界中的作伪者。他们用在某项艺术中获得的大小名气换得一纸尝试著作的通行证，刚唱红一支别人写的好歌，自己就挽起袖子，多来米法、哥哇妹呀地大写一通，鬼哭狼嚎，时蹦时跳，唱着唱着就唱到别人的歌子里面去了，若是没能入选春节晚会，还搞一点罢演的游戏。

我们也蔑视那种收购寒酸作家的当红艺人，他们两下签订协议，一方供应经历和经费，一方贡献墨水和力气，以传记或回忆录之类的文体，著出某人的一生，各尽所能，各得其所，署名是主人公的，著者却可得到一笔卖身的大价。前者的付出也许只是一夜的出场费，屁股一扭而已，而吭哧吭哧要写一年的后者，百感交集握款而归的途中，忽然会想起男妓一词，为伊消得人憔悴的脸上，顿时红如百元的钞票。

假　唱

当然这又是个新词儿。在过去的辞书中，关于假的词语可以列出很长一串，如假寐、假死、假嗓子云云，而无假唱。可见以前的歌伶，无此伎俩。与不是真睡和不是真死相比，假嗓子似乎快要沾边了，但本质却仍与假唱绝不相同。假嗓子是指不用真嗓发音，我们看京剧，那位角儿气得一部长须呼呼乱摆，嘴里叫出的“啊呀呀呀”，所发的尖锐嗓音即是假音。还有古装电影中，好汉扮成即将被抢的小娘子，勾引淫棍的那声娇滴滴的“相公”，也属此类口技。

假唱则不一样。假唱是张开樱桃小口，抑或血盆大口，作一开一合状，却不发音，而让身体以外的某个部门，唱出一支主持人报的歌子，让掏钱买票的广大歌迷通过伊忧郁、痛苦、颤抖甚至疯狂的表情，误以为歌者在为音乐事业献声和献身，于是用力地把两只巴掌拍疼。帕瓦罗蒂唱我的太阳，嗓门如此之大，是否用了假唱，不当场者不得而知，但听说一位黑人歌手，却是唱死在歌坛上的，似乎传说中的杜鹃喋血。由此便知，如中国时时处处可闻的幽默百姓所谓，假唱也是中国的特色。而且是时代的特色。因为古代没有录音设备，留声机在近代中国贵族夫人床边的出现，曾经使丫环仆人大叫有鬼。

儿时看黑白电影，看到刘三姐与那三个蠢秀才对歌，曾为那美丽的歌仙捏一把汗，担心若是一句没有唱好，便会被抢去给莫老爷做老婆。幸而三个秀才水平不及，一个一个败在贫贱不移的刘三姐的嘴下，方才松一口气，为那艳福不浅的阿牛高兴。自从听了假唱一说，私心便作设想，刘三姐当年那样大的唱歌量，却没搞这种邪门歪道，实在是心灵比外表更美。不过，由于条件的局限，想搞也搞不了，其一是她要根据三个秀才当场提出的问题，一一回答，不可能先期录音；其二是想录音也没有设备；当然第三点是最重点的，一个广西大山里的姑娘，想不出这样的鬼点子。

近闻一老牌歌星，唱完湖南花鼓戏，又唱北京大碗茶，几十年走遍了南北东西，甜喉如莺，唱到安徽淮南，忽然唱出问题。因为唱罢第一段，正以散文的语言向淮南人民亲切问候，这时候第二段歌儿响了，是屁股后头发出的声音，一下便兜出了老底。原来刚才那一开一合的好看的红嘴儿，只是个形式主义的器官。这是机器的告密，伏兵的背叛，一如置信任者于无脸见人之境的阴谋和陷害。掌声响起来了，细听却是怒吼。老歌星如何下台，且见小报。

与怒吼相比，我是能够体谅假唱的极少数人之一。因我少时患过嗓疾，至今喉下有痕如豆，恋爱时曾在月光下被人察觉，一口吹灭姻缘。将心比心，便想歌星若是昨晚刚收了穴头的钱，不幸今夜喉咙就一阵一阵地发痒，手边又没有草珊瑚含片，说出话来好似被迫与姜昆分手的李文华，这一头主持人却把伊的名字对大家作了公布，若是硬性开喉，万一咯的一声，公鸡打鸣一般坏了一世名节，怎生是好？左右都是一个难，慧心有悟，遂想起救命的科学，中国的特色和时代的特色。

不过倘是发生了以上险情，若能采取明码标价的措施，即向大众公开亮牌，张嘴发声每晚多少元，张嘴不发声音每晚多少元，不张嘴也不发声每晚又是多少元，愈到后面愈可以在价格上作些优惠，风度如姜子牙，直钓高抛，愿者上钩。这样倘仍有人不远百里来看嘴动，那只能怨他自己瘾大，没有鸦片烟，聊以死白菜叶子充数，再无受骗之嫌。他日东窗事发，谅小报记者也做不出来文章。

以上只是关于假唱，聊发小叹而已，受骗者至多吃几个银钱的亏，青山尚在，散尽复回，横竖又不会因此死人。而真正令人恐惧的，乃是在有特色的中国大地上，比假唱要危害万倍的东西，如假粮种、假化肥、假农药、假政策、假洋鬼子、假钦差大臣，等等，只要碰上一种，命该休矣。

打倒传统

现在的年轻人似乎在搞打倒传统的有奖大赛，因为越不传统就越现代。现代化确实是个好东西。大赛夺了魁可以得奖，奖品是漂亮的和不漂亮的小姐们灼灼的目光，以及啧啧的舌声。在此有声有色的鼓励之下，凡是敌人拥护的我们就要反对，凡是传统承认的我们就要否定。以此为牛顿定律，得奖频率便高。

一边这么打倒，一边却要吃饭，学习先祖的榜样将大米洗净，加水蒸煮，放入口中徐徐嚼动。并没有因为这是传统，见了白花花的大米就骂一声狗娘养的，用脚猛踏三下，而标新立异地去吃大便。吃得兴起，还脱下传统为之的衣裤，一丝不挂，以手为足，以肚脐为嘴，以传统没有的语言为口号，载歌载舞去演说主义。恐怕如此一来，小姐们的目光和舌声顷刻就化为乌有，而换以惊呼和逃命。自然更无人与之接吻，因为那口中有异物之味。这尚其次，更失望的则是人们不仅不认其为现代派，反会认为比古代派还古。裸体，无语言，手足不分，不是没有进化的类人猿么？属于返祖现象。而吃屎，则分明是狗无疑。

由此看来，传统的东西不是一概都可以打倒的。之所以千百年来能够传之下来，并且统而开去，大约亦有其内在的根据。黑格尔先生不是中国的传统派，他却说过一回“凡是存在的都是合理的”。传统中当然有大批糟粕需要扬弃，但那需要社会存在和人之意识的通力合作，说明它已到了不合理的边缘，不仅人要高呼口号将它打倒，而且它本身就踉踉跄跄地不再站得起来。

倘若一厢情愿地硬打，即使自己打得鼻孔流血，它也仍不肯倒的。比方说从北京到安徽，有了火车飞机，除了堂吉诃德先生，大约其他人都不会再去骑马。纵是关云长的追风逐月的名马赤兔，沿路都要吃草料，还要随地大小便，让交通警察抓住，罚款足可以买火车票。于是骑士时代不打自倒。

如何解脱

市面上新出了一套解脱丛书，甚得读者的欢心，这似乎说明在我们当代，在我们这个据说很精彩的世界里，希望得到解脱的人也是不少的。书中文思飞扬，时有妙语，想必是出自四位颇具才情的青年学者笔下，可惜只有薄薄的四册，不知以后还续出否。书中所论的隐逸、醉酒、出家和死亡，当今已不多见，进化了的人们的解脱方法，乃是在好空气的清晨公园里，打打道家的太极拳，练练佛家的闭目功，练罢一套再回家去，当吃肉的还是吃肉，当喝啤酒的还是喝啤酒，以潇洒的济公为榜样。

不过若是认真归类，此道仍属于修行的范围，修炼者仍是未曾剃度的和尚与尼姑，不穿道袍的道士与道婆。其实聪明的解脱，大可以不死不醉，不隐不剃，高级的方法仍还是有的，仅鲁迅先生一人就发现了两种，其一种是“今天天气哈哈哈”，另一种是挨打者说“儿子打老子”，失恋者说“吴妈脚太大”，若是见别人载着小蜜的小车从自己身边呼的一声开将过去，还可从背后扔一颗石子，说声“老子先前比你阔多了”。

据说人生是欲望的合成，而痛苦则是欲望未达的副产品，痛苦和欲望的分量的大小，计算的结果一般是成正比，即欲望越多失望越多，失望越多痛苦越多，借用民间的通俗说法，叫作水涨船高。所以痛苦多者莫过于历代心怀济世之才而痛恨抱国无门的才子，他们牢骚满腹，愤世嫉俗。但这公式并不绝对，世上也还有欲望比较容易实现的人，他们从来不受什么比例的限制，譬如皇上，黎民百姓贫不择妻，甚至饥不能娶，而他老儿的合欢龙床上却能一睡几十个，一个一个的妙如天仙，争相等着他去宠幸，若是失了公允有人还会闹出一点小情绪来。

不过皇上的痛苦一来，那就比娶不到老婆的穷人大得多了，紫禁城的失守，居然令大明天子崇祯皇帝临时学会了贱民的死法，一根绳子把御脖吊在景山的老树上，以实际行动完成了黄应全先生所论的“死亡与解脱”。因为有了欲望，人生的痛苦就成了必然的和主要的滋味，可是痛苦之后却并非都去寻求解脱，还有一条积极而勇敢的选择，那就是失败了再战斗，默默擦干身上的血迹和泪痕，继续坚持下去，直至最后的胜利。解脱者则不然了，他们往往是只一个回合就倒了下来，他们甚至不承认自己曾经争取过，因为他们是智者慧者、觉者悟者，从来也不屑于常人为之血战的功名和利禄。

解脱一词原是出于梵语，音译“毗权”，意指修炼者摆脱了世俗的烦恼和束缚而获得精神上的自由，达到了佛教中最高的理想境界。《显扬圣教论》卷十三曰：“解脱种种贪等系缚，故名解脱。”《成唯识论述记》第一本也说：“言解脱者，体即圆寂。”若是按照这个标准，只有坐化的高僧才有资格说他已经解脱了，其余活着的都不算数，都是假的。这实在给大言解脱者出了一道难题。

争相而群起解脱的故事，应溯于魏晋的名士，本丛书中有刘琦先生的专著为证。才高一世的竹林七贤除了山涛偶尔闪过做官的一念，因此被嵇康愤而绝交外，余者多视功名为粪土。阮籍的退避，嵇康的倨傲，刘伶的狂饮，无不向世人昭示着名士的清高和淡泊。阮籍作《咏怀诗》八十二首，固然满纸的明月清风，青阳素秋，但是一不小心，潜意识里的胆战心惊还是露了出来，“终身履薄冰，谁知我心焦”。他若真是解脱，何必要跳那可怕的冰上舞蹈？

嵇康的确是以死亡为解脱的，然而他的死并非情愿，而是被人强行捉去割的脑袋，临终连一曲《广陵散》也没听到。刘伶以天地为室，以室为衣，裸身狂饮，但他喝坏的只能是自己的胃，大醉醒来，睁眼再看血淋淋的现实，满目黑暗何曾有减？还有的闭门谈玄，求仙吃药，寒食散把永不想死的人吃得速死，事实证明神仙并不是那么好当的。

李耳和庄周应是隐士的导师和领袖，余者恐怕不能为世人所承认。把孔夫子也纳入隐士之林，人们在情绪上或有抵触，单说他在从心所欲之年，尚坐着一挂破烂的马车，颠颠簸簸地行进在列国战乱的马路上，做着继世兴国的好梦，不过他还是为自己留有一条退路的，“邦有道则见，邦无道则隐”。原来他如此辛苦，是认为生于有道之邦，不然他也学老子了。与他相比，屈子才是一个十足的傻逼，帮越无道，他越要见，“荃不察余之衷情兮”，毅然抱块石头跳进江里，国虽未报，却为国增添了一个吃粽子的节日。

人们已经习惯认为“安能摧眉折腰事权贵”的李白是最解脱的，视他为诗人中的庄子，“天子呼来不上船”，但他是不是没有上过天子的船呢？他还是上过的，进宫为杨贵妃创作美丽的歌词，做了两年真正的御用作家，只因不注意写下了一句“可怜飞燕倚新妆”，被杨太师抓住小辫子，在娘娘面前进上谗言，方被赶出宫门，倒骑毛驴，云游四海。不过传说他手中的一面逢店饮酒遇库支钱的金牌，也还是皇上赏的。大才子苏东坡的精神解脱，人文飘逸，更是在贬官之后，无奈之中，并非真的急流勇退。因此越是倒了大霉的文豪，诗文越是好看，而一旦做了文化部长，立刻媚眼斜瞟，和皇帝老子笑嘻嘻地和起七律诗来。

完全意义上的解脱，其实是不大可能存在的，人既活着，却想解脱，这要求怎么说都有些荒诞，人生的尴尬大约就在这里。《成唯识论述记》所论述的“证圆寂已，能离彼缚，立解脱名”，号召言解脱者要像得道的老和尚一样坐着死去，却又显得未免太残酷了一点。做人真是难啊，吃五谷，生百病，端人碗，受人管，自古至今，莫不如是。

窃以为，真正解脱虽然很难，但超脱一点却是可以做得到的。

人所看重的你不妨看淡，见金钱不要太痒，见美色不必太贪，见人把一顶无数人戴过的乌纱帽戴在头上雄赳赳地向你走来，你可以对他祝贺地笑笑，然后低头去做你自己的事情，或许一切就会好得多了。

向导

大凡在旅行中错了方位、误了佳景的先生，都会有一种切肤之感，若是到一个陌生的去处，可以没有贤妻，但是不可以没有一个好向导。当这番妻子知道了会有意见的思想某一天终于被很多人流露了出来，出于市场经济的需要，或者说是为人民服务也行，社会上有一类职业就应运而生了，那就是一手举着小纸旗，一手托着小喇叭，肚子里还装着一张活地图，红鲜鲜的小嘴巴里最好还会讲几句外国话的导游。别看这导游小姐体娜态娇，燕步莺语，但伊的学识之渊，能够准确地找到商周的遗址，权力之大，能够成功地指挥异国的总统。有谁胆敢不服从伊的调动，谨防一头钻进十三陵里爬不出来。

公元1990年夏，我们被组织着去看北京东郊的百花山，本着节约精神，且载着满满一车首都干部，想省下一位导游小姐的开销，结果车到群山之下，竟认不出百花山是哪一座，冒冒失失选个大的上了，连农家院里爬得满墙的牵牛花也没见着一朵，长吁短叹地打开相机，只能和秃山合一个影。原班人马灰溜溜地返回，一路后悔不该起心不良省那笔导游钱，早知没有纸旗和喇叭的危害性，还不如每人少吃一根冰棍。

归来悻悻，夜读《史记》，见太史公在《项羽本纪》中写项王兵败一节，有此字句："项王至阴陵，迷失道，问一田父，田父绐曰：'左。'左，乃陷大泽中，以故汉追及之。"遂想白日遭遇，竟有些像"力拔山兮气盖世"的楚霸王，两者所不同的只有，一个是跟刘邦争天下，一个是闲得无事来赏花；一个是受了那该死的种田老汉的欺骗，一个是在山下连个可供问路的种田老汉都没遇着。后有军事史家，将楚为汉灭，项羽虞死骓逝，自刎其首的千古悲剧，归结为当时不该走错了方向，认为若是往右那么一拐，后来至少有几百年的历史必当改写。

近来读到一位著名学者的文章，同写这段史事，却说司马迁笔下的那位阴陵田父，告诉项羽的是个“走”字，只怪仓皇出逃昏头昏脑的项羽自己的耳朵不好使，将其错听成了“左”，也活当天意亡楚，项命该绝，“虞兮虞兮奈若何”。这位著名学者大约是只顾标新立异，出语惊人，而忘了仔细读书，“田父绐曰”，太史公一向擅用“绐”字，同是一部《史记》，《高祖本纪》中又写刘邦：“乃绐为竭曰：‘贺钱万。’实不持一钱。”说那个用阴谋战胜项羽的政治流氓，手里没有一文钱，而嘴上却说送了一万，有点儿像我国五八年的领导干部。

当时的阴陵，乃为秦地，今安徽定远县西北一带，那里人的口音我想也未必比英语还要难懂。我有一个同姓的作家兄弟就住在淮北，他讲话口齿清楚得很，数年前二人在九月的香山上观看红叶，我曾重点要他说“走”，他的发音并没让我走错方向。

话扯远了，再说就到了乌江。我之本意，是号召从事旅行的女士们先生们，一定要认识到向导的重要性，甚至是必要性，关键时宁可把唯一的一瓶矿泉水送给导游喝，也不能对其造成得罪，而使自己误入歧途。倘若不然，伟大如项羽者就会被刘邦追上，渺小如我者就会找不到百花山。这是说狭义上的旅行，而联系到社会和人生的道路，向导的意义便尤其重要，误遇田父的后果，无论怎么想象，无论怎么夸张，以及无论怎么耸人听闻，都不会比事实本身更为悲哀。

过去的青年能够遵听父训，谨记师嘱，遇上父辈师长的学问所不能及的深奥问题，还可以去问孔子。社会发展到今天，青年就渐渐不吃这一套了，觉得母亲只生了我的身，父亲只养了我的人，你们不能仗着出了一点精子和奶子，就觉得有权唠唠叨叨，只有没出息的小雀子才肯跟着老鸟一道往南飞呢。

有热血青年要走向强大，为几个益友引领，上武当山学剑，赴少林寺练拳；又有纯情少女要走向高雅，经一位良师推荐，到速成院校买大专文凭，进野鸡班子受艺术熏陶。地铁里残疾人高声叫卖的小报上，却时而刷出某朋友谋财害命、某教授诱奸女生的红色标题，让人如陷迷途，不知人生究竟往何处去。

曾经在一个据说火红的年代，一条航船搁浅于沧海之滨，航海者众将制造机器的铜铁铸成核桃大的小圆块儿，刺入胸脯之左心脏之外的肉皮之上。但听一声锣响，半夜里也要奔将出来，手举语录，嘴喊口号，揪斗生身的父母，殴打自己的恩师，下定决心做一个无文化无良心的革命战士。他们梦游似的疾行在东方的暗夜里，疯子似的泪流满面仰望天上的北斗。据说是人生最壮丽的青春，就这样一寸一寸地逝去了，十年之后一觉醒来，重新捧起中学课本，扎根时得下的一双儿女站在背后，忽然哇的一声，发现了爸爸妈妈头上的白发。

在世间所有的向导之中，带往伊甸园的那一位最不好当。考其渊源，原来人类的始祖亚当与夏娃当年就无人引领，虽然他们是受了蛇之诱惑，禁果之启蒙，然而恋爱却是两人亲自谈的。这一点比中国《红楼梦》里的金玉良缘还要进步，倒和今天的情况差不多，只不过没有那么多套性感的时装，仅有两片遮羞的树叶而已。男女恋爱恰恰和参观故宫不一样，它无须导游也不要讲解，两个千年等一回的有缘人只一会师，号称心灵之窗的四只水灵灵热乎乎的眼睛咔嚓一闪，宛如透视五脏六腑的X光，有没有问题就知道了一个八成。

翻看古今中外所有的文学名著，但凡写到爱情，无一不是两个可怜的男女主人公，自己谈得好好的爱情却被那些罪恶的导游给搞坏了菜，他们总是满怀豪情地觉得，爱情这个玩意儿和生姜一样，还是老家伙辣。因此死活要堵住人家喜欢的这一条路，而把人家往另一条不喜欢的路上赶，结果不是鱼死就是网破，或者鸡飞的同时蛋也打了。这些千篇一律的家丑，被批判现实主义的作家写成一部又一部的小说，闹得全世界都知道。

寻找良友

友字之前，何时复加一字，未及详考。窃思或如文人著述，开始统称文章，后来作者多了，鱼目混珠，妙者可令内秀女子深夜失笑，感冒者一遍诵罢，汗下顿愈，被称美文，有的则只配用于手纸万一脱销的时候。良友一词，自然是鉴于目前朋友如三伏天大雨淋过的西瓜，满街乱滚，通货很是膨胀，在一家八流的小馆子同桌吃了一碗面，擦把油嘴扯住对方的脏手不放，痛哭流涕说是交个朋友。一时间朋友如繁殖力极强的大肠杆菌，一而十，十而百，一眨眼儿就遍了天下，其中男友或女友还分得清，因为可以参考说拜拜时的发音，至于恶友或良友，却往往至死方明。率先说出“良友”二字的，很可能是某一回从朋友圈中死里逃生出来，疗伤三月，遂想起应当给朋友下个定义。

“有朋自远方来，不亦乐乎?”把孔夫子喜欢成了那个样子，必然是一个良友，如伯牙遇子期，焚香听琴，或管鲍约会，宏论抱负。而目前自远方来的嘉宾，则大多荷枪实弹，叫你乐乎不成，一见面他就叫你给他搞五百吨钢材、三十辆汽车，一律要出厂价儿，返回的机票可以稍缓一步明天再订。你说我不出那些东西，我只出书。他说书中自有黄金屋哇，钢材汽车就是造屋用的，亏你好坏还是一个作家，未必连国家经贸委的主任也不认识？连民航的领班也不认识？一席话把你羞愧难言得活像夹皮沟里的李勇奇，只骂自己臭屎无用。他死拉活扯，请你喝酒，喝罢了喊声小姐结账，提着裤子就去找厕所，结果是你用工资付了酒钱，只求将功补过，心里觉得怪对不起朋友。

听说你不出钢材汽车和机票，只出书，另一批朋友就来找你了。朋友有的会写，不过是由于诸多原委，无人肯买，便决定亲自来印，亲自去卖，不惜半夜三更偷老婆的存款折子，和阻挠神圣文学事业的妇女作艰苦卓绝的搏斗。有的不会写书，是请别人代笔，自己转手，旨在发了横财且有异于街头一手轰苍蝇而一手卖馄饨的，你答应可以帮忙，但总得审读一下才对政策有个交代。朋友说，作品都在党报上发表过，人虽是电大毕业，却也入了协会，免了吧，喝酒。这一次朋友叫小姐结账时没上厕所，居然慷慨地把钱付了，但是在上缴费用时，则笑着小声要求刨除这笔开支。

朋友的书根本没有经过你的编校就印了出来。为了少花一百五十块钱，或想多赚两万八千块，印得像本旧农村的老皇历，平均每页错一十七个字，封面上赫然打着你们的名号。你的脸突然红了，对朋友说你怎么能这样丢我的人呢？朋友的脸却不红，而是翠绿如冒出地面的半截萝卜：书上印的不是你他妈的责任编辑么，若不是朋友，老子非告你！

历史上倒于朋友背后一剑的英雄何其多，捧胸喷血，跄然回首，那人恰是昨夜举樽对酌者，一句“原来是你……”尚未说完，仆面倒下，含恨咽气。但凡那些死后眼睛还瞪得像一对牛卵子的主儿，必属此类无疑。目前时代进步了，杀友不必用剑，向新任领导打一个小报告即可，就说在某某用过的坐便器里发现了一张选票，候选人栏是他的名字。死者往往至死不悟，眼里再也留不下凶手的尊容，让手拿放大镜的福尔摩斯先生无据可查。

希望朋友如魏晋名士，春秋义者，分明已属苛求。程婴公孙杵臼者流，即便于舞台之上亦已久违。论三国英雄的毛氏父子所谓的“是非成败”四字，国人已习惯于省略前者。国人还喜欢在有关场合开展罗列名人的大奖赛，争先恐后地念出一些如雷的名字来贯别个的耳，希望把别个吓趴在地。他说这个名字是自己的朋友，那个名字也是自己的朋友，虽然与这个那个人物本身目前尚未直接接触，至于在参赛前刚刚为自己精心整容的真正朋友王剃头匠儿，则矢口不提。

国人以拥有几个名之显者位之要者国籍之洋者血统关系之大人物者的朋友为殊荣，若有此物，好比在一煲狗肉火锅里撒了一撮五香粉，一张抽皮皱脸上刮了二两珍珠霜，顿时异香扑鼻，光彩夺人。如此看来，其心理固然不乏物质的索求，但却也有精神的需要。

友字之前被冠以良，则非同类。夫良友者，他应是这样的朋友，你走运时，他常来走走，他喜欢来在那帮打着酒嗝的朋友走了之后。那帮朋友拍了你的肩膀又打你的屁股，说你将来要当总统，他不拍打你那些部位，觉得不卫生，也不拿总统作比，怕你真去谋朝。他来了喜欢坐在你的书房里，翻翻新书，聊聊人生，清茶一杯，喝干自添，忽然起身说走，走到门口并不回头作险忘大事状，要你给他的妻妹联系一个发财的单位。事实上他是并不知道你究竟走了一个什么运，没想过这个运和他有什么关系。

你倒霉时，他也常来走走，这时候，那帮打着酒嗝的朋友一个一个都出了远差，屋里显得很空，也静得慌。他还是喜欢坐在你的书房里，你已经很久没有买新书了，因为钱的缘故。你甚至没有了买一两茶叶的钱，他就自己给自己倒一杯白开水喝着，给你也倒一杯，说是水比酒好，淡化万物，人生在世什么东西又不是一杯水呢？事实上他还是不知道你究竟倒了一个什么霉。这次走了，下次再来，怀里揣着纸包的毛尖，约摸五两的样子，老家刚寄来的，他把它二一添作五，一人一半。

有一天，你真是觉得生命已到了尽头，你很想在临终之时和一个最好的朋友说三句话，妻子替你列了一张八十五人的名单，供你择优录取，你将头摇着，最后说出了他。可惜的是一本电话簿记得密不透风，上面偏偏没有他的号码。而恰值此时，他带一位乡下草药先生破门而入，说是慕名去从山东蓬莱寻得，不妨一试。你的心病果愈，而且运气复至。打酒嗝的朋友纷纷出罢远差，卷土重来，举杯敬酒，大叫感情深，一口吞。坐于下席的他含笑站起，替你饮了，说是医嘱切记。

夫良友者，他还应是这样的朋友，一年无信，元旦之晨于贺卡林中一眼挑出那自制的一帧，四句吊儿郎当的打油诗，恰是你昨夜梦中所闻。十载之后，突然从美国打来长途，一声奶名，骤然唤你回到摸鱼捉蟹的光屁股童年。良友之不同于恶友以及其他，乃在于良友之交，无欲无求，朴真本性，因即是果。良友以友为终极之目的，其余皆视同狗屁。人见良友与一获释囚徒于露天小桌对饮，憾然摇首，良友曰："劝诫不力方有此灾，友之过也，如今再事劝诫，是谓补过。"

噫吁，人生得此良友，千秋幸哉！

两眼泪汪汪的老乡

世人都说老乡好，何以见得？有打油诗两句为证，诗曰：“老乡见老乡，两眼泪汪汪。”那是打油诗人形容老乡相见之时，激动人心的伟大场面，若是在电视里，画外的音乐就响了，还有人乘机唱一首副题歌。最近看 MTV 大奖赛，居然发现，有人为这两句打油诗谱了曲子，由一名甜喉歌女演唱，一句出口，那两眼一闪一闪，真的泪汪汪了。可能伊此时此刻想到了在座的评委中，有伊的老乡。

检验老乡的方法，如同新闻系教授讲习写作，有三个要素。一是听其说话的口音，二是看其喜欢吃什么菜，三是让其把家乡的风水人物详细地描述一番，若果然同音、同味、同记忆，那便真是老乡无疑。于是请到家中，命老婆沏家乡茶，炒家乡莱，以纯正的家乡方言痛说家乡史，抑或大骂家乡的世风人心。千万不要把假老乡带到家里，防止他南腔北调，阴阳怪气，酒过三巡就埋怨为什么没有上沙拉和果酱。

夫老乡者，同乡之人，老家之人也。在同乡、同事、同僚、同窗、同桌、同床、同仁、同族、同宗、同姓，以及新时代广泛称之的同志们当中，最容易拉党结派的，就是同乡，所谓乡党，亦即指此。从来没有听人说过事党、僚党、窗党、桌党、床党、仁党、族党、宗党、姓党。自古以来，聚众谋反的，多为同乡，盖因他们受同一恶霸欺凌，为同一灾荒所逼。又居住相近，教化相似，意气相投，血性相同——由于吃的是一样风格的食物，辣便辣，苦便苦，烫嘴便烫嘴。抛开天时不论，起码地利人和，一人鼓之，众皆响应，打家劫舍，攻城掠寨，若是使用暗语，敌人不懂，自己人却一个激灵就跳了起来。路线也都一样熟悉，抢了钱粮，飞也似的各就各位。历史上最骁勇善战的军队，多以同籍贯者为主体，如湘军，如桂系，浴血奋战，要死死在一块儿，英魂也要同归故里。他日得了天下，也总以老乡为心腹，拉铁杆保皇队伍，杀鸡滴血，饮酒同盟。

老乡办事，效果最佳，许多疑难问题，悬之三年不决，老乡出面，迎刃而解，如温酒斩华雄一般麻利。两军对垒，攻城不下，绑个老乡在城外喊一通话，往往可以动摇城内军心，其堡垒最容易从老乡攻破是也。与老乡打交道，最容易有信任感，看到那张被家乡的风吹皱的脸，握着那双被家乡的水洗糙的手，听着那口家乡的方言，接过那包家乡的土货，你的心不由得一下子回到了家乡，眼前站着的哪里是素昧平生的老乡呢？分明是你的舅老表，你的小姨妹。你的鼻子恨不得一酸，很快就应验了两眼泪汪汪这个说法。

不过也有老乡骗老乡，有泪肚里淌的。去岁狗年，江城有女士，姓商汤的汤，欲在武胜路开家书店发财，引进京版图书，却苦无书源，想到老乡，遂辗转打听，请长江社的大善人欧阳公修书一封，面呈于我，说是老乡开店，应全力支持。我观此女面相，三分奸狡，但听开口，一口武汉话说得行云流水，抑扬顿挫，称您为“你 nia”，夸我“四几猫得话唆的好冷罗”（是多么没有话说的好人呵），我心发软，即刻让出版部门以集装箱发书千册，到武汉金枫书屋，老乡嫌少，我又让邻社再发一千五百册，书种由老乡进库亲点。

人皆疑之，说素不相识，若是骗子又当若何？我笑曰：此老乡也，若不付钱，向我讨之。孰料汤老乡果然不付一文，频频相催，如石沉海。不知汤老乡猪年可发狗财，发财之后可记得我“你 nia 四几猫得话唆的好冷罗”。此类老乡故事，不仅上例，尚有销书赖账，嫁祸于人，诈骗书号，恶言反咬的老乡，多矣。甚至有的用了孙子兵法，巧使连环，以我为掩体，互相攻杀，枪弹纷落，打得我两眼泪汪汪。同是一个骗，还不如那金枫书屋的汤老乡，以女式的骗法，骗得温柔。

据物以类聚的法则，我平生喜欢这种老乡：有了喜乐，想起老乡，愿意与之分享；有了忧患，想起老乡，希望为之分担。一切都不转弯抹角，花嘴柳舌，更不巧使伎俩，毒设陷阱，或笑或愁，他都在前三句话中，把它利利索索地说出来。升官发财，易妻出国，老乡喜欢举杯，老乡自然是要举的，呼不呼两声口号也是老乡自己的选择。但若是官升不上去，财发不起来，丑妻也甩不掉，想出国又越不过那道铁丝网，忽然做起某一桩生意来时，老乡若能帮忙，老乡自然是要帮的，行善之心，路人皆有，何况老乡？

老乡若不能帮，那证明老乡的能力有限，抑或你的理想失当，千万不要，嘴里哼着世上只有老乡好，心里牢记无毒不丈夫，一边斟“白云边”酒，一边埋地雷，让老乡喝醉了一脚踩上去。和老乡交往，忌者有三。第一不要虚情假意，第二不要强人所难，第三不要有失信用，即说了话要算，签了约莫赖，拿了人家的东西要还，哪怕那破玩意儿只值七块五毛三分钱。当然老乡若说是送给你的，便是花了7530块，那又是另一码子事了。以上三条基本原则，老乡若能恪守，老乡情谊久矣。

猪年已至，聊兴忽发，文中之愤恼，之悔憾，尽随狗尾而去，愿老乡各居诚心爱意，如促膝听涛，心灵互动，春潮微雨，海天平和。若仍有自喜聪明如猴者，为偷掰老乡一根值不了几个钱的玉米棒子，而失了天道人心，遭一百个正派老乡的唾骂，实在是比猪还蠢。

爱人又叫什么

爱人一词，自然是引进于西方的，darling，男尊女卑的中国古代不喜欢搞这一套，人们以传宗接代为主要目的，其次是政治或经济，进行性别的搭配，家庭的组合。既然婚前陌面不识，当然也不苛求其心有爱。主张仁者爱人的孔圣人，他自己的老婆便是母亲征在生前早早替他安排好了的丌官小姐，婚后上孝孀母，下哺孔鲤，兢兢业业几十年如一日。孔子的爱人一说，原指人间的慈悲与关怀，与男女情性是无关的。

中国古人夫妻间的称谓，便是无爱的证词，书香门第，官宦之府，女称男为老爷，男称女为贱内，农家茅舍百姓院里，一身猪屎的老两口子，相互的喊话就更无客气可言了。时间进入当代，都市的男女以日渐厚实的皮肤率先克服了脸红，情焰千丈的红歌星们在舞台上大声咨询天地万人“我的爱人你在哪里”时，偏僻得电视里的歌声都传不过去的大山中，女人还把男人叫作当家的和娃子他爹，男人还把女人叫作偎灶门的和娃子他娘，他们叫得天经地义，理所当然。这叫声贯穿着他们吃饭、种地、洗脚、睡觉以及从事性行为的人生全部内容，在这样的叫声中，一个一个的超生子女长大成人，复又开始扮演年轻时的他爹他娘。

据说很尊重人权的外国人，是很懂得爱人的，他们远比中国人叫得亲昵：阿拉伯人叫爱人是我的小黄瓜，刚果人则叫玉米，波兰人叫甜饼干，法国人叫我的小卷心菜，立陶宛人叫啤酒，美国人叫蜜蜜糖。这些形形色色的美妙的比喻，初一听来足以让爱人们感动得流下一滴眼泪，然而接着再听，却发现全部都是吃的食物喝的饮料。相比之下，南斯拉夫人把爱人比作小蟋蟀，还算是一种有生命的活物，但仍没有把爱人视作是人，而是供人娱乐的小把戏。

回想起来，苏联虽然现在解体了，可是苏联的人民还是最懂得什么是爱人的，“我的心上人站在我身旁，衷心祝福你好姑娘”，在莫斯科郊外的晚上，他们用俄语幸福地歌唱着，认为爱人不是吃的不是喝的也不是玩的，而是人，心上的人。这首优美的俄罗斯民歌迷醉了整整一代的中国青年，在中苏断交、国人断爱的伟大而史无前例的无产阶级“文化大革命”中，许多沉浸于爱中的白天鹅因了她而喋血死去。

把爱人唱作心上人，似乎又暗合了汉字创造者仓颉的本意，繁体的“爱”字，其间原本是有一个“心”，文化的复杂驱使着汉字的简化，商品的伪劣启发了情感的虚伪，男女相爱时就不必再用心了。简化后的“爱”字仅仅比“受”字要多一个斜斜的“十”字，意思是说，相爱的男女如果不背着一个沉重的十字架，那就要好受得多。

当代男女既要享受爱又不想背那玩意儿，因此那个十字架眼看就要倒了，这个字的结构巧妙地告诉爱人们，爱原来是应该有责任的，因此今天的爱人们一直在为摆脱那个心中的十字架而做着艰苦卓绝的努力。在这个问题上，隔壁耳朵没聋的邻居，居委会嘴巴长的老太太，以及派出所主张安定团结的婚姻调解员心里都有一本档案，只要耳光一响，爱人们平时抱着又是亲又是啃的那副嘴脸，都涕泪交加鼻血长流地在眼前浮现出来。

今日社会，爱人一般都是自己找的，两个性别不同体积相似年龄大概差不多的高级动物，在一个夜幕下的小公园里躺着小声说了一会儿话，据说就被那个长翅膀的小家伙一箭射中了，爬起来就去凑钱买家具。在家具城旁边的电影院里，这对小爱人还花钱买票看了一场《梁祝》，一边看一边庆幸自己没有碰上那个万恶的马员外。

然而过不多久，他们路过那座曾经中箭的小公园而直奔街道办事处时，一个眼睛青乎乎的好像我们的国宝熊猫，另一个半边脸上则呈现着明显的抓痕。街道办事处的长板凳上坐满了一对一对或老或少的爱人，他们推算临到自己把婚离掉恐怕会到半夜，便决定回家继续战斗。这次担任义务捏合的是两对亲家大人，说也奇怪，四个老同志当年都是听凭父母之命媒妁之言，并没有上公园去像儿女一样躺那么一会儿。亲家大人们异口同声地吹牛说，从洞房花烛到头发花白，他们的脸上都还没有出现过这种又青又红的彩色局面。

与两对老亲家同时代的人物中，革命成功后休妻另爱的现象也是有的，每每在批判现实主义的小说或电影中，便遭到一些打抱不平的文人义愤填膺的描写。但那原是不应该怪他们的，糟糠之妻的那一双小脚的确也是太难看了，像端午节蘸红糖吃的粽子一样，嘴里又不会讲普通话，这样的异性在接见外宾或者出访西域的时候哪里带得出去呢？于是就从围在身边甜蜜蜜喊首长的年轻女孩子中信手拈来一个，那爱的滋味果然便大不相同了。文人们对此不必有什么看法，你们也不是不知道，那种没有爱的日子是多么的难过啊！

西方的爱人们当觉出对方已没有爱了之后，便商量着友好分手，另寻他爱。某一天在某一个夜总会上，他们相互发现曾经和自己抱过多年的那具熟悉的肉体，此时抱着一个陌生的女人，或者被一个陌生的男人抱着，摇啊摇的，他们还很有教养地微笑着点头，意思是问询对方怀里目前的这一个，比之当年的自己如何？感觉上若是比不上，还可以回过来鸳梦重温，就像中国作家罗贯中写的战争小说《三国演义》那样，合了还可以分，分了又可以合。

老托尔斯泰在《幸福的家庭》里写了一个老夫和他的少妻的故事，那位老夫眼看着少妻和他的爱不足了，赶快套上马车出去旅游，力图用春天的风景来进行挽救，回来以后果然爱就增了许多，两个人的四只眼里初恋似的熠熠闪光，其原理很像是给行将耗尽的电池充电。这个故事，容易使人想到活了 80 多岁的托老头儿本人。

类似这样的情况在我们身边并不多见，我们的所谓爱人们一旦觉察出对方爱的不足，脑子里嗡的一下首先想到的是，这么好的东西必然是转移到哪个狗娘养的身上了，肥水不流外人田呵，于是从床上一纵而起，不是去套马车，而是去拿菜刀。在中国，昔日的爱人一般都化为今日的仇敌，自认为被抛弃的那一方，牙巴骨在黑暗中像老鼠一样咬得咯吱咯吱的响，每夜都要诅咒一遍对方和他或她的新人不会有好下场。

抱怨父母的婚姻缺乏浪漫，遗憾阿姨的爱情不够传奇，最喜欢读琼瑶、三毛、张爱玲的爱情小说，烛光下被夏洛蒂·勃朗特的《简·爱》弄得眼泪扑哧扑哧往下掉的，漂亮、高洁、脱俗的北京小姐儿们，嘴里哼着“爱”是什么什么的流行歌曲，哼着哼着听得耳边有香港人说话的声音，身子一软就倒进了一位年过半百的大款怀抱，听他用生硬的粤语呼唤着她，小姐哪，可不可以交个朋友哪？京姐们觉得这嘎嘎啦啦的音节恍如天降，伴随那散发着生猛海鲜气味的热吻一道落在嘴上，就像撒在红木餐桌上的货币。你正是我寻觅的爱人！伊们美妙地闭上眼睛回答，一颗心继续倾听货币落桌的声音。

美加净再加点善

世上的男人，在一切问题的认识上都可以存在着分歧，比方说在大的方面，有的想当万人之上的市长，有的却想远离人寰去做个动物学家；在小的方面，有的爱用柔软细腻的手纸，有的则觉得还是粗糙厚实些的才有耐磨性。凡此天壤之别，不胜枚举。但是在一个问题上，看法却是惊人的一致，那就是都喜欢美丽的女人。古往今来，无论外中，从来也没有哪一个男人者流，忍心把笑嘻嘻迎面走来的绝色女子一个耳光扇开，而特意到麻风病院去娶回一个没有眉毛的秃女为妻。美女在男人心中的地位，重要到足以和江山相匹。

把前朝君王们害得好苦的美人，如亡殷的妲己，败周的褒姒，沼吴的西施，乱唐的杨妃，尤其是为王公大夫君臣父子不下十人所用，殃及郑、陈、楚、晋四国的夏姬，莫不都是历史的明证。便是时代发展到了今天，小机关里的小人物们，年终分配一本挂历的时候，在江山万里图和美人酥胸照之间，大多数男人还是假装在走廊上徘徊一阵，然后卷了后面那种就走。回去挂在床的对面，一日三睹，宁可因此而引起夫妻不睦。

长得美的美人还须清洁，不然不美。倘若有时髦女子，风姿绰约，衣装亮丽，一身行头随着屁股的扭动灼灼地闪着金银二光，但对人一笑，那嘴编贝似的牙齿间却嵌了一片辣椒或者韭菜，便肯定会引起灵感丰富者的诸多联想，如清早不刷牙、饭后不漱口之类，继而再想到假若与其接吻，舌头将会发生的感染，身上立刻就会有一层鸡皮疙瘩浮出肉面。还有的美人时间观念很强，善于利用看报纸的闲暇，掏耳朵，剔指甲，尤其爱把指甲染得贼红的手指头翘成一朵兰花，将其中的一根派到鼻孔内部，一个回合又一个回合，进行深入的探索和挖掘，两片同样染得贼红的嘴唇儿，还配合着一张一合，好像缸水中缺氧的鱼。

若是乘坐公共汽车或是地铁，她们往往还在下车之前，兴犹未尽地取出深入鼻孔的那根兰花指，将上面的不明物轻轻搓成小丸，站起身来，一副神态自若甚至还有点儿清高的样子，顺手就抹在车门两侧不锈钢的扶手上，屁股一扭一扭地下车走了。跟在后面的，手掌自然做了抹布，将那刚刚抹过的扶手又抹得灿亮如新。这样的女人纵然真的漂亮，你敢跟在她的后面下车，你敢把她娶到家中，放心大胆地让她切菜做饭，招待你的朋友么?

电视的黄金时间里，曾经宣传过一种名字叫作“美加净”的药水，洗澡或者洗发用的，这个名字取得不错。它的意思是说，美人应当讲卫生。

美加净的美人还须修养，不然还是不美。假设有一个美人，她有很扎实的化妆技术和很强的洗衣功能，脸上早晚三描，身上一日八换，外套上不落一颗灰尘，内衣里也不长一个虱子，简直快要达到美加净的标准了。有求偶者从“今晚我们相识”栏目里得知了情报，火速前去相识，孰料一识就识出了破绽，两个人手挽着手，第一次上书店，柜里柜外地挑，最后挑了一本《麻将入门》；第二次听音乐，小提琴一响，鼾声也响了，引得四座的白眼如同信号弹一般嗖嗖地往过扫射；第三次看画展，别别扭扭地走到一幅裸体画前，突然破口大骂道，不要脸的流氓污辱我们妇女同胞呀，骂过之后并且坚决要求退票。

那晚他们相识的男人，今日只好与她相别。这是一种襟怀坦白的，借用一位大人物的话说，叫作知无不言，言无不尽，言者无罪，闻者足戒。还有的要么学识渊博，知道美国有个马拉多纳，爱情小说写得最好；要么作风谦虚，谈起什么都不知道，把对方视同问八格牙鲁在哪里的日本鬼子。这样的美人，仿佛就如三伏天长着一身白毛的冬瓜，远看粉嘟嘟的、毛茸茸的、嫩乎乎的，很有些诱人的模样，而每接触一次，那粉似的白毛都要掉下一层，直到后来露出的只有老皮，拿指甲都休想掐得她动。

电视里还宣传过一种“美尔雅”，忘了是洗什么部位的药水。这个名字也很好，它提出美人要有文化。在国际社会的选美活动中，夺冠的美人们还要进行演讲竞赛和机智问答，不是光看脸蛋儿，以及脸蛋儿下一根走来走去的身子。

然而美尔雅的美人还须善良，不然仍是不美。倘若一个美人，她身上的各个零件都长得基本没有问题，并且不用贼红的兰花指尖剜了鼻孔之后抹在车扶手上，也有一张大学以上的红颜色的毕业证书，但是她逢人就攻击一个比她长得更美的女人，说那女人谈了二十四次恋爱并且堕了八胎；她还向领导反映说一个夜里开车送她回家的男同事，可能想把车子开到一个黑咕隆咚的桥洞下面将她强暴；评定职称的时候，她把同年分到单位的一个同学的学术著作，用红笔打了八十多个问号，表示那些论点的不可靠性。

最后她不仅抢先得了职称，而且还当了领导。翌年春天，就把昔日的老师现任的丈夫一脚踹掉，炎热的夏天尚未过去，就和她的顶头上司兼职称评定委员会的主任以出国考察的名义，坐飞机到美国加利福尼亚州旅行结婚去了。这样的美人，古已有之，但危险的是，男人们都把她们当了书看，抽着烟喝着茶开着几句荤玩笑，并没有结合今天自己的身边。这样的美人，她就是把一身的好肉洗得白花花的，干净净的，滑溜溜的，口中滚瓜烂熟地背诵着文言文的道德经、白话文的党员守则，你敢和她在一起吗？除非是你不想活了。

在电视的广告中，目前似乎还没有名叫“美且善”的药水，不过即便将来有了，大概也不是用来抹脸的，而应该是喝进肚子里面，改造心肝肠肺的一种东西。四十往上的人们可能依稀记得，过去有一种“真、善、美”的说法，认为真即是美，善即是美，三者同一，方为至上之境。

世上芸芸众女人中，生而美者，仅是有了美的基础，倘若发奖，那奖章只能挂在她父母双亲的脖子上，因为是父精母血，孕育而成，她自己却一点儿力气也没有出。若是在那天生的基础之上，再学会讲卫生，有文化，不害人，那便是真美，大美，至美，自己之美了。吃过亏的、有经验的、不傻帽的男人观察美人的技巧，已经学会了首先从倒数第一条看起。如果发现她是个坏心肠，便是闭月羞花之貌，沉鱼落雁之颜，倒赔十块八毛钱送给他，他也不会要，他认得那是一颗喜欢穿花衣服的定时炸弹，而自己的一条老命，毕竟不情愿丢在她的手里。

不署名运动

名人自然是有名人的妙处，不然何以有那么多的人寻死觅活地要做名人。做得上好，实在做不上，和名人握个手也是好的，沾点名人的腥气，三日不洗，逢人便说此手与谁谁有过接触，余温尚存。自古不想做名人者，除两种之外，一般没有。其一种是嘴里说不想，说着说着一坨亮晶晶的哈喇子掉了下来，打在地上吧唧一响；另一种则是得过脑膜炎的抑或天生弱智，自知与名无涉，除非金枝公主抛打绣球的那一刻突然起风，那团红红的玩意儿越过万千才子，竟然噗的一下打在那张流鼻涕的脸上，公主大叫一声，晕倒在楼。若非这股妖风，这位当朝驸马可能一辈子卖糖葫芦。此外还有一种人不想做名人，他们是已经做过了名人，在欲求名而更名的当口不幸惹下杀身之祸，于是隐身空门，让皇帝老儿查不出来。名固然好，命尤贵之，若是脑袋被咔嚓了，又有谁来叩拜这具无头尸首？

人之好名，是好好名。古人云，人过留名，雁过留声，当然不是号召留下恶名。曹孟德说不能流芳百世，也要遗臭万年，此言曾为遭千人唾骂者引为经典，以扬其芳，以掩其臭。而究其实，那无非是白脸奸雄的一个说法而已，君不见陈宫骂他汉贼，被赐一死；张松嘲其败绩，又遭乱棍，遗臭一个小时也不同意，骨子里想的仍是流芳。人之好名，不应遭责，好名乃人之天性。我儿5岁，但逢得了幼儿园阿姨的表彰，便跳着舞蹈回家，狼吞虎咽两碗米饭之后，还要求再吃一枚鸡蛋，庆祝自己成了全班的名流。若批评他画的苹果不如别的小朋友圆，当晚必定举行绝食。回忆起来，谁也没有教他，疑是胎里所带。成人亦然，甚或年纪越大，越把名声认成是一个金包卵，曾闻某老先生因未评上正高，遂怀抱专著，含恨跳楼，留下孤愤诗一首。其对名的严肃态度，较之为避杀身而宁可剃光脑袋去当和尚的高级官员，又发展到一个新的层次。

听说有个女人捶胸顿足，仰天叹曰："做人难，做女人更难，做名女人尤其难。"这是俏皮话，君不足信，可视为宠女撒娇。发此叹者，好比吃足了大鱼大虾之后当众要买一根最瘦的玉米棒子，边说凡男人的生活是多么的美满，而她昨夜已是第三次被中华鲟鱼的刺卡了喉咙。名女人不上医院，没看见凡男人手里搀着老人背上驮着幼儿，排队挂号就诊划价交款取药被大夫呛白护士嘲弄。名女人跳舞跳热了脱去银貂大衣，出舞厅时因风感冒，打个电话人便来了，扒开裤子就锥针。名女人更不挤乘汗屁交加的地铁公汽，以及在大街上为几毛钱砍价买菜。解除名女人尤其难的痛苦，有一个最简单的办法，那就是把伊变成一个无名女人。检验名女人不想再做名女人孰真孰假，还有一个最简单的办法，那就是你假装扇伊一个嘴巴子，保险伊一下子就露出原形，跳脚而大叫曰：好哇，你竟敢打中央××委员市委××主席！

其实名人大可不必忸怩羞答，凡人对名人未必全持怀疑的态度。名人中之大多数，皆因为自己有的某个东西与社会要的某个东西给碰上了。有的骨软如蝗，跳了一个好舞；有的喉脆如鸟，唱了一支好歌；有的手巧如猴，弹了一曲好调；还有的脑灵如鬼，写了一本好书，于是名气如闻血的红头苍蝇一般，嗡嗡而来。至于那身轻如燕，腿健如羚，体滑如鱼，力大如牛，以体内之功能而获国外之冠名者，只要没喝兴奋剂，国人不必多嘴。

太平世界，一夜成名的多为艺苑体坛之幸运儿，而军界政要，名与官与权如连体三胎儿，战祸之年一仗打出一个将军，如今夜夜摸爬滚打，日日射中靶心，熬上一个团级已算不错。正想再来个师长旅长的干干，忽一日锣鼓骤然敲响，战友们唱着歌儿来送你复员。

试想一个校官如何能够名震全国？政界亦然，革命家蒯大富张铁生小黄帅生逢了革命时代，遂以革命成名，而目前的革命老干部，两眼血红厮杀正烈，忽然掐指一算，瞒去一岁也已经五十九了，讣告上最后标出一个正局级，是用糨糊贴在大门后的，报纸的第四版也不予发表。一位连任三届的大学校长与一位初中毕业的通俗歌星比知名度，君不妨手持话筒采访一百个人，其结果可使你大发阮籍之概，时无英雄，使戏子成名！回家就与老婆磋商，把两个三好学生从学校撤回来，令老大半夜翻跟头，老二凌晨吊嗓子。

如此看来，名人之出名，亦非公允，有的指标硬如钢铁需要付出生命的代价，有的则轻轻倒在评委的怀中扭几扭身子即可。还有的连身子也不扭，一手交钱，一手上辞典，腰板挺得倍儿直。名人中尚有名得更潇洒的，正在街头摆摊卖西红柿，忽然来了剧组，左看右看，说像某个大人物，弄上包车就走，教做几个手势，念几句土话，不久果然上了银幕，遂成名人。文坛名人与此类相比，其名尚属来之不易，因为毕竟是在挥笔疾书，并且有一篇曾经符合了当时的要求，后虽苦似江淹，却不弃其名，蘸着当年的一碗辣椒水儿，要吃一辈子的白米干饭。当然文坛之内也未尝没有扭身获名的，评论家乃至评奖家们虽为名人，却非圣人，也非电脑机器警察，死把质量和数据关。他们誓以使无名者得名，不投靠者永世不名为己任，让一切求名之先生之女士紧紧团结在自己的周围，向日葵一般。如此常令某些名人名得莫名其妙，仗着一股浓烟，飞天正值半途，烟散而坠原地，查其事故，乃翅膀毛儿尚有几根未硬也，因之名在一时，且终被明眼人于名前加一虚字，以示历史无情。

日前酒后曾出戏言，若任杂志主编，可发起一不署名运动，劝作者隐其姓名，以号代之，文章择优发表以至评奖，善后揭晓，借此推动一下中国当代文学的健康发展。席间闻者有四，一位名作家，一位名编辑家，一位名评论家，三人异口同笑，许久不肯鼓掌，便知此运动在中国很可能是发动不起来了。因为名作家担心明珠暗投，奇货不识；名编辑家担心伯乐害眼病，退了王蒙的稿子；而名评论家则更担心一万八千字的评论文章原来评的不是那个先锋派领袖，却让认都不认识的乡巴佬王狗剩占了一个大便宜，葫芦僧错判葫芦案，连自己的名声都受到威胁。

唯有第四位是个读者，激动了一阵子过后忽而冷静下来，小声儿地问，好倒是好，只是要这样搞，做了主编不也得撤么？

一个词语的正确搭配

经常在某报某刊看到，某人某时“夺”得某奖，我的眼前立刻出现血腥的战争，明枪，暗箭，肉搏，厮杀，结果某方头破血流败下阵去，某方鼻青嘴肿得胜归来。我对我的作家朋友们说，我不大喜欢这个动词，是你的，你就得着，不是你的，夺个什么？

还有一种说法叫“摘”，动作相对优雅一些，似乎不会有伤亡事件的发生，然而我也不大喜欢。我认为这个动词的观点暧昧，是非不清，比方说被摘的是树上一颗桃，桃枝离地七尺五寸，奇怪的是高个子未必摘得到手，却有一个短小精悍的人，脚下搭只梯凳，袖子里藏把取物夹，或者与园主玩儿一回骑大马的游戏，万人丛中，一把就摘到了。就是说，摘者成功地摘到了他本没有能力摘到的可摘物。

我还是喜欢“荣获”二字，虽然传统，虽然平静而语不惊人。“荣”是光荣的“荣”，“获”是收获的“获”，《说文解字》上此字的原始写法，左手是禾，上首是草，所取之意乃为农人割谷。种瓜得瓜，种豆得豆，种了禾谷就收，不种收个狗屁，这才是天经地义的事。即便下了秧子，但若长的秕谷不如他人子实，要想获奖，恐怕也没人给。

理想中的获奖应该是个什么样呢？我想它应该符合获字的本意，各家各户，把各自栽种的谷禾挑到一个稻场，然后各回自家。不打电话，也不写信，更不要提些好吃的东西趁着朦胧的夜色来到某处接头。接下来要做的事情，是等那些眼睛与舌头都没有大的毛病，心也没有长歪的鉴定师傅发来一个公正的通知，嘉禾便是嘉禾，秕谷便是秕谷。

如此罢了。要么，干脆就把这事忘掉，不必像老范进似的整天想着，以防发生意外。

但这只是我的理想，比较幼稚，惹人见笑了。

有人吃饱之后，一时没找到合适的工作，就弄来一捆书刊报纸，试着统计一下文坛每年究竟有多少个奖。因为资料不甚健全，计算器上只出现了一万多。上至国家，下至乡镇，左至作协，右至公司，规定以某个节日，限制写某类题材，要求用某种调子，明确有某项意义，奖金从万元以上到五百以下，奖品从吃喝穿戴坐飞机到何处去溜达一趟以及男人剃须的电动刀女士抹脸的珍珠蜜，不一而足。

据以猎奇为生的小报记者新闻披露，一种史无前例的新型职业，目前已在奖风盛行的中国诞生，部分具有高中以上语文水平的年轻人，以其敏感的嗅觉，充沛的激情，灵活的头脑，快捷的速度，吃苦耐劳的熬夜精神与网上发帖的熟练技巧，已成为全国各行各业有奖征文的积极应征者。而所奋勇摘夺的奖金奖品，也足以能够养活自己与少量的家人。他们清明刚过，就创作出了端午划龙舟的美文；中秋未到，又与爹妈在月亮下分吃了一个好大好甜的月饼，披阅增删之后，精准地寄给评奖机构，正好不误中标的时机。

奖多了，真话少了。优秀的命题作文多了，天马行空的文学真性却在寂寞的文坛少之又少。而且，从文学的骗人，还生出骗人的文学，继而生出骗人的评奖。

去年春、秋二季，我的家乡未能免俗，为了发展地方经济，想不出可安天下的周郎妙计，两家企业不约而同，先后也重蹈了有奖征文的覆辙，一次请我做评委，二次请我做顾问。征文面向五湖四海，最高奖悬赏五万元，奖品另计，八月秋高风不怒号之时，隆重邀请获奖者来此领奖。所发布告如通缉飞天大盗，贴在纸媒网络凡十余家。时间一到，万众仰目，设奖者却宣布评奖时间因故推迟，最高奖项因故空缺，颁奖仪式因故取消，二等以下的奖金奖品也因故改亲自来领为包裹邮寄。

连我都因故感到难为情。所幸，一家如此，另一家则言行必果，好歹挽回了我半张死要面子的老脸。

明天是“3·15”打假日，我不知道，除了贴有金奖商标的牛奶与火腿肠有假之外，喝假牛奶吃假火腿肠的中国文学的评奖人与评奖活动，获奖者与获奖作品以及获奖内容有没有假。如果有，打吗？

有一种人叫作家

很久以前，曾听人讲过一则笑话，说是有人问路去作协，人手一指，问者去了，手指处却是一家鞋厂，原来“作协”与“做鞋”被人搞了混淆。讲笑话的自然是一位作家，他的笑据说就是契诃夫式的那种含泪的笑，笑的同时脸上还有陀思妥耶夫斯基式的那种被侮辱与被损害的委屈感。出于气氛的渲染，我当时的义愤差一点儿就要填膺，因为我觉得，假若我们敬爱的鲁迅先生，居然被人认作是坐在一只小马扎上用一把锤子在人家的鞋底上一敲一敲的老头儿，那么中国的作家该是多么的可悲呵！这种悲哀一直顽强地盘踞在我的心头，直到近年来与许多作家有过交往之后，关于作家的悲哀依在，但却全然是别一种意义上的悲哀了。

这种不良情绪的缘起，首先来自于桌上大堆大堆的名片，那上面有两种东西出现得最多，其一种是经理，另一种就是作家，当有的经理前面赫然加了一个“总”字的时候，有的作家前面就开始加上个“一级”，以此好与横空出世的总经理们战个平手。近些年与一级作家一样雨后春笋般涌现出来的，还有一些含意朦胧的“著名作家”。有一天我在一张南方老家的小报上，发现把“著名作家”错印成了“署名作家”，一个笑还没有出口，却认出后面那位作家的名字，于是便觉得并非校对同志的错误，而恰恰是编辑先生的幽默，因为那位作家的成就，的确是只能把自己的名字签署在自己的作品上。在这样的“一级”乃至“著名”当中，不乏我了如指掌的，大约写过一两本因为热情讴歌了某个企业，某个企业只好出印刷费的报告文学，此外还有几篇经编辑校正语法后的小说和散文，据说也在那家企业的支持下结了集。

在这样的时候，我那很久以前曾经为“作协”感到的不平，则完全转移到“做鞋”一方了，便窃以为，这样的作家不必说与美国的耐克鞋，或意大利的老头鞋老板相比，即便拉出一双刘晓庆在电视里拿爱情打比方的双星鞋的制作者来，君又比之如何？作不出好书的作家，足登做鞋者做出的好鞋，反以高人一等的讥诮相报，且不知是何样心态。倘有鞋厂的老板于厂门口悬出一榜，上云写报告文学者可以得资出书，我敢以千字百元的稿费打赌，某些一级的或著名的作家，必然会激动得一夜不眠，次日凌晨便告别爱妻，收拾笔墨屁颠而去。但凡在大著的最后一段写着“望着他渐渐远去的高大背影，我祝愿他在新的道路上大踏步地前进吧”一类深情句子的，经验告诉我那必是悬赏之作无疑。

日下的世风和不古的人心，使作家和猪肉一样可以掺水，作家协会的会员乃至理事表上，每年都要增加一些捐赠过一笔文学基金，当然也写过几篇作文的人名。至于那些为了印制新的名片而强烈要求升级的作家们，则只需举着几部自称即将付梓的新著，乘着夜色去投奔评委。在全世界的同行们中，中国当代的作家也许是特别好当的，在发愤写了一年还写不出几个稿费的时候，还可以理直气壮地冲进会计那里，去把工资领来，绝不会像曹雪芹似的“日落西山餐暮霞”，“举家食粥酒常赊”，也不会像巴尔扎克一样为了活命而高筑债台。中国当代作家的优越感和安全感，原是临摹了苏联老大哥的榜样，而当老大哥在北方的天空中飘出几面独联体的国旗之后，当年的小弟弟却仍舍不得丢下手中的金属饭碗。

某些所谓的作家甚至好当得可以不受辞书的约束，《简明不列颠百科全书》里什么都有，就是没有“作家”，因为知道作家的标准不大好定，定得不好就会被人钻了空子。《辞海》里却不怕得罪人，作解释曰，其一种是：“治家。《晋书·食货志》：‘桓帝不能作家，曾无私蓄。'”说桓帝这个老儿不会过日子，不像今天的男人一样有小金库。另一种才是：“古指文学上有卓越成就的人。”

不说“卓越”，我仅理解这个“成就”，就绝不是把“子曰”变成“中国古时候有个名字叫作孔子的他老人家教育我们说”，也不是指拼命用中文字串羊肉串儿的人。那些人最擅长的文学无非是“赵钱孙李，住在哪里”之类，创罢即以严肃的态度署上一个某某某著，连夜写信告诉远方的友人，说是刚刚完成一个大部头，已有三家出版社来人抢稿，各自开价十万八千元。有卓越成就的更绝非那些十八年前发表在长江岸边芳草地上的小说，惜于当时一炮没有打响，十八年后又投进黄河咕咚一下，虽然二炮仍是不响，却总算又登了一回名字，并赚得 300 元钱，以此向人透露了自己江郎还没才尽，目前依然活跃在中国的文坛上。

作家是一门职业，这一点与鞋匠原则上没有多大的区别。作家是以钢笔为文具，蘸着思想和才华，鞋匠是以铁锤为武器，佐以胶水和技术，两者相比并不应该引起什么苦恼。如果要说苦恼，那是双方遇到了如下这类情况，即写书的吭哧吭哧写了一本书，从武汉到广州，再由北京到台湾，历时三载，转换五家，国共两党的出版社都不给出版；做鞋的叮咣叮咣做了一双鞋，本来眼巴巴地看着已经推销出去了，那人却忽然瘸着脚回来要求退货。

诗人和小说家死了以后上帝请吃糖果的寓言，鼓舞着无数想象力丰富的青年节约了剃头的钱去买稿纸，苏联的高尔基号召“请爱好文学吧，比这更好的事哪里会有呢”，更使文学殿堂的门前贴满了血书。滚滚的未来作家和文学梦游者中，很少有人悟出这寓言本来是出于浪漫主义作家的创作，这号召也不过是社会主义现实主义作家对于本职工作的热爱，如同空姐热爱飞机，歌星热爱舞台，教师热爱黑板，鞋匠热爱铁锤。在每一位热爱本职工作的先生女士的心目里，自己所干的正是比文学更好的事情。上帝的糖果是有限的，它们只会发给那些作品写得好的诗人和小说家，以及书教得好的教师和鞋做得好的鞋匠。绝大多数平庸的诗人和小说家，却只有垂涎三尺的资格，他们中有的根本就别想进入天堂，至于个别人品比作品更为低下者，死后不下地狱便是万幸。

作协阵营中自从引进流氓之后，那张黑色的塑料皮就不再具有当初的魅力。少年不再举起右手，少女不再眼含秋波，他们纯真的双眸中闪烁的疑惧，令真正的作家为之心痛。至于马屁作家，那更是中国的专利，自那位以阎王爷放屁为题，而作“高耸金臀”一赋的作家开始，至今以公家的赞助歌颂私人的企业文学，出版几套诸如某位领导题写书名的精品大系的，实在是不少。当然经费还得请这类作家来想办法。

身为写书的作家应该听听鲁迅先生的话，写不出的时候不要硬写；同时也应该听听编辑先生的话，出不了版的时候不要硬出。尤其是不要把过去农村流传的那种“拉不出屎来赖茅厕”的厉害架势摆到出版社来，首先照准编辑的脑壳就是一石头。上演在今天的有些闹剧，估计半个世纪以前也有，此考证来自于鲁迅先生 1936 年 9 月 5 日，亦即生命最后时光的叹息：“倘无才能，可寻点小事情过活，万万不可去做空头文学家或美术家。”我想此言并非仅是对于海婴的遗嘱。然而当今的问题是，越无才能，越要做空头文学家或美术家，誓死也不搬出作协，去寻点做鞋之类的小事情过活。

过去有一种说法，说作家是人类灵魂的工程师，这种要求未免苛刻，获得如此殊荣的作家，应当同时标有伟大或者卓越二字。而作为一位普通作家的标准，我想能够达到如下几条便算及格：第一，能创作，而不是只能把“子曰”演变为“中国古时候有个名字叫作孔子的人他老人家教育我们说”，不是只能记载一个男人和三个女人的性交；第二，能独立地创作，而不是纠集一帮子人各尽所能，事成后挽起袖子吵着谁是老大；第三，创作出来的东西能达到发表和出版的水平，而不是所谓“四百年后才能问世的《红楼梦》”；第四，发表和出版这样的东西多少能有点儿收入，而不是在需要倒赔几个的时候，乞讨碍于面子的厂长，讹诈好心不得好报的编辑，抑或动员倒了八辈子霉的老婆，咕咕叨叨地从枕头底下拿出给儿子娶媳妇的钱。

此外，虽然不能成为人类灵魂的工程师，但至少自己的灵魂，不要让别的工程师来用扫帚打扫。

还有一种人叫编辑

论起编辑，有人就要打一个比喻，为他人作嫁衣裳云云，说的时候脖子里头发出一种声音，似哼似叹。这个比喻当然不是没有一点道理，没有一点道理的只是脖子里头发出的那个奇怪的声音。为他人做罢衣裳，每月得些工钱，以此谋了生路，如同服装厂里货真价实的裁缝师傅，并无委屈可言。至于作家穿了编辑做的嫁衣，去生了八个娃娃，其中三个并且还得了奖，主要功劳自然还在作家自己，因为无论怎么五彩缤纷的嫁衣也是不能生孩子的，虽然不穿衣服绝对嫁不出去。目前国家在给作家评茅盾奖的同时，也在给编辑评韬奋奖，其优秀编辑的身价，其实已经高过了不怎么优秀的作家，假若真是一个优秀的编辑，脖子里头何须怪响？

考核编辑的简单方法是参考出版物，和作家一样，编辑也是有署名权的。在这一点上，没有受亏待的编辑尤其不能怨叹为他人做嫁，因为在这个世界上还有很多职业，有的远比编辑重要，却是不能署名的，比方说农民，哪一季不是在为他人做着嫁粮，但那雪白、柔软、喷香的米饭上面，何曾看到耕者的署名，编辑先生女士们却一口吞下去那么多；比方说建筑工人，哪一天不是在为他人做着嫁房，但那漂亮、舒适、安全的房屋里面，出嫁的新娘和迎嫁的新郎，这一对幸福的人儿会允许他把名字写在墙上吗？人家那彩色的喷涂上面是要挂甜蜜蜜的婚纱照的。假如有人学着编辑的样子一定要去争什么署名权，以便得到评委的承认然后挣一个建筑奖，谨防人家房主把他的手给打断。

编辑们一般都有一个想不通的问题，那就是一个曾经把自己喊过老师的作者，某天一举成为名作家之后，立刻反过来把他当学生看待，或者表面还哼哼叽叽地保持原来的称呼，一回到圈子里就闭着眼拿指头敲脑门子，对人说“刚才那个谁就是他把我的文章删了一段”，给人留下一个“如再这样就要起诉”的印象。于是聪明些的编辑一开始就不要找上门来的作者喊什么老师，知道在这些才学会打西服领带的小青年当中，说不定就有一个是巴尔扎克。聪明些的编辑在给作者退稿的时候，总是在信笺上写着“大作拜读，感觉尚可，送审之后，总编不大喜欢”一类的话，让作者要用手榴弹炸就炸自己的上司，虽然这堆稿纸在他本人的桌子上面堆了一个夏天，总编大人根本就没看到。只有老实巴交的编辑才给作者分析本篇思想、结构和语言的不足，以及今后要克服的八个方面。聪明些的编辑不吃作者的饭，往往像拔河似的要在门口较量半个小时，嘴里一遍又一遍他说着挣几个稿费也不容易，心里却是害怕作者说不定哪天脸一翻，把这顿饭详细地写进作品里面，说是编辑主动要求吃的。

口称为他人做嫁衣裳的编辑，没有理由不让自己出嫁。我们从来不曾看见一位裁缝师傅光着屁股在衣案前面比比画画，有名气的裁缝身上总是穿着一套合体的服装，因为他懂得模特和广告的妙用。编辑如果学会了自己也写文章，与作家交流起来自然更有说服的力量。当评论别人写的作品，这一篇也不好，那一篇也不好，心里百般痛苦脸上也万分失望的时候，不妨亲自写上一篇，就如同大骂别人臭棋篓子的看客，自己也可以上去将上一军。编辑之与作家，可能不会是技胜一筹的郎平之与屡次失利的中国新女排，但仅仅充当君子动口不动手的宋世雄，别人是不会服气的。花钱买书的读者有理由只做作家的球迷，编辑却不然，编辑理应多多少少地会玩那么几下球，而不应当视其为有弹性的西瓜。

现当代曾经做过编辑和正在做着编辑以及将要去做编辑的作家，在为人做嫁的同时，自己也一个一个要穿嫁衣嫁出去的。这样的编辑往往不比同行工作得更差，虽然他们容易引起非议，但那却是由于非议者的思维出了问题，认为一个人当两个人用的除非他是妖怪。事实上的确是有双手同时开枪的射手，而有的则手脚并用还打不死人。一个在风雨窗边伏案一生的老编辑，在他即将离开编辑桌的生命最后时刻，假若在白发覆盖的枕边有一部自己撰写的专著，上司是不忍心指责他的，因为用别人喝咖啡的时间来写文章的编辑，比起用别人写文章的时间来喝咖啡的编辑来，只有在后者出身的总编眼中，后者才会得意洋洋地占据上风。

编辑中最小的人物是助编，刚刚毕业的大学生适合担任这个角色。他们只能助理资深编辑才能进行工作，如果不然的话，据说天下就要大乱。被助理的资深编辑一边这样谆谆地教导着助理编辑，一边把一本书刊编辑得错误百出。编辑中最大的人物是主编，顾名思义，主编应当是最主要的编辑，其专业的水平应当在所有的编辑之上，然而荒唐的现实却是，在当前铺天盖地的书刊主编当中，有一部分是不怎么认识字的。他们仗着一些奇怪的条件荣任了此职，和论诗的陆游所谓的“功夫在诗外”一样，他们的功夫实在是在编外。这类主编有的十万块钱可以买到一个，也有便宜的只值千把两千，无非任期相对短些。至于一分钱不花还得倒拿几个的，那得大小是个官儿。这类主编一般很忙，不大有时间阅读他们名字印在首页的书刊，那上面就是把“主编”二字印成了“主骗”，他们暂时也没有什么意见。

出于一种来历不明的感觉，编辑在人们心中的形象，总是细纤纤的、瘦筋筋的，高度近视的眼镜后面有一双从下往上看人的眼睛，眼泡红肿皮肤苍白，透出一些熬夜过度和营养不良的迹象，而且大多患有坐骨神经或者痔疮一类的毛病，那是他们面壁长坐得下的职业病。这种感觉有一定的理论根据。但不尽然，编辑中也有长发披肩的赳赳武夫，在受人讹诈忍无可忍的时候，他们也会脸上充血骂一声揍他个王八蛋，不过骂完之后多半不会动真格的，却依然坐下看稿，一会儿又被好作品中的幽默句子给逗乐了。

舍己为人的好编辑捧着刚刚出版的作家的新书，往往会用磨起茧子的手掌一遍又一遍地抚摸着，眼里闪着几星泪花，脸上露出的幸福的微笑，不亚于躺在产床上嘴里呻吟着的小母亲。他们明明知道怀里的孩子不是自己生的，但是作为一个心眼儿好手法儿也不坏的助产婆，难道不该分享母亲的喜悦吗？好编辑在作家的手稿中洒满了心血，他们戴上断了腿的老花眼镜，搬出发了黄的汉语词典，为任务过重而功力不足的作家，心急火燎而只争朝夕的作家，才高八斗而毛病百出的作家，一处一处地修改着病句，校正着标点，缝补着漏洞。

他们在做着这些的时候，小心翼翼，默默无声，生怕被作家本人知道了。他们这样为自己保密，并不全然是要做一个无名英雄。其实他们的心里还有一点儿顾虑，会不会碰上一个不凭良心的家伙，说是自己的著作权受到了侵犯，一状告到法院，要求赔偿名誉损失外加精神损失共计 14 万元？

高 雅

高雅一词的重新出现，是在那场举国都穿军装的革命之后。这时候，曾经在阶级斗争中瞪得血红的眼珠前面，标志着文化的圆圆的玻璃片子雨后春笋一般多了起来，在温柔的灯光下闪动着学问的光辉。男人们留起了长发和短须，女士们则足登两寸多高的尖跟皮鞋，屁股高翘，踢瓜踢瓜地前进在柏油路上，此起而彼伏，走快一点就像是西班牙的斗牛舞，与农妇的大脚片子在庄稼地里踩出的声音，有着天壤之别。夫妻二人回到家里，立刻取下墙上那张亲戚送来的莲莲有鱼图，而换上一幅郑板桥的墨竹，打开音响，贝多芬的命运交响曲奏起来了。在“梆梆梆梆”的死神敲门声中，丈夫拿出法国沙拉酱，把土豆切成一小丁儿一小丁儿的，请太太做成凉拌的素食，双双只吃一个半饱，然后穿上晚礼服，去参加月光下的贴面舞会。

自《诗经》的风雅颂开始，雅与文学即不断结缘，与之不合流者则称作俗。唐诗宋词大抵是雅的，元曲明令则据说俗些。但是也不尽然，中唐白居易的诗刻意求俗，以种田的老妪能够听懂作为准则，宋代词圣辛弃疾甚至把打喷嚏声“啊啾喂”写入词中，开几百年后一位大人物“不须放屁”之先河，证明了唐诗宋词也有俗的成分。元杂剧的代表作《西厢记》，一个倾国倾城的貌，一个多愁多病的身，却雅得令人叹落清泪。明末清初，小说雅俗各有，为文人们批评的才子书自然是雅的，三言二拍和公案剑侠之类则俗。才子书中的至雅公推《红楼梦》，但贾天祥黑夜里抱住蓉儿要入那话，薛霸王占诗“女儿乐”，还有被人塞了一嘴大粪的焦大和能吃一头老母猪的刘姥姥，则令人怀疑愈是传世之作愈俗，不食人间烟火的神仙只能成为少儿读物。

20世纪末，针对中国文化市场上出现的一些书供不应求，另一些书无人问津，还有一些书根本就不能问世的分化局面，有人一概地用雅与俗的理论来作解剖，并且将所谓雅者辅助以高，将所谓俗者配备以低。以杀富济贫的精神，努力让一类人的身子浮出海面，而把另一类人的脑袋使劲往水缸里按。其实真雅如中外古典名著者，恰恰构成了今日畅销的风景，唯有画凤成鸡的才面临浇汤的尴尬。

有人善于引用宋玉答楚王问的典故，以国中属而和者不过数十人的《阳春白雪》，权作国中属而和者数千人的《下里巴人》的戏谑，却忘了两曲之间尚有一种名叫《阳阿薤露》的歌，可以迎合上下，争取百众。况且《阳春白雪》也不算最高雅的，国中还有属而和者不过数人的“引商刻羽，杂以流徵”，若是有那般重要的学术著作，反而会有中国音乐家协会来拨款进行抢救了，并不必作者仰天发苍天不公之叹。

作《登徒子好色赋》的宋玉是高雅的，比他的老师屈原高雅得多。在他的故乡，两千年后有一位年过花甲的作家，他一生的创作大体分为两类，一是写报告文学，以对盈利企业的热情歌唱，换来赞助买下刊物的版面；二是写散文随笔，以对文坛名流的深情怀念，搭配有偿文章发表于那份刊物的倒数第二页。他一心希望国内文坛最好十天死去一位泰斗，那么他就可以创造一月三篇悼文的高产，至于死者是否如他文中所述，与他有过一次亲切的会面，因为死无对证，真正是只有鬼才知道。

此情日久，人常叹之，其作家愤而面壁，居然三年写出一部长篇，极隆重地四面投稿，却极轻易地遭到八方拒绝。于是一边声称此作性情节可比贾平凹，性心理不亚劳伦斯，一边自叹高雅，怨天下编者皆俗，奇货不识，为让周围的同行有个说法，暗求出版社免去稿费促其问世，只要不倒贴几个老本已是万谢，只要替他瞒住熟人便是。然而奇书刚一露面，其作家从床上一跃而起，开口就要十万元，计划着拿这笔钱回乡下老家买地盖房子，表皮的高雅一风吹了，现出内部早已准备好了的敲诈。

以上是一个恶梦中的典故，不好来人认领的。也不会来人认领，因为担心成了“王二没有偷银子”，既然敲诈不成，那就依然充雅。如此的典故在文学界尚多，常有作家在报纸杂志发表高论，表彰自己的文章乃至道德是如何的严肃，如何的高雅，如何的深刻和非凡，每一个字下面都埋着神州的四大发明，连饭后打出的嗝儿里也蕴含有一个主义。然而，世上的俗人终究太多，这是一个令世代雅士大伤雅脑的问题，他们与其花钱买无谓的教育，还不如去听一支好听的情歌，去看一场好看的足球，而且还可以忘乎所以地大声呼喊。你写很大一块文章去挽救他们，但他们连理也不怎么理，完全是一副朽木不可雕也的态度。

另有一类作家，比上述混进作家中的敲诈犯名气要大得多，他们的高雅作品在千万不要署错名字的前提下，屡屡被刊物无可奈何地发表，被出版社咬牙切齿地出版，然后就储存在低俗的仓库里，等待着老、少、边区的农村受了天灾之后，折价卖给那里的失学儿童。他们一方面竞相论述着视金钱如春天的狗屎抑或夏季的苍蝇之血，一方面在大作刊登的次日便一个电话打去，要求一个字给五角钱。他们在蜘蛛网似的国内各项评奖活动中，蜘蛛一样忙着给别人评奖同时也被别人评奖。

当有人问起中国何时能得诺贝尔文学奖时，不认识那十几个瑞典人的中国得奖大户们，只能用语言的不通、主义的不同，以及差点儿用阶级的不可调和来做遮掩，且绝口不提社会主义苏联的共产党员作家肖洛霍夫用俄文写成的《静静的顿河》，却是“由于他那部关于顿河流域农村的史诗般的杰作，以艺术的力量与正直的热忱，再现了俄罗斯民族一段具有历史意义的生活画卷”，而由瑞典国王陛下亲手颁予了他1965年度诺贝尔文学奖。

有人甚至高雅地撰文，他从来就无视于那个西方世界资本主义的什么奖，此态度令人一下子想起，吴妈的脚也是太大了。假若瑞典文学院坚决要把那笔奖金塞进他的怀里，是否真的有人会成为第二个保罗·萨特，“谢绝一切来自官方的荣誉”呢？大家都不愿下这个冒险的赌注，因为怀疑他的高雅一经见到黄金，就会像雪山见到太阳，哗的一下就流水了。

高雅首先需要一种条件，一种资格。公元1959年的中国饥民不可能像林妹妹一样掩着樱桃小口一粒一粒地喂饭，因为拿布票换了粮食的缘故，不可能不让自己身上的黑肉不雅观地露在破洞之外，当然就更没有含氟的牙膏来清除齿间的观音土。活跃在当代文坛的高雅作家，一部分作为当时的右派，其进餐和出恭的方式，原则上与农民没有多大差别；一部分身处襁褓或正在受孕之中，今日的才力不逮恰应追究于当年的营养不足；另一部分因为出世最晚所以幸运最甚，他们在舒伯特柔美的舞曲中长大成人，然后和只会在“呛呛一呛一呛吃”中扭东北大秧歌的父亲雄辩雅与俗的精神分野。无论是哪一部分，大家都害怕着再遇上运动，因为口哨一响，就有可能放下书本，而到臭烘烘的厕所里去掏俗人们拉出的大便，然后连洗手的消毒水也没有，就去抓杂面馒头吃，若是绝食，屁股上还得挨上一脚。

历朝历代的文人雅士，不绝传说，屡见史册，狂傲如“安能摧眉折腰事权贵”的李太白，高洁如“不为五斗米折腰”的陶渊明，飘逸如“谁见幽人独往来”的苏子瞻，怪诞如“难得糊涂”的郑板桥者流，享尽了后人们无限的景仰，然而诸位仙家的高雅，却不可失却无数供者的低俗。若是全国人民都雅得作诗，没有一个俗人种粮和喂猪，那就只好大家都学齐天大圣，上花果山摘桃子吃。当俗人喂饱了雅人的肚子之后，雅人反过来再写文章鄙视俗人，这是命里注定的事情，古往今来大都这样。

说来说去，还是那个念诗给老妪听的白居易凭良心一些，站在五月的麦田边叹曰：“今我何功德，曾不事农桑”，知道自己无非是会做几句诗，便享受国家一年三百石的利禄，念此自愧，尽日不忘。全然不像今天的一些所谓诗人和作家，虽能以作为业，却不能以文为生，担个诗人作家的虚名，一年也挣不来几十块钱稿费，只指望把国家的工资领去买鸡蛋和西红柿，心中没有半点的愧意，满脸却露十分的高雅。

李谪仙原是以向贵妃娘娘唱了几年宫廷颂诗的代价，手持皇上亲书“逢店饮酒，遇库支钱”的金牌一面，才有资本倒骑驴儿疯疯癫癫去云游四海的，如若不然，恐怕未及遇见桃花潭边的汪伦，已在某个荒郊成为饿殍。从建安七子到唐宋八大家，没有一个是脸朝黄土背朝天的农夫，雅士们不是地主，便是官僚，至少也有几代先人的书香和遗产，来供他们摇头晃脑地吟诗，吟饿了有家仆端饭，书童沏茶，甚至还有一两个长得好看的丫环站在背后为他们提供灵感。就连“举家食粥酒常赊”的曹步兵，其资格也仍是破落的贵族，大船烂了三百钉，瘦死的骆驼比马大，因而如有客来，纵然留宿僧宇，也仍是“步兵白眼向人斜”。那时候国家没有稿费，他能面壁十载，增删五次，将一部《石头记》写到前八十回，就足可证明不是一个自食其力的农民业余作者所能做到的。

陶令作《归去来辞》，“请息交以绝游，世与我而相违”，之所以不屑与俗人往来，自然还是仗着他兼官僚与地主为一身，时而入仕，时而归田，以悠然之心方可见南山之美。出身寒门的雅士也有，但做了皇上的驸马或者恩师的门徒之后，往往要经过一段痛苦的脱俗运动，仿佛江鲫脱鳞和野蛇蜕皮，还须注意不要得罪了人，不然就是陈世美的下场，被三位同窗编成戏剧，塑造一个靠纺纱织布供其读书的俗妻，连同一双俗儿俗女一道被他抛弃，让包青天铡了他那颗天理难容的脑袋不算，还遭千秋唾骂。

雅未必就高，如同高未必就雅。明太祖朱元璋位居一国之尊，却与开国大臣扪虱而谈；刘邦接见郦生，“沛公踞床，使两女子洗足”。他日做了汉高祖，又当众脱裤往郦生的帽子里撒尿，王者风度顿失。此中华王粹延及现代，蒋委员长就擅长骂娘希匹。今日流行国骂“他妈的”的各级领导，已成普及之势，却因为屁股下的一个座位，世人并不责其不雅，反笑谓唯大英雄能本色。

在这一点上，西方人似乎比较理性，他们有一句名言说道，三代才能出一个贵族，意思是无论政坛大腕，还是商业巨贾，其权钱皆不能代表气质。中国的高官和大款们却偏不信这个邪，他们请人布置书房，装饰名著，打电话要人抬来进口的钢琴，揪着小公主的屁股逼她为客人演奏《献给爱丽丝》。

通　俗

与雅相对的是俗。没有查考过《说文解字》，不知当年仓颉造此字时用心何在，以我个人的浅薄之见，俗者，左边一人，右边一谷，是谓人要吃粮食，就不能免俗。又可解为左边站一大人，连个坐的东西都没有，右边张着八人之口，越加说明一人要养活全家八人，肩上的担子如此重大，焉能不俗？

俗人说话做事，俗如其人，喝起水来不选择东坡居士当年遗下的细瓷茶碗，一边品一边用碗盖在茶水上面一刮一刮的，嘴巴渴了抄起一把葫芦锯成的瓢，在缸里舀它一瓢凉水咕咚咕咚地灌下去，几秒钟后就扛起锄头下地。过一会儿肚子饿了，不说用膳，而说呷饭；呷饱了上厕所，不说方便，而说拉屎。俗人穿衣裳不选择燕尾服和旗袍，却拿起什么就穿什么。有一天发了财，即便别别扭扭换了一套西装，又常常不打领带，因为平时大声说话把一截脖子挣得太粗，弄根东西勒着总有一种被人掐住的感觉。

俗人屋里不养君子兰和夜来香，更不摆古玩和玉器，倒是在房檐下面堆满了黄亮亮的玉米棒子和红彤彤的老南瓜，后院里似乎传来悲怨之声，但那不是古筝《汉宫秋月》，而是圈里饿极了的猪在哼哼。俗人的名字也俗如其人，男的不叫什么书，女的也不叫什么琴，却取些狗娃子贱女子一类，粗喉咙大嗓子地喊出去让人作践。俗人给当官的提意见，不先说出八条大大的优点之后再说一条小小的不足，而开口就“你那样搞是球鸡巴不对的嘛”！只说一句，嗵的一声就坐下去，涨红着一张脸大声出气。俗人就好比菜中的萝卜，人中的李逵，又便宜又干脆，一点儿缠绵的意思也没有。

按照物以类聚的理论，俗人和雅人是很难生活在一起的。然而世上的实践往往不愿和理论相结合，雅人恰恰要与俗人为伍才能相得益彰，如君王和他的厨子，公主和她的奶妈，市长和他的司机，太太和她的保镖。一身素白抑或黑纱曳地的少妇带着穿红褂绿裤的小保姆，双休日去逛海滨公园，好色男人的眼睛往往是一左一右地对比着看。左拉的《陪衬人》由于遵循了这条举世之规，因而从法兰西译到亚细亚，令不同肤色的读者成为知音。《红楼梦》里仅有金陵十二钗还不行，还得有刘姥姥和傻大姐；仅有林潇湘的“满纸自怜题素怨，片言谁解诉秋心”也不行，还得有薛大公子的“女儿乐，一根鸡巴往里戳”。堂吉诃德虽然其雅不足，桑丘却是俗得过分，主仆二人一个骑瘦马，一个骑毛驴，一个手持长矛，一个肩背褡裢，去黑山修炼和大战风车才会好玩儿。

在俗字的前面增加一个通字，用于文学和艺术，这是给文学和艺术的大马路上划上一道石灰线，线的那半边据说叫作高雅。通俗的这半边马路是给老百姓们走的，他们袒胸露怀，赤脚两片，大摇大摆地直奔前方；高雅的那半边马路上，则落满了五线谱音符似的优美的脚印。通俗的文学和艺术快人快语，就如侯宝林相声中形容河南人半夜起来撒尿似的：谁？我！咋？尿！四个字就把问题解决了，绝对不像某些所谓高雅文艺作品那样，什么都要加点哲学的姜丝，美学的蒜泥，东方神秘文化的辣椒水儿，西方现代主义的胡椒面儿，号召人们闻出一种多层次全方位系统论的酸酸的涩涩的怪怪的味道，坚决不与通俗的大米饭和南瓜汤混为一锅。

文学艺术领域的通俗作品，有陕西的信天游，河南的梆子腔，东北的二人转，湖南的花鼓戏，演员一男一女在台上扭着流星大步，口喊胡大姐和刘海哥，把肚子里的爱情哎哟连天地直接往外面唱。不像最高雅的京剧里面的秀才和他妻，再穷也是相公和娘子，没有饭吃也不去打工买米，却发疟疾似的颤着手叫，啊呀呀呀我便如何是好哇？

不管是谁论起中国的通俗文学，必须念起冯梦龙的名字，因为冯氏文学的通俗性，是真正做到了家喻户晓，妇孺皆知。然而这位墨憨斋主人最初也是不通俗的，一会儿写皇明大儒，一会儿编七乐斋稿，辛辛苦苦著出一部一百零八回的文言小说《新列国志》，却让后人大清乾隆的七都梦夫蔡元放大批大改，并仗着当时没有版权法，公然署名自己。冯著中的精品，恰是他的俗言，讽世三言乃至情笑两史。尤其那两位雅俗共赏的可爱妓女，一个面对无情的李公子怒沉了百宝箱，一个甘愿被有义的卖油郎独占，一样红尘路，悲喜两人生，下传民间万口，上载文学史册，感动得天下万代情种，无论懂不懂文学，都为那李甲后悔，恨不得马上就去卖油。冯氏觅得俗的知音，尝到俗的甜头，一篇一篇又一篇，终著俗书千万，俗名反居同时代作家之冠，“一时名士推盟主，千古风流引后生”，当了不拿工资的全国作协主席。

如要寻根，通俗的文学之根应寻到高雅文学家所号召的文学的通俗。在中国的文学批评家中，最早以论文方式公然主张通俗的，当推东汉的王充。面对时下风行“深复典雅，指意难睹”的赋颂，王氏论曰：“夫文人文章，岂徒调墨弄笔，为美丽之观哉？”不为美丽，那为什么？“文学与言同趋，何为犹当隐闭指意？”两汉乐府，原是“纵点升平，纵情声色”的官府音乐，所幸遇上了一个喜欢通俗的皇帝，“至武帝定郊祀之礼，……乃立乐府，采诗夜诵”。历史上总是攻击人家怕死求仙，文学史上却不表扬人家半夜从龙床上爬起来哼民歌，这是不公正的，人家乃立乐府，并且以身试唱，也应视同为在全国文艺座谈会上的讲话。

皇上带头一俗，国人便不必装雅了，不如就听王充的话，文字与言同趋，发现罗敷貌若天仙，遇者呆若木鸡，便不再用闭月羞花、沉鱼落雁、倾国倾城、亡党亡君之类的深刻与典雅之词，却直接来段纪实文学：“行者见罗敷，下担捋髭须。少年见罗敷，脱帽著帩头。耕者忘其犁，锄者忘其锄。来归相怨怒，但坐观罗敷。”自美丽的民女罗敷进入汉宫乐府之后，南北朝的乐府民歌，中唐的新乐府运动，把中国早期的诗歌学会和音乐家协会，乃至整个的文联和作协，都向石灰线那一边的通俗地带狠狠地推了一把，其中最卖力者，自然是那位香山居士白乐天，《新乐府序》号召两不主义：“不求宫律高，不务文字奇。”同是写牛，大历十才子钱起诗曰：“牛羊下山小，烟火隔云深。”白居易却说：“牛困人饥日已高，市南门外泥中歇。”

上世纪的新文学一揭开序幕，就由于政治的缘故而出现了雅俗之争。刘大白的诗白如其名，俞平伯的诗无其名之平。当然半个多世纪以后诗评家们对徐志摩的赞叹和不平，小说鉴赏家们对沈从文的怀想和遗憾，令人悟出了五位被杀的青年作家生命与文学一起为革命付出的牺牲，令人产生了文学愈是现实便愈是永恒的怀疑，盖因革命需要民众，而民众来自四方，所以民众文学和方言文学的口号，一时间响彻了古老东方，为了寻找“普罗文学底大众化问题底理论的根据”，最深刻的作家鲁迅用最通俗的腔调发言：“倘若说，作品愈高，知音愈少，那么，推论起来，谁也不懂的东西，就是世界上的绝作了。”这个一贯讽刺别人的伟人，唯有他在古今文学史上是个例外，他的作品高而知音多，看得懂而可称绝，自言速朽其实不朽，呐喊一时声震永远。究其原因，乃在于他的对于通俗文学的观念，与有些大人物是不相同的，一位二十年代歌唱女神的伟大诗人，三十年后因歌唱男神而哑了喉咙，不是因为其音不通，其词不俗，而是因为其调太高，其情不真。

在相当长的一个历史阶段，中国的文学家们无论怎样通俗，无论怎样去写农村的农民，都挽救不了自己真正滚到农村成为农民的命运。这时候，在曾经生长过屈原和李白的神州大地上，坚守诗坛的只有一个王老九，过了一阵又增援了一个黄声笑，再过一阵整整一座小靳庄的诗人喊声震天，脱颖而出。与诗人相比，小说家就只有一条艳阳天下的金光大道可以通行了。在祖国的花园里还剩下几只鸟儿在啁啾的歌唱，一只唱“南瓜大得像地球”，另一只则唱“地球也要抖三抖”。

历史进入八十年代，当沉默了近半个世纪的艾青老人第二次展开歌喉时，那位要抽起长江当扁担的通俗诗人，充满革命浪漫主义激情的新诗就四面八方遭到退稿的命运，以至于他在诗中骂起人来：“帽子飞来算个球，一脚踢到巴拿马!”一位青年编辑手里拿着这首通俗诗，苦着脸在编辑桌前转来转去，觉得这诗也是未免太俗了点，快要接近俗不可耐了。晚年不及的通俗诗人最后逝于寂寞和孤愤，中国作家协会没有派员收藏遗作。

高雅文学对通俗文学一贯投以不屑之眼，施以不敬之词，通俗文学开始尽量以韩信的风度，以勾践的志向，隐忍而宽容看，发愤而自强着，表面上努力搞好统一战线，愿意与高雅文学并肩前进，心里明白中国古典的四大名著都是通俗文学，同时也自信未来的天下绝对是属于自己的。后来当通俗文学的理论队伍跟了上来，他们竟也敢摆出论战的架势，公元一千九百九十五年，中国文坛上出现的几次吵闹，就是雅俗内讧的信号。

历史是什么

十五年前，竹溪县令陈永贵赠我《竹溪县志》二册，上有自清以来连他共计一十五位县官的序言，我极珍视，携了它南去江城，北上京都，笔耕之余，时在研读。卷二《沿革》篇，首句中“武王伐纣，庸首会焉”八字，令我肃然而生敬意，始知家乡还曾出过一位未为人晓的大英雄。太史公司马迁以著史名于世，却因被割了卵子，行动不便，庸国又山高路险，车马难行，不能前来采访，故被鲁迅誉为“史家之绝唱，无韵之《离骚》”的《史记》中，帝王圣贤者详，陋乡僻国者略，而对只率了五百人马追随武王东征伐纣的小小庸侯，竟无一字报道。倒是孔子毕竟无愧圣人，广听博记，所编《尚书》略有载言，纵然只有一句话，却使我在三千年后有了一点重考家乡历史的根据。

关于历史二字，我的第一观点是，历史是人在白纸上写下的黑字。史官著史，从来都是挂一漏万，大处着眼，口说历史是人民创造的，史书却罕有人民之名。也怪人民是太多了，书海难载，载了也没人看，后人只喜欢看帝王和他的娘娘如何在宫中淫乐，以及混上大官的忠奸二臣怎样进行路线斗争。于是人民的专利只是流血流汗，而非载史以供后人考证。同时政权的需要，阶级的利益，社会的存在，观念的种植，当然也包括个人的安危，不可能不决定着史官的褒贬好恶。也许换个人写，秦嬴政就远比李世民要好；再换个人写，天下第一贤士就要让位给曾经骂过史官的王老五了。

因此，无论从哪一个角度，历史漏写了我的藏在大山之中的家乡庸国，以及被纣王讥辱连马也不会骑只有跨耕牛而战的庸首，这都是极其正常的事情。史无记载，民间也没有传说，看起来这位家乡的英雄是白死了，然而古时的人比现在淳朴，尤其是古时的山里人，也许他才真是一不图名二不图利，只因日夜为噩梦所缠，方才告别新婚娇娘，起兵伐纣。

我的第二观点是，历史即昨日。以此刻为限，但凡过去的均为历史，因此无论商周还是明清，在我的小说中一律贯通，如对人叙旧，大可不必细说昨晨几点几刻，抑或昨晚几分几秒，只要大体有这些事情就是。本篇写到的怪鸡杀人，铁锁开花，巨星陨坠，以及血雨浸地等诸多异事，据县志载，原本是分别发生于清朝道光、咸丰、同治年间。如《星异》篇："清同治元年（公元1826年），八月十九夜，东北有星大如月，色似炉铁，初出声则凄凄然，光芒闪烁，人不能仰视。顷之，向北一泻数丈，欲坠复止，止辄动摇，直至半空。忽如银瓶仁破，倾出万斛明珠，缤纷满天，五色俱备。离地丈许，始没。没后，犹觉余霞散彩，屋瓦皆明。"又《杂录》篇："同治元年，邑西佛爷崖，匪踞溪时，忽地面有血。初觉鲜湿，久则粘稠，宽里许，长倍之。皆点滴圆润，每际旭日初升，烟雾霏微，红气闪烁，即雨雪时，也十数日始无遗迹。"又有《舆地》篇曰："古有妇人，其夫远戍，曾于此伫立以望，后化为石。"

我却将其稍作演绎，移到殷商，并非蓄意戏说，哗众博笑，乃是认为春秋之前，商周之际，由于思维接近原始，其实是一个准神话的时代。从明人钟山逸叟许仲琳的神魔小说《封神演义》中，我们可以看到那一时代的许多怪事奇人，神术异兆，令今天已进入高科技21世纪的读者讶然，故将清代的星异杂录前置于商，似觉也不无合理。只可惜这位神神魔魔的名宿，意欲与《西游》《三国》鼎立而三，乃演《封神》，写了八百诸侯会战纣王，却受司马迁的影响，对我们的小小庸首只字不提。

人家司马迁是受了宫刑，情有可原，而这位名宿的卵子还在，还能下来调查，想必那便是鄙庸甚微，不屑于笔墨了。正是因为对庸国以及首领的忽视，“故迄今未有以鼎足视之者也”（鲁迅语，《中国小说史略》）。在这部小说中，殷商覆亡之后，姜子牙登坛封神，自然是没有庸首一份的。

心怀不平，我从三千年前的历史古墓中挖掘出了这样一段已被万尸覆盖的残骨，还它血肉，让它重现为人，为他定名乌山侯，司马迁不写他传我写，姜太公不封他神我封，我封他为家乡第一英雄乌山勇神，特写此《血雨》为证。

请君入锅

我的新寓，是京西一座黄色塔楼，楼高十九层，加顶楼与地下室，共二十一。我的楼层为塔中之九，单数，应了佛经之义。于楼幽坐，可听风，听雨，飒飒淅淅，心境佳时，妙若琴筝。近日楼下陡生异声，噼噼啪啪，砰砰通通，一个道地的中国人，对此自有十分的敏感，以为莫非京城开禁，又可燃烟花爆竹了？推窗一看，却是一伙卖吃的，竟将战场轰轰烈烈地摆到了楼下，一口大生铁锅里，是糖炒栗子，另一口大生铁锅里，是砂炒瓜子，两位汗泼水流的汉子，抡两柄沙和尚降妖伏怪的大铁铲，翻手为云，覆手为雨，先轻舒猿臂，一把夺过人家的钱塞进自己裤兜，再款扭狼腰，铲一秤栗子或是瓜子倒进人家敞开的塑料口袋。旁边还有一位瘦骨伶仃的小老头儿，也狐假虎威地架起一只爆米花机，那玩意儿有几分像是定时炸弹，呼噜呼噜地转着，“砰”一锅，卖完了，“砰”又一锅，又卖完了。

炒货是好吃的，尤其是那大粒的瓜子和花生，香而且脆，捏一粒丢入口中，将牙对准，嘎吱一响，壳子碎了，里面的核心落于舌上。那条舌头是早就做好了准备的，上面已经涎水津津，立刻与牙齿开始合作。那种享受，从只知道吃的儿时直至现在，连那些困难年头，都没有怎么中断过。于是嘴里痒不能禁，有一股稠稠的液体要流出来，手里再也敲不出一个字了，关了电脑，纵身而起，从衣兜里找出几张钱，换了鞋乘电梯下楼去，直奔那两柄沙和尚的大铁铲。

如果单是去买炒瓜子，也不会生出写这段文字的念头。如果买了瓜子就走，同样也不会生出写这段文字的念头。问题恰恰出在刚刚付罢瓜子钱，却又为另一位老头儿的叫卖声所惑。“卖报啊，卖报啊，国际大师夫人遭劫，著名作家文稿惨失啊！买报啊，快来买报啊！”老头儿手里的报纸在风中翻飞，哗哗作响，两行标题是套了红的，给人以血淋淋的感觉，极是吓人。五毛钱一份，这价钱还称不来二两瓜子，却可以让人一睹两大悲剧。提了瓜子踉跄过去，抢将一份，坎坎坷坷地一路看进电梯。未曾到家，新闻已毕，不觉咧嘴哑然，原来文中两人，我皆认得，那位国际大师，其实是一个卖狗肉火锅的，因为铺子开在使馆区一侧，外国人有时来吃一顿，出门时汗流水淋地说声“呕咳”。

那位国际大师的夫人，是一个从自己秃子男人怀中逃出来的打工女，打工打到狗肉铺里，日间做些调味的工作，夜里就兼做了这家老板的老板娘。报上说的夫人遭劫，事实上是她的本男人有一天偶尔得到信息，终于把她捉回去了。而那位著名作家，说来更是好玩儿，他是我南方老家一个教作文的中学老师，年前还与我保持联系，称我吾师，谈他在写小说，有一部面壁五宰（载）的《人间爱剧》即将脱搞（稿），出版之后要隆重送我一册。报上说的文稿惨失，是指他把那部可与巴尔扎克媲美的《人间爱剧》寄给某家出版社后，该主编居然有眼不识泰山，使其泥牛入海。

据说经过这样一炒，狗肉火锅，生意将会更好，并且不久还会有一至五个乡下的逃婚女，踊跃地竞争来做该铺子的女掌柜。而那部面壁五宰（载）方才脱搞（稿）的《人间爱剧》，就会有三至八家出版社派人乘飞机前来，住在五星级宾馆里，以很高的稿费和他签订出版合同。手握小报，未免感慨。炒歌星，炒舞星，炒影星，炒艺人，本是艺苑早年的一道名肴，这种炒术，并不真是把那些漂漂亮亮的可人儿置于炭火之上，铁锅之中，用沙和尚的大铁铲来回拨拉。它是一种比喻，叫作象征也可以的，是说以报纸为锅，记者为铲，一堆一堆的烈性语言为燃材料，一群一群忸怩作态者为瓜子花生抑或板栗，反一铲正一铲地炒着，左一下右一下地翻着，使其颜色变深，味道变香，口感变脆，噼里啪啦发出一片乱响，好似看台下的阵阵掌声。掌声中被炒之物快速地成熟着，一笔好价钱于是到手。

光阴荏苒，炒风蔓延，不想这噼啪声波及到文坛和狗肉铺，把一个狗肉铺主炒成国际大师，把一个作文老师炒成著名作家，实在是炒者的新术。心中又想，那两个手抡沙和尚降妖大铲的汉子，如果向那位著名作家学会一招要版权或云专利，他们是可以索取一笔费用的，因为报上所炒，本是源于一口大锅，唯有他们，才是世间万物之炒的始祖呵。

说到此处，我有一点学问想免费授给炒者，《说文解字》中说，炒字从“火”，右为一“少”，乃暗示炒者火不宜多，以温火慢焙为度。无论所炒何物，切忌性急，锅下之火倘若太猛，东西们就炒煳了，不仅其色焦黑，而且其味苦臭，让人疑为狗屎，入口而发呸声，吐之犹恐不及。此外还应择物而炒，有的东西可以入锅，而有的东西则只适合入垃圾桶，譬如说混入瓜子之中的石头子，那是任你怎么炒也不能把它炒出好味道的。再譬如说是那位八个字中错了两个的《人间爱剧》作者，五毛钱一张的小报上一炒，果然就有人坐飞机来和他签合同么？

人到中年，与儿时习性有违，渐渐喜欢了生吃干果，爱其天然性味。如花生板栗之类，甜嫩滋润，略具弹性，置于口中，“虽不如王胡的响”，但余味悠悠，且不破坏营养成分，为炒物所不能及。当然此论已非文学，乃属养生学的范畴了。进而思之，红尘万物也应这样，尤其做人，倘达如此境界，时下炒风不消自灭。

名可名非常名

历来作代会的第一个节目，乃是先翻花名册，看看哪位朋友来了，哪位朋友没来，然后串联，继而追究，花名册上的名字，本身便是见面的谈资。比方有一个名叫鬼子，珠海那位与美国前任总统同名的李更，在晋刊上发表当代两百名作家的魔鬼小辞典，关于鬼子的词条是：进村了才知道厉害。比方还有一个名叫东西，李更伪总统说：不知道是个什么东西。

老诗人白刃，现年九十，解放军队代表，与我们中央直属队同住鸿坤国际大酒店。相坐闲聊，说他曾去三零一医院处理睾丸，挂完号在手术室外列队待命，适时，听女大夫点名："白刀，进！"众军人病夫大笑，想起昔日与敌人短兵相接，口号就是白刀子进，红刀子出！也巧，另有老诗人屠岸也来了，与我同组，血染江畔，其名正是红刀子出来以后的鲜明画面。

散文家马力小我一春，呼我莽兄，我曾撰一上联"路遥知马力"，在作家中广征下联，惜哉迄今无人对上。陕西的路遥英年早逝，北京的马力却活得雄赳赳的，文章漫天如雪，自然稿费单子也成正比。不料有一次，单上姓名出了故障，"力"字欠力，没有出头写成了"刀"，去到邮局，兜里掏出身份证件，无论如何却取不出，还挨了绿衣天使一顿奚落："你是马力，他是马刀，马力能取马刀的稿费吗？"马力说是汇款人少写了一笔，绿使反驳他说："还少写了两笔呢，要是多写两笔你就是鸟刀了！"

福建有个青年女作家，名字叫须一瓜，某老作家老眼昏花，认成了须一爪，眼睛未花的青年作家小声警告曰，当面可别这样叫，她听到必须给您一爪！北京有个狗子，当然是人，20世纪中叶的中国农民，盖因生存艰难，所生孩子死亡率高，多次受挫之后，诞生了一项东方式的小发明，对新生儿给予极尽所能的污辱，赐以最贱的畜生的名字。这位名叫狗子的青年作家，可能担心自己在进军文坛的途中不幸夭折，受此启发，盗其专利，遂取了这个可爱的名字。还有一个叫崽崽的，意即文学的好宝宝，想必会在创作上永葆青春。

东北阿成是我好友，上世纪末读者常把他与北京阿城混淆，后来大家造出一项公式，北京有土，东北无土，好不容易区分开了。本世纪初，雨后春笋一样又出一个阿成，也没有土，在外面发表文章，稿费直往前无土阿成寄，前无土阿成急了，赶紧撰文申明。还在我们小的时候，有一个写《李双双》和《不能走那条路》的李准，当我们长大以后，他发现能够走那条路了，另起炉灶，又写了一个《大河奔流》。电影的名字是响亮了，作者的名字却被人抢走，中宣部文艺局的局长，一笔不差，也叫李准，老李准的年纪虽老，小李准的官却不小，而且是直接管文艺，管小说，管电影，理所当然也是管李准的，老李准只好学孔融让梨，在自己的“准”字下面加一个“十”，意思是十个李准才比得上人家一个。

相比之下，我的名字太大路货了，一看就知道是神农架这边的人。伪总统李更从我的作者档案中发现我的祖籍是鄂西北，于是就在他的不朽名著，当代两百个作家的魔鬼小辞典中，起草了关于我的那一条：“野莽，北京的乡下人。”

作者从小住在一家炼钢厂里，看惯了冒黑烟的大烟囱，以为那是美国的摩天大楼，所以看谁都是乡下人。朋友冯敏在从江西返京的火车上，小小心心将这消息告诉了我，孰料我一听大喜，道声哇噻，沈从文当年给张兆和写情书的时候，署的就是这个名字。

美女与作家与神六

美女和作家原本是两个词，前者系指长相抢眼的女人，后者系指会做作文的专家。上世纪末，国家诸多机关撤转合并，色鬼批评家眼珠一亮，趁机将以上二词也合并一处，创作出一个美女作家，但凡妙龄二十公岁（单算四十岁）以下，发表过一首诗歌以上，长得比歪瓜裂枣略为周正的女性写作者，皆赐以此等荣誉称号。转瞬之间美女作家如过江之鲫，浩浩荡荡，迅速粉红于当今文坛。

作代会上我每日刮目，居然相见时难，冷不丁地发现一个，晨星也似，但与同一报告大厅出席文代会者，娇嫩婀娜的歌舞演员相比，也透出一脸常年熬夜的沧桑。遂想起民间一句俗话，多年媳妇熬成婆，能够熬到参会资格，大抵也是一个黄脸婆了，因此所见者婆多媳少。继而再想，自笑荒唐，本来就不应该如此苛求，回忆今春接一青年女作家的电话，咨询出版类事，我说你的作品我读过，批评家把你归入美女作家方阵，对方知道早晚是要见面，瞒不住的，遂羞答答曰，美神马哟，要美就不写小说了！

《诗经》里说美人是“螓首”，螓者知了也，首者头也，意思是美人的额颅盖子，要像秋天树上叫个不停的知了的脑袋一样，鼓鼓囊囊，四四方方。据我所知，那样的额颅盖子好像早已不符合现代女性的审美标准了，紫红后的刘晓庆提起往事，至今还做忿忿然状，说她早年进军影坛，一位资深导演看过她的照片，就嫌她是个锛儿头，当时她十分地不服气，心想锛儿头又怎么啦？那个锛儿头就是螓首，若是听《诗经》的，中国就会错失一位影坛艳后。实践是检验真理的唯一标准，后来刘氏的风华绝代和新闻不断，足以证明锛儿头是个好东西，包括偷税漏税。

《楚辞》里又说美人要“曾颊”，曾者双也，颊者下巴颏儿也，是说美人应该是双下巴，胖乎乎的，跟中央电视台的女主持张越一个模样。易安居士李清照肯定是不合格，盖因“人比黄花瘦”，选美大奖赛上第一关就得淘汰出局，只好次封才女。掌上跳舞的赵飞燕也不行，天上掉下的林妹妹差远了，两人的下巴都是尖溜溜的。中国民间评价美人的几项基本原则，第一条就是瓜子脸，现在我怀疑那个瓜子不是南瓜子，而很可能是西瓜子，两头一般粗。

不过话说回来，美女就是美女，作家就是作家，一个是靠相貌得宠，一个是以才华取胜，走的是两股道，跑的是两趟马，实在没有必要像神舟六号导弹一样，来个捆绑式的发射。一个女人，二者得一，已经是相当幸福的了，人心不足，欲兼熊掌与鱼，苏东坡说了，此事古难全。试想假如是个美女的坯子，不涂脂抹粉去夜总会上跳舞，偏要一年到头坐在电脑前面敲敲打打，早晚弄出一脸蝴蝶斑外加腰椎间盘突出；反之，倘若是个作家的料子，不好生读书写字，却一天到晚对着镜子扭屁股，又拼命把动物的脂肪往人脸上糊，别说是没工夫作，即便作了，那又该是神马作品！

综上所述，依得老夫蠢见，往后有人再将美女与作家捆绑如神舟六号，写时不妨故意含糊一点儿，让人远看是美女作家，近看是美文作家，走拢一看，原来是美文女作家，不亦乐乎？作家名世，乃以文之美，而不以女之美也。

布特列尔的花园小溪

享受够了网络的幸福，忽然间同情起了杨诺士·布特列尔伯爵。我们不妨做个试验，让网民读者选出名著中与通信有关的十大传奇人物，其中可能就有这位倒霉的布特列尔。布特列尔是一个有非凡想象力的大学生，应该荣获19世纪大学生科研成果奖，他看上了邻居霍尔瓦特的女儿比洛西卡，比洛西卡也看上了他，布特列尔就做了一只小纸船，把他写给比洛西卡的情书装在船里，再把小纸船放入通过他家花园的一条小溪，让小船儿顺着溪水，流入邻居霍尔瓦特家的花园。比洛西卡在小溪边取了情书，写好回信，依然装进船舱，把小溪的下游用泥沙堵住，溪水就由下游变成上游，载着小船儿倒流入布特列尔家的花园。小船儿载着情书在小溪上悠悠地流浪着，这是一种名副其实的浪漫，他们的浪漫恋爱就这样进行了五年。

但是，谜底有一天被揭开了，写回信的不是比洛西卡小姐，而是比洛西卡小姐狡猾的老爹霍尔瓦特，这个老家伙的想象力一点儿也不比布特列尔差，他应该得夕阳红科研成果奖。不过这位未来岳父的做法，实在是太残忍了，即便他只是想深入了解这个有可能成为他女婿的年轻伯爵，写情书的水平高不高，做丈夫的决心大不大，权当是一场旷日持久的婚前考验，为他心爱的女儿把上一关。

这是《奇婚记》的开头，匈牙利作家米克沙特好像要写一个喜剧故事。那是在一百多年以前，换了今天，可没人玩这种愚蠢的游戏了。如今的情况是两人各自守着一台电脑，远者可以隔着重洋，近者可以面对着面，首先虚拟一个诱人的网名，越是心怀鬼胎，越是老丑八怪，越让名字清纯美丽，在唐诗宋词和武侠小说里找个好词儿，然后几根指头在键盘上按来按去，鼠标一点，销魂摄魄的情书就过去了。至于后事如何，据派出所的资料统计，多半是以纯情少女和大龄富婆付出惨重代价而告终。有人将此归罪于网络，这是不对的，首先应该诅咒的是骗子，而非骗子作案的工具，不信把全世界的电脑都砸了，看骗子是不是都能摇身一变成为君子。

两个庄园主的少爷和小姐，彼此相邻，家中拥有花园和小溪，才能具备水上恋爱的条件。而同时代两地分居的多情男女，书信则要靠马车传送，马要吃草，人要打盹，倘若路程特别遥远，中途还需在驿站过夜，一来二去，有的甚至给送丢了，害得有情人难成眷属。幸好，据说恋爱中的人是最聪明的，想象力也未必比布特列尔差，在福楼拜写的《包法利夫人》中，那位小镇医生的太太爱玛跟两个男人轮流偷情的时候，就发明了把情书藏在梨筐的底层，假装派佣人送梨给心上人。这办法有点儿像我国智取威虎山的杨子荣，以及手举红灯闪闪亮的李玉和父女。包法利医生一直尊重着太太的隐私，从不打开她的黑匣子，直到爱玛喝了砒霜，他才将它一脚踢破，于是赖昂的情书散了一地，其中还夹着一张罗道耳弗的画像。福楼拜说，这位头戴绿帽子的小镇医生一边走，一边号啕大哭。这同样是没有伊妹儿的悲哀，假设这对夫妇生在今天，爱玛给自己的电子邮箱设上一个六位数的密码，她的蠢老公，那个只会给人看病的包法利医生还打得开吗？何况再说，她的情书也不会藏在梨筐和匣子里了，实在对电脑硬盘不放心，还可以拷入可移动的U盘。

与西方比，中国古时的情况似乎更糟，老公在外当兵，或做买卖，思念家中的妻儿，一般是找个可靠的人带个口信回去，为使老婆免生狐疑，顺便捎上一样能够证明自己的信物。问题是这可靠的人万一忽然不可靠了，从中搞起鬼来，骗财骗色的案件也时有发生。两口子要是都有一点儿文化，并且又冰雪聪明，一个会画画儿，一个会破译，一个会打诗谜，一个会猜，一个会写回锦文，一个会倒着认，被坏人钻空子的概率相对就会小一些。然而，收到一封书信的时间的确太漫长了，有时竟能辗转一年，遇上烽火，连杜甫都感叹“家书抵万金”。古代中国女子期盼鲤鱼双函，仰望鸿雁传书，这类凄美的诗文可谓太多。古诗十九首里说：“客从远方来，遗我一书札。置书怀袖中，三年字不灭。”看来这位妻子不是文盲，丈夫托人带回一捆写着字的竹片儿，她能在袖子里揣上三年，有事没事就拿出来认一认，说明在这一千多个日夜里，她总共只收到了这一封信。唐传奇《柳毅传》中，洞庭湖龙王的小女嫁给泾水龙王的老二，可恨那个高干儿子在外包二奶，公婆又虐待儿媳妇，叫她在河边放羊。某日有落第举子柳毅从此路过，小龙女就请他带信给住在洞庭湖水下龙宫的父王，快快前来搭救。柳毅是个唐朝的雷锋，为做这事吭哧吭哧，费了老鼻子劲。而今自然不必，龙宫里有一台防水性能良好的笔记本电脑，受苦的小龙女只消一上网，告状信嗖的一下就发回了娘家，哪里还临得上老实巴交的柳毅来帮忙？

《奇婚记》里的小溪流着流着，后半部分就流成了悲剧。布特列尔伯爵的结局非常不幸，这倒不是老狐狸霍尔瓦特没看中他这个女婿，而问题恰恰出在时间上，是长达五年的考验断送了两个年轻人的美好爱情。五年之后，布特列尔回姑母家休假，在返回学校的路上，被县长裘里男爵派人关了起来，逼他跟自己的女儿结婚，盖因男爵的女儿被苏青卡神父搞大了肚子，得赶快给他找个替身。布特列尔逃也逃不掉，官司也打不赢，此时比洛西卡又被大公妃召作了宫女，霍尔瓦特老爹再狡猾也斗不过男爵裘里的猎枪，在两人的决斗中，被裘里男爵一枪打死了。

现代人对于这个悲剧的结论是，除了社会黑暗，还要怪这个老家伙自作聪明，当初放手让女儿本人通信，恋爱的速度势必更快，爱情的烈火势必更熊，恐怕不出一年半载，就在花园的小溪边举行了篝火婚礼，裘里男爵女儿的肚子大了，就让她去大吧。此外，也要责备那个没有电脑和网络的落后时代。

网络文学的未来词义

韩、白之战，论点是何为文坛，最终韩小将一句“文坛算个屁”，吓得白老夫子高挂了免战牌。然而烽火未残，网络上近日又燃起狼烟，一边是文坛张作家，一边是网络众写手，这一回两边论战的不再是文坛，似乎文坛算个屁已成为历史的定局，不必再论，新的论题则转为网络文学能否产生大家名作。

中国的文学人类，喜欢在自己“文学”二字之首冠一定义，为的是师出有名。八十年前，在“五四”文学的基石上，左联高呼革命文学、普罗文学，即无产阶级文学的大口号，那是为文学戴上一顶政治的帽子，以文学的阶级性来作划分。鲁迅视此以大不屑，对所谓的民族主义文学亦然，却戏称自己的作品为遵命文学，独遵人民之命。而他发表在报刊上的一些杂文，由于四周加了花边的缘故，则被“同一营垒里的青年战友”取了花边文学的绰号，一是看着头疼，二是攻击其为了稿费，好比银元的周边也有一圈平行线的花纹。后来鲁迅索性把此类文章编成一集，书名就叫《花边文学》。这是自谑，集子里的作品不以革命或普罗与否来划分，却完全取决于发表时所受的重视。

此后还有孤岛文学、解放区文学之说，那是指抗日、国共两次战争期间，在尚未沦陷的城市和业已开辟的农村大后方，继续开展的革命戏剧和曲艺活动。虽以地域来作指代，但从“孤岛”“解放”二名词中，明显透出流亡和战斗的政治含意。

20 世纪 50 年代初，新的中国出现了土改文学，代表作是获斯大林文学奖的《暴风骤雨》，人见人悲的《白毛女》，还有文盲作家高玉宝写的自传体同名小说，与半夜学鸡叫的周扒皮先生做斗争，全都以政治作为文学的准则。后来又有大跃进文学，代表作是《红旗歌谣》，小靳庄文学，代表作不知是什么东西，不肯如此写作的作家，多数就变成了右派和转业者。时过二十二年，形势忽然地变过来了，右派和右派的孩子以及广大文学同情者们，重新拿起笔来，撕裂伤痕，回眸反思，寻其根源，呼唤变革，于是又应运而生了新时期的伤痕文学、反思文学、寻根文学、改革文学，稍晚些时，又有后来渐成气候的新写实主义文学，未成气候的现代派文学，等等。口号一个接着一个，不过它们都是有内容、有思想的，并非是为艺术而艺术，也并非是为文学而文学。

进入21世纪，网络文学的诞生却不一样了，它在概念上偷梁换柱，既不是一种政治主张，也不是一种文学流派，而仅仅是以一种写作的工具和传播的手段命名，表示着书写技术和邮递方法的革命。与传统的纸媒文学相比，它的区别是用键盘写在电脑里，用伊妹儿发表在网络上，不麻烦编辑先生一审再审，也无须读者朋友订阅杂志和购买书籍。掌控鼠标，轻击网页，美丽高雅的文章，俗不可耐的文章，精妙绝伦的文章，狗屁不通的文章，真知灼见的文章，装模作样的文章，痛哭流涕的文章，嬉皮笑脸的文章，应有尽有，滚滚而来。夫网络者人人之网络，非一人之网络也，天才能写，蠢猪也能写，文士能写，妓女就不能写么？一秒钟内，噗哧一下，作品就发了表，作者就出了名，比起传统纸媒，那叫作快！全然不经过十年寒窗之苦，居然一夜间就成紫红，真正是十分令人羡煞双眼。

传统作家先是不以为然，继而羞与为伍，再接下来情不自禁，终而至于忍不住要试着发一发言了，说是网络文学永远产生不了大作家、好作品，如此云云。岂不料弓着身子静候在电脑桌边的网络写手，要的就是这句话，说时迟，那时快，立刻拍马迎战，还击传统作家算个神马玩意儿，出语之犀利尖刻，几乎与韩小将如出一辙，于是网络天空，风云又起。

这简直应该算得上是一场可爱的误杀，传统作家过于迂腐，网络写手更是毛躁，为使双方停火，坐下谈一个判，我愿为新兴的网络文学起草一条注释，以备载入未来的文学词典。该词条的初稿是这样的：21 世纪初出现在中国文坛，运用计算机技术输入并以网络为手段进行广泛传播，具有某类文学特质的语言文字，可以统称网络文学。最早由网络写手创立，后来有传统作家加入。网络只是工具，而非观念主张，也无质量标准。打个比方，刻在甲骨上的文字可称甲骨文，刻在竹简上的文字可称竹简文，书写和印刷在纸质上的文学作品可称之为纸媒文学，网络文学也可以此类推。不要把事情弄得过于复杂，中国的问题，就是从来就不缺混饭吃的理论家，致力于把本来十分简单的问题故意弄得万分复杂，以此显示高深玄奥。八十年前胡适说是少谈点主义，多做些实事，即是对此类人才而言。如今对于网络也好，纸媒也罢，这个实事，就是看谁能写出真正的好作品来。

侯宝林说过一个段子，可以用于网络文学概念的混乱。他说他大清早起来穿了六条裤子，捧哏问他哪六条，侯大师扳着指头，说了三条功能不同的裤子，又说了三条颜色各异的裤子，捧哏说哪有这样重复说的，说来说去不还是三条裤子吗？目前的网络文学恰好就是概念不明，为了省力，随意给它取名叫红裤子。其实商场关于裤子的分类，是以性质做标签的，譬如短裤、衬裤、毛裤、外裤，还有小儿的连衣裤。传统作家横眉冷对网络文学，也许看到的并不是网络，而是那些利用文学名义和网络条件，漫天飞撒性爱日记的芙蓉姐姐、木子美妹妹，以及一些不穿裤子在网络上搬运汉字的少男小女、壮妇老郎。

正如在所谓社会主义体制下还存在着靠工资吃饭的传统作家，存在着靠政府补贴和企业赞助发表和出版的传统文学，网络写手的高下之分，网络文学的良莠之别，乃属正常。这并不妨碍随着网络写手的增多，写作质量的提高，未来会从中出现大家名作的可能性。传统作家过于自负的预言，早晚会以破灭作为代价，而反过来，倒会有传统意义的大作家耐不住纸书之苦，经不起网络诱惑，某一天突然扔下笔墨，进入网络，从此他也就会被人纳入网络写手的浩荡队伍，其作品也会被人归进网络文学了。

网络文学与纸媒文学不是敌人，它们是操动两种工具从事一类工作的同行，虽然同行容易成为冤家，但是前人更多的先例却是战友。它们当然是应该有敌人的，它们共同的敌人到底是谁呢？那就是好的作家和好的文学一直在努力鞭笞的，影响这个世界和人类文明进步的假丑恶。

文坛的堕落

本世纪出现的一种新兴职业，虽然还没来得及收入新版词典，却跟超女、博客、恶搞、流氓软件一样成为流行语，它的名字叫网络写手，系指以电脑写作和以网络传播为主要工作方式的文化人。跟很多作家不同，我从来都不敢小看这个新兴的群体，以我经人推荐读过的一些网络文章而论，它的令我欢喜和惊叹的程度，并不是每一个传统的纸媒作家，包括当红的职业和非职业作家都能达到的。当然，据说这些署名古里怪气的网上作者，他们有的就是已经成名的作家，由于抵挡不住网络的诱惑，又唯恐被身边的同行知道了丢份儿，就穿上夜行衣，扮成蒙面人，悄悄然摸进网络来放纵笔墨。这种人功夫老道，炉火纯青，即便是在假面舞会上闪展腾挪，明眼人也一目就能了然。

我尊重网络写手的另一个原因，是这些写手不管写得好与坏，都是用自己写的字来买米做饭，写得好吃得好些，写得差吃得差些，通情达理，全无怨言。不像一些靠人民缴税养活的职业作家，写不写得出来都向单位的会计要工资，会计不给就游行示威，脖子上挂块牌子上街要饭，激起善良看客的同情，看哪，对待作家怎么能够这样！这是作家，不作也是作家，作不出来也是作家，给了人民精神食粮的作家难道不应得到人民的物质食粮吗，世界上第一个社会主义国家，苏联老大哥的作家们不就是这样的吗？

网络写手却往往不是靠此吃饭的职业，他们写作只是出于诉说的欲望，是想享有人权，对自己置身的红尘世界发表一点切肤的看法，而我们的报刊传媒死活都不理他，这种蔑视激怒了他们，于是他们就拿起鼠标从空中发射出去。其真正养家糊口的职业可能是经商、教书、打工，以及形形色色的自由工作，因此从他们手下出来的方块字是纯洁的，并不需要利用它们向某种势力依偎，以求换得名声与功利的诸般好处。职业作家视之为生命的东西，网络写手听了以后会感到非常奇怪，接着他们就笑了起来。

2006年快结束时，网上有人宣布了本年度中国文坛的十大堕落，靠工资吃饭的作家挂牌要饭是其中之一。文章的作者肯定是网络写手无疑，口吻之调侃和嘲笑简直令乞讨者大感意外，原指望对方虽然是狗肉上不了正席，但毕竟也算一条文学战壕的战友，孰料这些狗肉战友跟他是一个在壕里，一个在壕外，居然赶在快过年时，哐的把他咬了一口。事实上谁是猪肉，谁是狗肉，那要看美食家所处的地域和时代，在和尚眼里，它们都不是好东西，然而一脚踏进贵州的花江狗肉店，就会发现菜谱上的后者，价格比前者翻了几番。除此之外，十大堕落中的另一大也与网络有关，说是有一位女诗人在网上发表“梨花诗”，“当你老了，亲爱的，那时候我也老了”，“我在路上走着，想着我的爱人；我坐下来吃饭，想着我的爱人；我睡觉，想着我的爱人……我这么想着想着，就睡着了”，一觉睡醒，亲爱的女诗人的床上就莫名其妙地升起一颗网络的新星。

凭理说这不能算是堕落，通是通俗了一点儿，直是直白了一点儿，如同八十年前新诗运动中的二刘，刘半农和刘大白。然而她说的都是实话，说实话而艺术水平不高的女人比起虚话说得神出鬼没的女人，哪一种更倒人的胃口呢？况且你愿看就看，不愿看就拉倒，鼠标一滚就过去了，另外点击别的，梨花诗主并不召开会议对你进行严肃的批评。也不像那些用人民的税金印刷自己所谓著作的人，在以权力推销的孔雀尾巴后面，连“那时候我也老了”“想着想着就睡着了”这样的人话都不说一句，你不看还不行。网络写手可没有这个本事，要有他们就不是网络写手，就是网络打手了。

罗稷南先生50年前大胆提出的一个问题，至今我还在兴致勃勃地想着答案，那个全世界最倔的老头子，假如真的他还活着，又活了50年活到了今天，经过了“要么进去了还在写，要么识大体不说话”这两个英明判断之后，他会在干什么呢？我猜他完全有可能是一个网络写手，一天到晚坐在电脑面前，用烟草熏黄的几根瘦指头噼里啪啦地敲着键盘，写完一篇想起桌边已凉的咖啡，伸手过去却习惯性地握起鼠标，于是匕首和投枪就投了出去。他早就跟所有的杂志和出版社断绝了关系，改而选择了品行诚实的网络，因为网络上发表作品不会遭到“那些人物”的删改，“那些人物，原是做不成作家，这才改行做官的，现在他却来改文章了”。

倔老头子死后60年，以他名字设立的一项文学奖诞生了，它们恰恰放过了网络上那些童言无忌的鲁式短文，却如期颁给他已没有能力批判的纸上阿谀之作。另还有不少获奖作品经过层层审查，业已被打磨得珠圆玉润，玲珑光滑，与他超前的思想，超级的艺术，超利的锋芒相距八千公里以上。角逐此奖的作家们奋勇奔跑、拥挤、互相践踏的惨状和丑态，让独坐一隅的倔老头子见了，他会在网上发表文章说，我则以为，这样做大抵是很可悲的。

游戏中的名著恶搞

关于恶搞，我的认为是，即便搞者们强辩他的搞法没有恶意，至少不能算是很善的吧。究竟它恶在哪里，问君能有几多恶，这得看它于现实中制造了几多恶果。日本人素有作恶的天赋，发明恶搞理所当然，“KUSO”一词原是“粪便”的意思，粪便者爱用污秽的物质亵渎神圣和清洁，想来也是出于天然的兴趣和习惯，本可以不必理睬，但它搞出了国界，搞到别国的文学名著的头上，这便应该给它打一个招呼了。

而且这招呼早就该打，20 世纪 50 年代，日本在战场上投降不过几年，该国的动漫大师手冢治虫又从《西游记》中搞走一个《我的孙悟空》，恶搞从此发轫，那时中国事多，顾不过来追究，这并不等于永远无限地由它搞下去。半个世纪以后，恶风果然加剧，TAKAYASHIKI 的游戏日商开发的《红楼奴隶馆》，林妹妹的妈妈与外国人通奸，堕胎不成生下阿黛，因酗酒与疾病而死，林妹妹就被卖进红楼馆做了性奴隶。至于《三国演义》里刘关张如何变性成了风骚女人，《西游记》里唐僧和猴大徒弟如何与异性做爱，佛教大肚能容，也就容了，然而任意糟践《红楼梦》，这种恶搞可不可以容他再搞下去呢？

缘于此事，有诸多的怪事值得思考，其一，日本有自己的《红楼梦》，紫式部写的《源氏物语》也算世界古典名著，书中要公子有公子，要小姐有小姐，日商为何不让他们的妈妈与外国人通奸生女？其二，日本人把中国的文化遗产变成粪便卖给中国，中国人竟乐滋滋地买，乐滋滋地看，乐滋滋地笑。其三，并且乐滋滋地群起而效尤，君不见中国人自己恶搞的《大话红楼》奋起追日，全副武装还打上中药的广告“开胃大餐、通便利尿”，号召国人速吃速拉。中国式的恶搞中宝玉搞性骚扰，黛玉跳脱衣舞，晴雯一榔头把空调砸了，十二金钗穿比基尼参加选美大赛，林妹妹是二奶，大奶宝姐姐又有婚外情。搞得虽不如日本人恶，但倚仗着本土的优势，雄心壮志不输外夷。

国人有力挺恶搞者，认为不这样便不能证明自己博大的胸怀。我则不然，我建议恶搞者搞一个外国名著试试，比方说雨果的《巴黎圣母院》，让神甫或副主教与爱丝梅拉达做爱生下一个残疾儿童，遗弃后被国王收养取名戛西摩多，长大做了圣母院的敲钟人，又与生母相恋杀死生父，且看以浪漫主义饮誉全球的法国，他们的名著保护组织知道了高不高兴。另外也劝这类作者，真有创作天才就去搞几个像样的原创作品，何必死乞白赖地寄生名著，强奸死人，现实中从来不缺靓男美女，文人武士、江湖好汉与旅游和尚要找也能找着，全无侵权之虞，你自写去，不亦乐乎？

为人类的病毒烧香

进餐的时候有人问我，谁是最可爱的人，我会回答厨子。又问谁是最可恨的人，我会回答制造和销售存在安全隐患食品的坏分子，以及蓄意的投毒杀人犯。现在我坐在电脑面前写作，有人问我同样的问题，我的回答更加地不含糊，我爱发明电脑与网络的时代英雄，憎恨、鄙视、诅咒制造和发射网络病毒的那些王八蛋们。

但是，有些先生的态度跟我截然相反，他们的思想太深刻了，深刻得我们浅薄人类一眼看不见底，以至于怀疑那是一道深刻的陷阱。

梁山泊有个好汉名叫混江龙李俊，宋江死后，他在《水浒后传》里成了三十六位幸存者的领袖。过了很多年武汉也出了一个同名者，不过他的绰号应该叫混网虫，他的盖世武功是研制出了一种顶尖级的网络病毒，一个胖乎乎的熊猫对着三支燃烧的香火鞠躬参拜，那三支香烧到谁的电脑，谁的电脑就被烧死无疑，无论电脑里装着多么重要的文件。据悉，全国有几十万台电脑遭其毒手，经济损失数以亿计。这个真名叫作李俊的人物在武汉地区的代号既不是什么龙，也不是什么虫，而是毒王，江湖上的广大电脑使用者们对这个熊猫毒王闻风丧胆。

不过，毒王李俊没能得到那三炷香火的保佑，今秋一日，他被公安缉拿归案，判了四年。

平常人都额手称庆，杭州一家网站的深刻老总却表现出了异乎常人的胸怀，他宣布要用一百万的年薪预购李毒王，像敖包相会的情人一样，耐心地等待着他出狱之后，把他请到自己网站担任高级电脑工程师。

真是抛砖引玉，一花引来好几朵花开，接下来的国内各家网站像被染上熊猫烧香的病毒，争相效法杭州网站的经营理念，以相当的价格抢购毒王。这些网站，大约都是被熊猫烧坏过的，这些电脑，大约也都是被熊猫摧毁过的。

有了这一碗酒垫底，研制熊猫烧香的毒王还有什么样的酒对付不了呢？四年的时间一眨眼就过去了，脱下号服，走马上任，每月的工资相当于被熊猫烧伤的伏案工作者们的五百倍之多。毒王应该高枕无忧地服刑了，他在监狱的日子远比读博士后要值钱得多，比起那些戴着头盔撅着屁股冒着性命危险在井下吭哧吭哧挖煤的天下最便宜的农民工，那就更不用说了。

我当然不主张一棒子把毒王打死，我同意法律的棒子把他打完四年之后，让他带着屁股的隐隐伤痛去另讨一碗饭吃，无须再棒，也无须改而为捧。既然网上宣称这位天才少年很小就会帮助他的妈妈修理电器，那就让他摆个摊子去修理电器好了，还得说好不许往人家的电器里面装毒。成千上万的良民都在做这个工作，毒王做做未尝不可，爱新觉罗·溥仪不是还在街道工厂糊过火柴盒吗。

从古代的中国到目前的西方，都有类似因为曾经犯过什么，多久以内不许从事什么的规定，比方说某年泰森一口咬掉了霍利菲尔德的半个耳朵，他的崇拜者们就很长时间没能看到那一张强奸犯的泰然而阴森的脸。有的禁止甚至是永远的、终生的，这种严厉是对人民的宽容。

杭州网站老总的惊人之语，令我不禁生出一些担心，担心这位毒王身后有更多的毒诸侯们通过数学计算，愿意以四年的坐牢成本换取来日的百万年薪，研制出一次烧三十支香，一支香烧死三十个国家电脑的超大熊猫。除了担心我还怀疑，像本文开头说的那样，我怀疑这位老总肮脏的商业用心，利用这个难得的题材炒作自己，不仅欺世欺民，也欺骗毒王。让全球人都知道了有一个胸怀博大而又实力雄厚的杭州网站，生意兴隆，财源茂盛，然后四年过去，当重见天日的毒王真的出现在这家网站门口的时候，要么百万贬值，要么降为百千，要么连人带站卷旗易帜，爹也不是你的亲爹，奶奶也不是你的亲奶奶了。

事情果然不出我所料，当记者采访到那几位发出号召的网站老总，咨询他们何以要对毒王开出如此天价，老总们却像电视里的劣质演员一样快速眨巴着眼睛说，我们爱才是真，可是我们并没说过百万年薪的话。

在写这篇文章之前我做了两件事，一件是我眼睁睁地看着自己辛苦写下的文字瞬间变成可怕的怪符，用升级版的江民杀毒软件和金山毒霸等等工具都不能杀死电脑里的病毒，我只好又从电脑销售商的手里高价买来号称“新版瑞星卡卡上网安全助手、彻底清除恶意及流氓软件”的杀毒光盘，再付一笔上门费请来电脑高手安装。花一上午，恶意及流氓软件是彻底清除了，然而被一道清除的还有我的已经变成怪符的文字。

另一件事，我在百度博客上敲击“李俊”二字，首先出来的是那位梁山好汉混江龙，接着出来的才是这位混世毒王。打开一篇博主文章，我在网友跟帖上看到了如潮的评论，一些人说四年太少，一些人说罪有应得，只有一个人是表扬他的，借用宋丹丹表扬赵本山的一句话：你太有才了！我没看到杭州网站老总的文章以及留言，估计他在空气中说完了大话，却断不敢行诸文字，害怕毒王四年以后出来背着铺盖卷子找他兑现君子一言。

十七天的意义等于零

首先应该承认，我的破手机里暂且尚未收到诸如“抵制家乐福超市十七天”之类的短信，但这既不能为此消息证伪，也不能否定别的机主遭遇有别。然后我再承认，即便有此信入我手机，我也不会积极响应。其原因不仅是我所在小区的购物中心名叫惠普超市，更主要的是我担心抵制者们第十八天的购物总量，会使这场愤青式的“抵福运动”除了把对方的销售额推迟十七天完成之外，别无意义。

家乐福的法国大股东捐资达赖也罢，奥运火炬手在巴黎受阻也罢，这些似乎都不足以成为“抵福运动”的理由。既然一些人把政治与体育连在一起引起中国人的愤怒，那么另一些人再把政治与商业挂起钩来不造成外国人的笑话才是怪哉！同时，如果坚定地认为家乐福的存在是法国人的需要，而不是中国人的亦需，抵制家乐福是对法国人的伤害，而不是中国人的自伤，那么还不如把短暂的十七天延至无期，甚至索性回到伟大的无产阶级“文化大革命”中，让所有的帝国主义及其走狗们从我们的国家滚出去吧。

滚出去的好处是有的。没有了市场的自由竞争和繁荣，千奇百怪的票证会从潘家园当代文物收购摊上卷土重来，西单商场的前门将重现一字长蛇阵的壮丽景观，只有极个别神通广大的人才有本事从挨近厕所的后门，鬼头鬼脑地抱走有领导签字的三转一响。

抵制法货之前是旷日持久的抵制日货。去岁猪年，家妻购车，多位爱国朋友劝诫务必不买本田一类。斯言听之，并非因为狭隘的爱国主义，而是嫌弃日式汽车轻薄小气，方才另选了法国的雪铁龙。此事如推迟发生于巴黎火炬手受阻之后，则极有可能被戴上一顶帽子。我的观点却仍如上世纪初的胡适，少谈一点主义，多做一点实事。还以购车作比，选择的标准应是好看、便宜、省油，日本人造的汽车未尝不能列入中国人的购单。

我实在是有些纳闷儿，把一个一个的中国屁股安放在日本人潜心打磨的小汽车里，一边舒服地扭来扭去一边口唱大刀向鬼子们的头上砍去，这有什么不可以的。当然，假如有真正务实的爱国主义者扔下写满口号的小三角旗，去把汽车造得比日本人的还要好，让日本人争相购之岂不更为中国人的脸上争光？我敢以人民币打一个赌，日本人才不会傻到宁可吃亏也要抵制华货的程度。而事实上，我们的汽车不往往是便宜的不是货，稍微是点货的又贵得要命吗？

如说抵制日货的仇恨起源于七十年前的日本侵华大屠杀，我就会认为抵制法货的十七天不仅太短，而且太晚，它应该发生在英法联军烧了我们那个美丽花园的翌年之春。在那些东倒西歪的断垣残壁面前，我们的祖先单腿跪地，焚烧自彼岸舶来的英法洋货以作祭天的纸钱，包括枪支战船和提醒几时几刻来此地集合的自鸣钟。若以此气节保持至今，哪里还有家乐福的什么事。

奥运火炬手在美国也险遭意外，于是我在预测下一步是否又要抵制美货。抵制是任性孩子心中最易爆发的革命，它的级别几乎相当于村妇赌气，相当于20世纪中叶宁要社会主义的草，不要资本主义的苗。问题是拒绝利用今日全球共享的现代文明，当奥运火炬从遥远的地方传来，我们的健儿却只能穿着同昇和的圆口布鞋进入跑道。且不说举起右手宣誓究竟有何功用，仅在以网络的手段向全世界公布讨法檄文这一条上，我便发现了国人的可笑和不诚实。因为真正自尊且又国粹的做法，应该是用毛笔在纸上写好文字再以活字印刷术排成竖版，骑上快马，备足干粮，派出数以万计的神行太保分别送给世界各地的黑白人种。千万要抵制来自西人的火车和飞机，电话和手机，曾经批评过我们的美国人发明的计算机网络，就更得坚决地予以抵制。

我想起满疱通红的阿 Q 同志忿忿然从背后扔去的那枚石子，想起妈妈的以及老子比你阔多了，想起多少个十八年已经过去，又一条好汉依然采取这种祖上遗传的精神胜利法，却不肯尽一点绵薄的力气，使我们的北京在外国人的眼里虽没有第一的富贵，却有超一的坦诚。

当那根顽强的火炬冲破美法两地的阻劫，并未熄灭的火焰终于燃达终点，让美国人、法国人，还有那个达赖，看到奥运赛场领奖台上中国人脖子上挂的金牌，以及台下更多中国人脸上挂的和金牌一样光荣的微笑，难道不比抵制家乐福十七天来得有力，并且多得多吗？

在网上打擂

前些天有朋友问我，五十个作协主席在网上打擂，轰轰烈烈，你听说了没有，我说我听说了，里面也有我的朋友。又问我感觉如何，我说感觉挺好的，凑一百个更好，中国人民喜欢一百。因为人上一百，才能种种色色，何况作家，何况作家协会的主席，只有五十个人还不够齐全，如果不限名额，那就更要赶上雀巢的味道。

不过中国要是没有那么多的作协主席，还得上外国去借调，问题是自从苏联垮台以后，全世界除了朝鲜越南几个同盟兄弟之外，其他国家连个作协都没有，哪还有什么作协主席。西方作家都是自谋生路的散兵游勇，不拿工资津贴，真正靠写作挣钱吃饭，如“文革”时代中国城市人口粮食本上的语录，忙时吃干，闲时吃稀，不忙不闲半干半稀，长期闲着没钱买米，肚子一饿，就只好转业干别的活儿去。

因此我向网上建议，以后再搞什么擂台赛的玩意儿，还可以更加开放一些。不单是主席副主席，非主席非副主席，甚至于非作协会员，只要服从打擂的规矩，不带暗器，譬如抄件一类，都可以跳上台去施展一路拳脚。虽然与政府机关一些混混儿官员相比，作协的主席副主席再差也是写过一些好书和好文章的，但是曾经写过不见得现在还能写，曾经好的也不见得现在还好。再说各省各市之间的差别也是个问题，好比夜郎国的头领与天子脚下的帮主，与中原大地的诸侯们打擂，就不会是很激烈，三两个回合被打下台去，看头不大。一方霸主到了另一方未必还是霸主，这跟体制内的官员调动是两个概念，而卧虎藏龙的民间往往会有身怀绝技的高手，一个鹞子翻身跳上台去，说不定就把主席们打趴下了。

过去我跟许多传统作家同犯一个错误，并不把网络作者放在心上。几年前有位名叫蔡莉莉的年轻女编辑给我打电话，要我抽空看看《疯娘》，我问是谁写的，她说了一个名字我没印象，我问发在哪本杂志，她说是网络上，我求知的欲望就不再强烈了。过几天蔡小姐又打电话问我看了没有，我支支吾吾地应付着她，估计她对我的话表示怀疑，第二天竟专门下载打印一份给我送到家里。我很感动，当然更令我感动的则是那位网络作者笔下的疯娘，不久我去西单图书大厦购书，无意中看见中国作协创研部编的一个年选，里面选了这篇小说。

此后因为工作关系，我又读了一位书商送我的已出版的网络长篇《成都，今夜请将我遗忘》，感觉作者的才气非许多拿工资津贴的专业作家可比。家乡又有一位网名自由芬芳的女作者，坚决地劝我看看安妮宝贝，并且声言要把她手里读过几遍的《莲花》给我寄来。被逼无奈，次日我自己破费买了一册，还是作家社的精装本，一看果然了得。我给她发短信说，亭亭新妆，独望北窗，百读莲花泪千行。安妮宝贝出身网络，现居北京，目前又红到日本去了，我鼓励芬芳成为第二个安妮，最后祝她纸贵郧阳。郧阳是我老家明朝的府称，共和国的地区一级。她很生气，认为郧阳小了，于是我又改一个字，祝她纸贵洛阳。

网络有那么多才华横溢、思想也横溢的青年作家，为什么一直被挡在所谓的文坛之外呢？那是因为文学杂志的编辑，尤其是名叫主编的那个主要编辑的才华和思想不但不能跟着他们一道横溢，甚至连仅有的一小碗水还得用于讨好权贵，以图换得一坨可怜的棉花糖，或者希望已经到嘴的糖不要又被没收了回去。所以这些青年想要显示才华和思想，就去寻找没有编辑的网络，自己写了往自己的博客里贴，相当于在自家门口办一块黑板报，好与不好你管不着。

几写几写，只要能真写出好的作品，这位作者也便如莲花一般亭亭出水了。

我不知道五十个作协主席的擂台赛是一个什么样的赛制，擂主是谁，打擂者又是谁，首赛结束谁是拳王，谁又被打得屁滚尿流蒙羞而去。此中行情，据说牛年六月才会揭盅，那么我们就等着看吧。前些天问过我的朋友又问我了，问我这种比赛有没有意义，我认真地想了想说，有，而且不止一个。

比方其一，将传统作家的代表或领袖诱进网络，使得他们忆苦思甜。过去一篇文章从写稿到发表，须经毕昇和蔡伦以及詹天佑们的多种发明和创造，方能运送到读者面前，而今鼠标一点，地球人都知道了。其二，让传统作家领略到网络作家的新鲜拳脚，也让网络作家认识到传统作家的深厚功力。其三，两路人马切磋交流于网络这个神奇的世界，文学的发展便不仅是形式与技术的，而且是思想与观念的。其四，……

洋贼与家贼

关于谷歌侵权，我在网络上读到了两种意见，一种是侵得好，其道理是于人有利，于己也有利，翻译成时髦的话叫作双赢，既如此何乐而不让人侵之？一种是不许侵，其道理是虽然都有利，却于人利益很大，于己利益很小，而且要得到这个很小的利益还须付出很大的劳动。谷歌在网上公开许诺的60美元不啻是镜花水月，猴子们联起手来也捞之不易，身而为作家者谁还有那捞月的闲工夫嘅？

《网络传播》请我就此发表自己的高论，我冷静地想了想，决定先把问题搞个水落石出，即这个权到底是侵了还是没侵。如果侵了，漫说60美元，6百美元也不足以抵消侵者的罚单，但是如果没侵，则连6美元都不付，也休得愤愤然扔一颗石子骂人妈妈的。至于要搭建一座服务于全球的数字化图书馆，我们在未明真相的时候完全可以将谷歌虚拟为自诩好心的吕洞宾，只是不可轻易地唤狗去咬他。

正式加入国际版权组织之前，我们素来奉行的是拿来主义，撇开主义不论，拿来固然无过，有过的是不曾给主人打一声招呼，这可不就是盗么。跨海而盗，海盗大国臭名昭焉。上世纪末我在一家文字上里通外国的出版社任职，常能收到一些外译中的图书信息、简介、译稿的篇章乃至全本，寄者函称译自某国某人，邮件里却不附有作者的授权书，去电询问，满腹西文的翻译少数不知还需如此手续，多数则以为此事应由出版社作善后。所幸我们还能多管闲事地把上一关，倘若按国内的原创作品使之出笼，岂不就成了中国的谷歌？想不到三十年河东，四十年河西，现如今双方角色来了个互换，临到昔日的海盗抡起哭丧棒了，中国作家扬眉吐气的节日也就终于来临。

可是我并不作如此想，或说我并不想到此处为止，我继续在想的问题是同为盗贼，在谷歌之前，在谷歌同时，在谷歌中止了侵权之后，国内那些以阿猫阿狗命名的网站侵得还少吗？与外域的海盗相比，本土的山贼对自家的行情了如指掌，他们可没有什么搭建全球数字化图书馆的远大理想，发点小财，成点小业，打几枪换一个银行账户，中国式的二人转唱得可比谷歌靠谱得多。家贼们发明的办法是招聘一些男生女生，以千元之薪充当鹰犬，到作家处取得授权，然后将其作品挂在网上，网民点击所付之资，大约有百分之九十九早已进入他们的账中，却让傻啦吧唧的作家坐在家里等待戈多。

有一种现象应该引起侦破学家的注意，作家的智商显然是不够用的。那些在网站冠以各种暧昧职衔的青年，他们上岗与下岗的速度之迅捷、突兀而又神秘，常常是从天而降又转瞬即逝，有的在签订合同的第二天就再也摸不着他们的脚板皮，带走的是著作权人协议书上的签字、身份证复印件，甚至连银行账号也一并索去，笑眯眯地说是财务要为作者支付稿酬。这便使一茬一茬的继承者把前任许诺的责任推得一干二净，稿酬没有拿着反为身份证的失控提心吊胆。

以我本人切身为例，这些年国内各类网站的代表更迭交替，除书生网付过几次菲酬之外，其他如龙源期刊网、有声读物网、湖南远景网等竟无一文。其中有个故事，我今首次讲与同行一乐：有一网站中层主管，离职前来家看我，亲口告我本年稿酬已计算好了交付财务，共几千几百几十元，不日可收。但是此后几年也没收到，我的全部反抗只能是拿出职业本领，用一个校对符号将这四字改为“日不可收”。友人幽默，又加一字，为“日日不可收”。

苍天在上，这事不是谷歌干的，洋贼的战法是来将通名，告你取走一物，限时限地来领六十美元。家贼则深谙中华秘踪拳法，走马换将，绕得你稀里糊涂根本就找不着北。被盗者对此的反应往往是由愤怒、不甘、斗争、无奈，最后纷纷落入《增广贤文》所劝的退一步海阔天空，还不解恨则再学人家阿Q，骂声只当老子让儿子占了个便宜完事。万分之一，真正遇上一个把维权进行到底的事主，网站也做好赔上万分之一的准备，他们明知有更多的人没有精力进行到底，继续盗窃下去的信心和勇气也就大了。

对于家贼，中国作协没有如对谷歌一样发表严正声明，不知是否因为内外有别，因为“兄弟阋于墙，外御其侮”，因为自家的贼偷来偷去也在自家，只要肥水没有流进外国田里。除此是否还有另一种可能，那就是与富得流油的洋贼相比，家贼较穷，对他们可以睁一只眼闭一只眼。以上几点如被言中，那么我就认为全都错了，即便落后如中国古代法律，也从没有过同是盗窃百姓粮食，外国贼判赔十两银子，中国贼则连屁股也不打一下。

反之，应该一视同贼，无论内外，也不分穷富，洋贼要打，家贼也要打，富贼要打，穷贼也要打。再者说网上窃物如天马行空，无本万利，何穷之有！若有家贼帮洋贼偷东西的二衣子贼，更要奋力打之，由穷贼变富贼的升级版家贼，尤其要一棒打落于臭水沟中，盖因他们的脱贫之快，乃中国作家的挨宰之深；他们的致富之暴，乃中国作家的受害之惨也。

网络时代的新词滥调

进入网络时代的另一个标志，就是平均每天都会出现一至七个稀奇古怪的新词，而且既然以制造新词为摩登，“出现”二字也太老掉牙了，博客中将其一律刷新为出炉、出锅，让一个个又大又白的烧饼和肉包子带着茉莉花香冲你直冒热气，如此一来，旧词瞬间就被逼退到历史的死角。接下来还会有新的博客来打败烧饼和肉包子，想啊想，还会想出“出土”之类更新的词，抢先在自己的网络黑板报上贴出文章，说是哪里出土了一件独乳二奶与她的长毛男犬争夺公美发师的雷人事件。我敢打赌，出炉和出锅必然又将败给出土，因为人们眼前出来一具汉代的女尸，烧饼和肉包子再香也抵挡不住它醺人的气息。

春秋战国，可能是制造新词最多的时代，一是群雄争霸，新事颇多；二是说客争鸣，新论备出；三是竹书简刻，不以新奇凝练的短句状其天下逐鹿之相，恐怕要累死个人，于是成语生焉，往往四字，这在今天就是一个四千字的短篇小说。它与当代的不同，是因快速叙事的需要，而非仅仅追求异化，以期达到陌生的效果。如刚才说到的“雷人”，此前尚未造出这个词时，多少文风犀利的文章早已被观者理解赏识，不说雷人同样受到大的震撼，反之，今天也说雷人，明天也说雷人，也未见得有几个人读了文章扑通一声被击昏在马路上。

故意将某个流行千年的成语写错一字，使其面目全非，此风目前已盛行全国，它们多见于城市里的巨幅招贴，电视中的插播广告，这种商业化的小聪明与小奸诈，一般与某种可疑的滞销产品有着联系。大凡中学以上文化程度的中国有闲不傻青年，只要看上几例，都会举一反三地进行仿制，继续下点功夫，偶尔也能弄出一条，引起一定范围的社会轰动。在像菜园一样无人把守的网络上推广个把新词，这是一件比偷菜还要容易的事，盖因作者、编辑、总编、校对同是一人，甚而至于文章后面浩浩荡荡的跟帖者，全都是自己的化身以及朋党妻妾。

八十年前，鲁迅即是颠覆旧词的先驱，人家说是文章不朽，他偏要反过来说速朽；人家说是对人介绍，他偏要倒过去说绍介。因其幽默，因其调皮，反倒使不想朽的很快就朽了，不想不朽的却至今也不能朽，不经意间轻轻一个字的颠倒调整，文章就有了诗的抑扬，让人读得喜笑颜开。然而他却又是反对青年人生造词语的，作家的天才，文章的绝妙，在于故有语言的新奇组合，而非陌生词汇的新鲜出炉，好的建筑师往往用司空见惯的平常材料造出前所未有的非凡建筑，而有人一味寻求女娲炼过的石头去盖一个异型厕所，结果把铁鞋踏破了，事也未成。

“贾君鹏，你妈喊你回家吃饭”，这句莫名其妙的网络语言莫名其妙地流行了一个牛年，不知道还将迈着回家吃饭的步伐流行多久。它的意义到底有没有网络炒作的那么大呢？水面平静了，总有人想扔一颗石子，日子平淡了，总有人想喊一句口号，希望引来全世界人民的关注目光，以此证实自己的存在。天下本无事，自扰之的却不是庸人，而是闲人。类似的网语还有“不要迷恋哥，哥只是个传说”，貌似深不可测，一测浅可见底，流行的原因，好比某人坐在王府井步行街上唉声叹气，或做一个鬼脸，好奇的游人遂来围而观之，这就是网语作家与他的跟帖者，声音动作愈怪，跟帖愈众。

网络普及之前，不满于传统词汇，想要换个说法的苗头已经开始在媒体少量地产生，只不过相对网络上的嘻嘻嘿嘿，它依然是严肃的，正经的，板着西装领带上方的一副新闻面孔。比方把过去表现人物环境的阵地、园地、场地、舞台一类旧词，翻新为“平台”“T台”，以便让人在这个新的台面上展示自己的本领和才情。我则以为，如是战士，似乎还是在阵地上好，如是教师园丁，在园地里当也不错，如是个跳天鹅湖的芭蕾舞者，何苦一定要让她改行走猫步呢？即便是泛指人生一世的大演出，舞台的诗意也并不比后面的那两个台面子差，一意推倒重搭只恐费力而不讨好。幸亏没说让奥运跳水冠军在平台上展示什么，不然会让人家一头栽到实处，摔个半死。因此我又在想，旧词可改，亦可不改，苦思三日仍出不来惊人之妙语，还是不改为好。

昨日晚饭已毕，打开电视，中央台的漂亮女播音正在念“一揽子计划”，若非读小学时老师“雷人”教鞭驯出的自律，我就忍不住笑出了声来。在我的理解中，这个新的“一揽子”无论从音调还是意义，都没有超过旧的“一系列”“全部”“所有”，以及更多更文化也更准确的词。既然如此，为什么要“一揽子”呢？另外我还担心这个词的英文不好翻译，不知道国际台是怎么念的，有外国记者惑然提问，还得解释出一揽子的话来。

传说中的哥

关于网络推行实名制，本着宪法的精神，我一直是持反对的意见，以为这样会妨碍言论的自由与人身的安全，从而影响中国历史发展的进程。但是，最近曝出一些稀奇古怪的案子，让我的态度忽然有所改变，我认为，当一个国家的法律还没有健全，各项社会制度还有待公正，国民的整体文化素质与道德文明程度也还比较或相当不高的时期，如同网络实名制是有弊的，网络虚名制也有它的不利所在，甚而至于，后者在民间的负面作用更大，也更普遍。

越来越多的单身老女人向警方挥泪控诉网络上邂逅的男友，在这里往往还碰上同一案件的女事主，相互问起缘由，异口同声，她们那个才华横溢的爱人名字都叫云中黄鹤，突然一去不复返了，把她们的存款折子取得空悠悠的！若是两周前的黄昏，与君同时相约柳下，几位老姐妹会像日本相扑一样扭打起来，然而现在，同是天涯沦落人，相逢何必自相残，抱在一起哭得泪人儿似的，脸上的化妆品都打湿了，露出那个不该上当受骗的年龄段。

有一位闻鸡起舞的日记作家，每日在平凡的生活中撷取那么一点不平凡的素材，或一件事，或一个心理活动，写进博客以飨同村的几根粉丝。所写之事有的是真，有的是想象，有的是三七开或一半对一半，但有一条，统统都是让村里人觉得了不起的，比方他向别人借钱却写别人向他借钱，而且至今都没让还。写了又怕被当事人看到找他算账，就给自己虚拟一个博名，要么从道听途说的唐诗宋词里选半个句子，要么自己来个富有哲理的词儿，让村里人觉得这个博主的思想相当深刻，太有才了。这类虚拟博文写够一百篇后，就以投资为名蒙骗贤妻，拿钱购买一个虚拟的书号，印成一本虚拟的书，在自己的户口所在地内部传销。

某日这位博主，又写日记一篇，说是某行业老总请他赴宴，他却出于清高与骄傲而不肯给老总哪怕一点儿面子。孰料这次问题出焉，粉丝中出了叛徒，将这篇吹牛博文下载之后寄给老总核实。老总怒曰：吹什么牛，那是一个行业例会，申请加入这个组织的人共计二百五十，中午吃一顿自助餐，钱从会员缴纳的会费中出！叛徒得知真情，方觉这位博主的日记甚是离谱，于是打开电脑将此博名一键删去，从此抢坐老总的沙发。清高与骄傲的博主向财大与气粗的老总指天发誓曰：冤枉啊，王八蛋才叫那个名字，有人想要陷害我呀！

中国古代推行的就是实名制，江湖好汉行不更名，坐不改姓，君不见武松在狮子楼杀了西门庆，墙上留下名片一张，杀人者打虎武松也，何时羞羞答答写过什么云中黄鹤之类。两军对垒，来将不仅通名，还要报出籍贯：常山赵子龙！燕人张翼德！今日也仍如是，真正的社会名流，各界精英，要么自甘寂寞隐身于网外，即令邦有道则显，直面万众答疑，也无不以真名而示天下。

西人发明假面舞会，一人脸上蒙个葫芦瓢，上面画些妖魔精怪，牛鬼蛇神。普罗米修斯爱上了阿芙洛蒂忒，曲终人散，手牵着手儿来到一座幽暗的花园，面具一揭，啊，原来还是早已钟情的某某先生，某某小姐，于是拥抱，接吻，做爱，活来死去。然而，我们一意仿效西人的中式人民才没那么老实巴交呢，打死也不把葫芦瓢从脸上摘下来，当那一系列的事情一鼓作气都做完了之后，顺手牵羊还掏走人家维纳斯身上的零花钱出去过早，心中道一声永别了，继续去跳下一场假面舞。

网络虚名引发的悲剧颇多，闹剧也不老少，其实人家网络上有言在先，别相信哥，哥是个传说，有人却要鼓起神话也要相信的勇气，依然前仆后继地去悲，去闹，去献身献宝，为此不吝与自己的父母双亲以及好不容易攒下的一点儿钱作决绝的斗争，去做那个很快就会明白的冤大头。在这些单纯而又执着的富婆面前，连传说中的哥都觉得有点儿不落忍了。

不过，我又要说另一方面，推行了网络实名制，虽然为骗财骗色、吹牛撒谎的网客博主作奸犯科增加了一定的难度，但是，坦荡荡的君子在伸张正义的时候自报了家门，也不能乘此去将他拿个正着，拿人还得有个法律。譬如那好汉武二郎，假若他并没有被逼做下后来狮子楼上的事，只是对阳谷县纵奸容凶的社会现实有些激愤的看法，是应该允许他以真名写在博客里的。

我们都将是变形人

如果不是一次又一次地历经那种相互间无法沟通的痛苦、愤怒和绝望，与亲人，与朋友，我会毫不犹豫地说出在思想和艺术上对我影响最大的几位作家的作品，如鲁迅的《阿 Q 正传》，福楼拜的《包法利夫人》，杰克·伦敦的《荒野的呼唤》，列夫·托尔斯泰的《复活》，等等。但是，有过了人生很多之后，我不得不承认弗朗兹·卡夫卡的《变形记》对我的刺痛是前所未有的。几乎与所有评论家的观点不尽相同，从一开始我就没有把这部小说看成是现代派的开山之作，至于卡夫卡是否现代派的鼻祖对我而言完全是无所谓的。我只是要说，每过一些时候我都会重读一遍这部小说，想想适才和正在发生的悲剧。

第一次读《变形记》的时候“文化大革命”已经结束了，如果不结束的话我可能仍然不能读到这部诡异的小说。当时我已经 20 多岁，外国作家的名字和国籍对我一点儿也不重要，我仅仅渴爱作品本身，因此有些非常了不起的小说直到很久以后我才知道是某位大名鼎鼎的作家写的，而且是他的代表作。我感到非常惊讶，世界上怎么还会有《变形记》这样的伟大作品，同样是变，它与我此前读到的中国神怪小说如《封神演义》《西游记》《聊斋志异》中的人鬼变形的故事是不一样的，我坚决认为它所讲的并非为什么变形和怎么变形的过程，而是人之变形以后的悲惨境遇。

我记得有一个版本的导读者说，资本主义社会的金钱、机器和生产方式操纵了人，从而使人异化成物的奴隶甚至非人。这句话曾经影响过我好一阵子，很快就不怎么影响了，我认为批判资本主义社会的金钱、机器和生产方式不是卡夫卡的本意，尽管后来，他在39的时候因为肺病辞去保险公司的职务并于两年后死去，然而小说中最令人痛心的却不是第一部分格里高尔（另译为格雷戈尔）吓走了公司的秘书主任（另译为全权代表），却是第二、第三部分他的亲人们对他的冷漠、厌恶和最终的抛弃，甚至也可以说是谋杀。

我认为卡夫卡最想说的话乃在后面，在他的小说布局中，格里高尔完全可以由于别的原因变成甲虫，比方说一场疾病、一次受伤，总之，为何变形只是他在现实世界中随时可以找到的一个由头。要么我就索性这么认为，即便在别的什么主义社会、别的什么角色也会因为别的什么压力变成别的什么异类。而那种压力，还有可能来自于内部的精神和心理，它与金钱、机器以及生产方式根本是风马牛不相及的。

除了早期的长篇小说《美国》，卡夫卡以后的《审判》《城堡》和所有被他的朋友布诺德违背遗嘱没有焚毁的作品，包括一些没头没脑的断章残篇，全都被后人归于现代派一族的象征主义。我认为《变形记》是一个例外，它既是现代的也是现实和传统的，既是象征主义的也是写实主义的，把它与存在主义大师加缪的《局外人》作一个对比就可看出，作者恰恰是站在局内，文字间充满了人性和真情，许多细节的描写让人心灵难受以至于伤感落泪。如果它的主人公格里高尔不是变成一只甲虫，而是变成一个生活不能自理的残疾人，一个面目狰狞的丑八怪，日夜为生计所迫的一家人又因它将吓走能给自己带来一点微薄租金的房客时，嫌弃他、赶走他、唯愿他在这个世上永远消失的人，在我们的身边难道没有吗？

《变形记》让我相信了小说细节的力量。格里高尔用甲虫的身子追赶吓得逃走的秘书主任，那人“往下蹦了几级，随即消失了，可是还在不断地叫喊‘噢’，回声传遍了整个楼梯”；他的至亲至爱的父母和妹妹，萨姆沙从“远远地用手杖尖拨他”到他死后“在身上划了个十字”，萨姆沙太太从吓倒在地又跳起来呼喊“救命”到穿着睡衣急不可耐地去看死去的儿子。在他变形后的一个多月里，无数连绵的细节让读者过目不忘。

我怀疑因病失业的卡夫卡生活中是否真有一个同情他的妹妹——刚开始的时候——因为他对葛蕾特的细腻描写有理由让人误认为他是一个传统的、功力深厚的现实主义作家。很慢地开门，飞速地关门，怀着复杂的心情送饭和牛奶，细心扫去遗在地上的残物和黏液。直到有一天，葛蕾特为了替父母讨好房客而为他们演奏小提琴的时候，曾经想努力工作把妹妹送到音乐学院去深造的格里高尔忘乎所以地从房间里偷爬了出来，这行为导致了三位房客要求退房的严重后果。这个妹妹终于忍无可忍，把小提琴一把塞进母亲的怀里：“事情不能再这样拖下去了……我们一定得把它弄走……”

在西方作家其他的现代派小说，包括卡夫卡另外几部生前没有发表的小说中，很少再能读到这样动人的细节。从写作的年代上看，《变形记》或许是作者从《美国》到《城堡》的过渡，写作这部作品也或许正在使他成为世界文学史上被称作现代派鼻祖的大师。前者自然是现代派作家的集体不屑，他们蓄意用抽象的文字表现观念，为了在形式上最大程度地区分于传统的现实主义。

我之所以对《变形记》读了又读，并不冲着它是什么派和什么主义，乃是因为变形后的格里高尔的那种不被理解，尤其不被自己亲人理解的痛苦一次又一次刺中了我。我想即便他没有变形，变形的反倒是这个世界和生存于这个世界的芸芸众生，格里高尔的悲剧也依然存在。并且我还固执地认为我就曾经是一个变形者，现在和以后可能还是，只不过我与亲朋好友的互退一步，我才不至于使“消灭自己的决心比妹妹还要强烈”成为事实。

或者，我认为格里高尔其实并非别人眼中的甲虫，为了保护自己不受现实利益的割伤而用坚壳把灵魂紧紧包裹起来，在精神上不敢直立行走的人他们才是。

窃公趣话

偷取他人的文章以此获名，谓文抄公；偷取他人的文章以此获利，谓文窃公。当今文坛两者兼有，仅发生于我的身上，就有多例。二十年前，我的小说处女作被《小说月报》选载，翌年冬由银行调往文化单位，名为专业创作，实则兼办一份小刊。当月收到一篇小说，竟然是照抄我被选载的那一篇，三百字一页的稿纸上字迹工整，一笔不苟，足以打动编辑同志一颗善良的心。小说将我那主人公的姓名作了改变，并让车中的煤炭换成了刀下的肉。作者浑然不知我就是原作的主人，极谦虚地附信请编辑老师指教。

1987 年，我在上海《文学报》发过一篇短文，写到一位正在成名的女作家，后来因为工作，偶尔买了一本名叫《中国当代女作家传略》的厚书，无意中又看到这篇文章，它出现在另一位作者的名下，我称她是同学，他亦称她是同学，可能嫌文章太短，稿费不多，在后面添了很长很粗的一截尾巴。许久以后女作家也看到这篇文章，惑然对人道，我好像并没有这样一个同学呀？

在任小刊编辑期间，我还遇上过一位英勇无畏的女性，至今想来还心有余悸。她寄给我办的刊物一首歌唱毛泽东的诗，饱蘸激情，功力不凡，被我发表出来以后，有读者来信揭发，明确指出此诗是从哪里抄袭来的。我将原信寄给女诗人，意在引以为戒。许久却无消息，以为羞于答复，不料忽一日接到女诗人回信，气冲牛斗，勃然大怒曰："歌颂伟大领袖毛主席的诗，亿万人民一样深厚的感情，一样语言的表达，别说不算抄袭，即便算是抄袭，抄一千遍抄一万遍，又有何不可！”我大惊失色，以为此女有“文革”遗风，如生逢极“左”时代，当属反潮流的女英雄无疑，于是不再惹她。

那个年代的中国文坛，文抄公如雨后春笋，盖因十七年闭关锁国，视西方文学为洪水猛兽，国人孤陋寡闻，忽如一夜春风，国门洞开，有人抢先开了眼界，匆匆捡得几样货色，乔装改扮，欺编辑目不能及，公然问世甚至获奖，遂一夜成名。这是聪明些的。蠢笨些的却抄国内报刊，有作者的文章中竟夹杂着诸如“编者按”以及“下转第二版”之类的文字，这便使眼睛再近视的编辑也能一下看穿，捉个正着。那一时期有许多走红的作者璀璨如流星，绚丽如昙花，而今安在，原因固然是多方面的，但在银钱纱帽之外，抄术已尽恐怕也是其一。

窃公不然。文窃公志不在名，却在于钱，偷了他人作品印制成书，卖成大把银子往裤裆里装，你要他署名他也不署，如署也是一个查无根据的化名。前年冬季的某个夜晚，我洗完了脚正要睡觉，忽接河北谈歌一个电话，说在保定发现一套上、中、下三卷的《绝事》，书中收有我们十九位作家的一百三十七万五千字的作品，漓江出版社出版，总定价 80 元，而书摊只卖 25 元，印制粗糙，纸张低劣，却因零售只有三折的价，想读书的寒士还是屈就购了盗版。

燕赵豪杰谈歌明知自己们的权益受了侵犯，却将别人无可奈何，打电话投诉于我，我转而打电话给本书责任编辑李海鸣。可怜大家都是书生，百无一用，只会扳着指头统计盗版者的利润，说是以每本 5 元、每套 15 元的唯一印制成本核算，强盗仅印一万套，可得纯利 10 万元。

今春三月，中原作家孙方友突然给我寄来一本奇书，书名《俗世奇人》，用了冯骥才发表在《收获》上的小说之名，收入十三位作家的笔记小说 85 篇，其中含我十篇。甘肃文化出版社出版，主编名叫天成子，此书已可称奇，然尤有奇者，序言居然又抄了我原本为七百五十万字的五卷本《中国当代精品文库》所写的总序，前面加了一段“我老师梅柘壬常说……”结尾加了一段“对此，不知读者以为然否？……”

我不知道他的老师梅柘壬先生同不同意弟子天成子的这种做法，只是觉得他的结束语实在是很幽默的，读者以为然否尚待调查，作者肯定是以为然的，你窃了人家的笔记小说卖钱，人家怎么会不以为然呢？先以为然的是比别人多只耳朵的湖南作家聂鑫森，致书甘肃文化社，石沉大海；孙方友紧随其问，仍是漠然不理；最后我打印文件一份正式寄给该社，请其月底答复，方接总编回音，却说根本不是他们出版的书。真是怪哉，嗟叹此事之绝，胜于《绝事》。

文章被窃本来伤心，缘此生怒又将伤肝，若再埋怨有关机构，还恐出口伤人。为了保存实力，只好苦笑，遂作幽默打油诗一首，顺便挣几文稿费回来，聊作补充。诗曰：

生逢俗世遇奇人，著者汗血盗者金。
狗屁不通称主编，鼠辈有道号天成。
京都法网蹑脚过，陇城丝路昂首行。
满本绝事犹嫌少，笑将新闻写新文。

再谈窃公

甘肃文化出版社的事情还未结果，时代文艺出版社又出来了一部名叫《官道》的书，而且上下两大本，七十二万字，将我的中篇小说《打死也别跟当官的一席喝酒》捉入其中，一不给书，二不给钱，尤其事先不打一声招呼，出笼几个月后，才让我偶尔在书店给一眼看见，不然打死也是糊涂的。此次窃者更加有道，不像那位天成子主编一样跳将出来，只要赚得白花花的银子，宁可默默无闻，做幕后的绿林英雄，让人做打油诗都无法点名。我便在想，如今这世界上，不能一席喝酒的岂止是当官的，当贼的也同样可恶！

想着捉奸要捉双，拿贼要拿赃，我竟学着不动声色，自己花40元钱买下一套书，回家用笔抄了版权页上的书号，给印于封底的一位名叫李杰的责任编辑写了一封客气的信，不料信寄出去，很过了一些日子，那位姓李的豪杰并不客气，打死也不接招，叫我实在无计可施。见书中所收作品，仅北京地区就有多篇，如梁晓声的《民选》，石钟山的《官道》，心想那写《激情燃烧的岁月》的石钟山原籍东北，时代文艺出版社也在那一圪垯，就打电话给他，要他找个东北老乡问问明白。

石钟山遂气哼哼地答应马上下手，不料他的唯一手段，仍是给李杰同志写信，对方也仍是死不接招。此时恰逢在家得颈椎病的梁晓声打电话来，我又让他也带病出马，梁晓声说声看他的吧，还说在几年前的一次图书订货会上，他就捉住这家出版社出版的一本新书，封面印着梁晓声著，当场被他训了一顿，这次再训他们一顿厉害的好了。谁知又是一个不料，不料那位李杰同志根本就不是挨训的主儿，自从出了这两本书后，就在地球上永远地消失了。

前后不久，海南的晓剑接到我寄他的书，打来电话，说在一本杂志上面看到一篇根据我的小说改编的故事。我同样的也不知道，心里想着一篇小作，横竖没有多少报酬，劳神追究实在不值，一想起与甘肃文化和时代文艺交涉的经历，不仅心灰意懒，而且心生恐惧，自慰手里正有事情要做，不能因小失大，捡了芝麻丢了西瓜，更何况把屁股都撅到天上去了，那粒芝麻捡不捡得到手还很难说。因此即令人犯了我，只要犯得不重，我也不去犯人。

不料，人生中不料的事实在是太多了呵！不料这样一来，人就放心大胆地犯起我了，越犯越凶，越犯越奇，越犯越没有谱，突然的有一天，上海新闻出版局打紧急电话找我，说有一本由我编辑，由我所在出版社出版的，名叫《灵与肉的伤害》的婚外爱情纪实文学集，因其内容黄色已被他局查禁。

我说你们查吧禁吧，把书全都烧了，书款全都没了，再罚八百五十万元，顺便把幕前幕后的人也捉起来，一个一个都枪毙了，我不仅没有意见，还要从罚款中提取百分之五十，作为对我的名誉赔偿。我请上海新闻出版局的人给我寄一本书，一来让我看看“我”是怎么编的；二来我也可以研究分析，协助破案。他们嘴里答应得好好的，心里可能觉得破案无望，最终也没有给我把书寄来。

这本《灵与肉的伤害》，把我的灵与肉都伤害了，手段如此恶劣，信息如此准确，知道我工资卡上的本名，还知道我所在的出版社正在解体，不早不晚，恰到时机地阴谋出笼。我真怀疑内部有个家贼，外部有个老贼，里应外合，一箭双雕，谋财的同时顺便也害了人。害得我肝子都气疼了，却又无可奈何，只好沿袭旧例，灯下作打油诗一首，诗曰：

上海滩上有神偷，贼风劲吹几时休。
娼女门前奸夫众，盗男肚里诡计足。
自古松林少真斧，而今钞票多假头。
君发横财人未管，伤我灵肉是何由？

漫话漫画

漫画不是丑画，漫画猛一看是丑，与此同时是可笑，一种可爱而又可思的可笑，理解之后，再一看就是美了。漫画家与写实画家的眼睛是有区别的，后者是两片正常的镜子，照出来的东西越接近本身越好，前者不然，像哈哈镜，非把东西给弄变形不可，但是无论怎么变形，还让人一眼能看出是那样东西，这便是此镜的妙处。漫画又不仅是哈哈镜，变形是它们的共性，使人哈哈也是它们的共性，漫画能变神为形，变无形为有形，将内部化作外表，把灵魂呼出肉体。

漫画家的眼睛有两根吸管，像东北骨头庄为食客配备的那种助理餐具，可以把骨头里面的髓油吱儿的一下抽出来。然后赋之于形，或涂于人形之上的特点，以吓人的夸张，放肆的扭曲，令人看后发笑，笑后发呆，惊叹如此神似，何等眼力。丰子恺为鲁迅小说人物造像，寥寥数笔，入骨三分。战火中的张乐平画流浪儿，三根竖毛代表头发，一根也不多给，大脑瓜上一颗蒜头鼻，下面一根饿得奇瘦的身子，使得后来的演员为此吃够了苦头。

华君武知道自己的漫画前面有几座山，那是丰子恺和叶浅予，还有张光年和鲁少飞，太行王屋似的雄伟着，于是绕道，人家一幅画几个人，他一幅画几百个人，多以政治为材料，用笔却学画萝卜白菜的国画大师齐白石，极其简约，因之便巍然耸起了另一座高山。“文革”中华君武蹲了三年牛棚，喂了四年猪，“文革”结束，他的喂猪所得是二百五十多幅猪八戒系列画。猪八戒当天蓬元帅时酒后要跟嫦娥困觉，是生活作风问题，属于人民内部矛盾；猪八戒扛着钉耙落荒而逃，一路嘀咕说“想不到钉耙也有假冒伪劣”，云云。

我上学时是崇拜华君武的，喜欢胡写乱画，在班级颇有虚名，升初中后班级老师让我担任墙报主编，园地是教室门外的那一堵墙，自画而且自写。其时“反帝”“反修”烈火正熊，我便学华大师，画无数人高举着拳头，要打倒约翰逊和赫鲁晓夫，不幸“文化大革命”一开始，学生“造反派”说我画的那两个外国坏蛋还有鼻子有眼睛，而中国人民连鼻子眼睛都没有，脑袋是个零鸡蛋，身子是根火柴棍，这不是丑化是什么？追问是谁教我这么画的，我就把华君武说了出来，造反派捉不到华君武，结果把一位名叫陈新的“右派”老师捉住批斗了一场，因为这位老师平时对我是很欣赏的。

漫画常与诗文相配，诗多打油，文总戏谑。丁聪的夫人乃我同行，编了一本她夫君的漫画集，书名《我画你写》，凡八十幅，皆为小丁造像，本人自述，好友作评，或诗或文，妙趣横生。如画钱钟书，自述是：“我都姓一辈子钱了，难道还要钱吗？”画侯宝林，方成曰：“他有个闲章号称‘一户侯’。”画杨宪益，老先生自撰一联道：“少时了了，大未必佳；中年昏昏，老而无耻。”黄苗子在下面补充说：“与其给他一个文学博士荣衔，不如给他一打威士忌酒。”十年前我去杨府，曾见到丁聪为他画的另一幅像，一个瘦老头，怀抱大酒瓶，一副对联分挂两侧，上联是元稹诗：“毕竟百年都是梦”，下联为吴祖光所续：“何如一醉便成仙”。黄永玉也为此公画过漫画，画的是一翁枕臂望天，且自题打油诗二句：“老僧闲来无它事，清早起来就看山。笑笑。”

黄永玉的漫画如诗文，诗文如漫画，三者相辅相成，是一种了不起的哲学。我读他的《永玉三记》，读得啼笑皆非，又拍案叫绝。他画罐斋里的小动物，画芥末居里的动物和人，画人之“力求严肃认真思考的札记”，幽默之至，深刻之极。他在香港有一家出版社，专门出版他一个人的书，开本是方块型的，别致而又精美。在汪曾祺家，汪老给我看黄公送他的漫画集，直说：“这个人胆大，他敢画毛主席。”我拿过看了，共两幅，一幅是和耶稣，一幅是和江青。此前的漫画家除了攻击敌人，讽刺落后，也常以友好的态度画作家和艺术家，却不敢越过雷池去画领袖，怕把自己的脑袋给画掉了。

“文化大革命”中红卫兵画刘少奇是一个大鼻子，陈再道是满脸大麻子，是把他们列入了敌人阵营，其实这才是丑画，与貌似嬉戏实则严肃的漫画无缘，那是对漫画精神的歪曲和亵渎，“文化大革命”的本身才是一幅史无前例的漫画长卷。后来林彪一死，立刻由身体永远健康的副统帅变成了瘦猴子；江青一倒，立刻由伟大的文艺旗手变成了冬瓜脸，眼镜蛇，这同样也不是漫画的真髓。林彪之险恶，不在其不胖；江青之骄狂，也不在其不美。漫画若都这样，骂人者皆可以做漫画家了。

为了证明漫画不是丑画，是善良而非恶毒，是幽默而非伤害，漫画家常给自己率先画上一幅，然后是好友，是知己，刊于书中，悬于壁上，谈笑于酒席间。而对于那些装模作样的高官，要画就画他做下的事，只取其行，不取其像，尽量地避开官司和陷害。漫画家知道那些人不懂幽默，何时要倒台了，会赖漫画上他屁股下的板凳没有画正，美人不来投怀送抱，也因漫画夸大了他的嘴。

1998 年冬，我策划了一套“重说千古风流”丛书，连我在内前后共有八位作家参写，我将每人照片交给会画漫画的吟龙，请他各画一幅漫画。吟龙警惕地问，是不是好朋友？我担保说，是好朋友。吟龙便取走画了，过一日送来，竟是惟妙惟肖，老林希肥头大耳冷眼看世，阿成儒雅不掩豪侠之气，聂鑫森奇瘦而世事洞明，阎连科寓大狡猾于伪憨厚中，星竹一张京油子的富态相，谈歌伏案觅句像个师爷或苦秀才，肖克凡一脸坏笑地面对众生，还有我大笑起来忘乎所以的样子，眼睛都不知道藏到何处去了。

想起鲁迅先生的话，夸张的生命在于真实，说“燕山雪花大如席”是夸张，如说“广州雪花大如席”就不真实了。缘此类推，画“野莽眼睛细如线”是漫画，如画“鑫森脸蛋圆如瓜”就脱离了实际。

签名本传奇

上海有个旧书网站，名字相当有学问，叫孔夫子，近期宣布要卖的签名本中，居然有我一本小说集。朋友与我海聊网上奇闻，提起这事，午夜大笑，说要不是勤俭持家的老婆奋起阻挡，他就买来寄给我了。当夜我查孔夫子网，果不其然，网上除了那本书的封面，还有扉页，写着赠给建成兄。另外还贴了我一封书信的影印件，字体歪斜，语句不通，似是酒后所写，开头一句是“大著收到”，结尾是要稿费。早知我的信函能受拍上网，当初就该写得斯文珠玑，以便传世才好。本书原价 21 元，这里卖 50 元，后面附有“品相十成”之类评语。此言我不甚懂，像出自拍卖行，大抵是指完美无缺，如女人的脸上百分之百没泼硫酸水。看完蛇颜大怒，一秒钟内想起上海作家孙建成，立时发他伊妹儿，请他拨冗上网，亲自观一个察。

孙建成原本是我朋友，赠书之时，他在上海编《电视·电影·文学》，是年我根据自己小说改编的一部电影，在中央台电影频道播出，他写信把我的剧本要去，发表在此刊上。不日又寄来他的新书，名曰《失踪丈夫的 N 种找法》，是一套丛书中的一本，另还有山东冯德英的小夫人阿真一本，叫《雾中丽人》，寄到我手比他略早二日。我给孙建成信上说的“大著收到”，即指此事；信中又说《大众电影》登了我那电影的剧照，问他是否转登在封二上。就在这次，我把刚出的小说集回赠一本给他。这个上海人，他为何要把我的书卖给孔夫子，丈夫失踪，50 元钱也不够寻找的旅资，而且我的隐私书信，为何他也要出卖于人？

次日我还在床上安卧，电话猛响，昂首一看是零二一，料定非上海此公无二。将话筒举到耳边，只听他在那头大叫，阿拉昨夜给侬回信看勿看到？我说没有看到。他说侬肯定生阿拉气了，阿拉信上说的都是实话呀，上海文联几年前搬了一次家，不信侬查一下杂志地址，外地寄到旧址的邮件，都由专人用麻袋送到新编辑部，侬送阿拉的书要么装丢了，要么有人私拆偷走了呀，阿拉给人写电视本子一个几十万元，不会穷到卖书的地步，阿拉还想请侬也写一个本子呢，那东西好搞的呀！阿拉这就去网上把它买回来，好勿好？我说，一本破书买它做什么，说清楚就行了，有工夫你去找到这家网站，劝他们改两个字，把孔夫子改成孔乙己。

我新装修的书房听风楼，两方书墙顶天立地，从靠窗的部位拨出一列专柜，专门装载友人赠书，国内当红作家的签名本尽塞其中。因为塞之不尽，便把一层分为内外两层，大开本的屈尊放在里面，外面是占便宜的小开本。也明知这种做法大不应该，被塞进里层的书终日不见君面，这些作者及作品反而重要一些。如汪曾祺先生逝前送我的六卷文集，那都是精装的大版本，比我送他的气派得多。台湾作家送我的书尤其大气磅礴，似乎存心要让人觉得那边不是小岛。给大陆作家出版的书也是如此，二十万字在大陆不过一本小册子，拿到岛上就是一块巨砖。莫言送我的台湾版小说选，让人见了，眼睛红似被狂犬所咬。这样的书，都得码在里层，不然把大陆作家的书都掩盖了。

贾平凹送我的书最多，因为是老朋友，20 年前出第一部长篇送起，坚持送到今日。但我丢的也不算少，原因是有人慕其盛名，总要借读，一借去就成为赵老的灯台。有一回我见他于《废都》之中化身为庄之蝶，在旧书摊上买到他签名赠给高文行的书，扬言要再寄回去，蓦然心惊，唯恐别人从我手中借走的书，莫不是也沦落风尘，被他逮个正着。后方得知，曾几何时，社会上已悄然兴起收藏签名本热，也便明确了借者的动机，这样的人把书谋去，只会终生善待如金包卵，断然不会去卖钱的。何况凹兄继而又送我一匹狼，他笔下的高先生，当然也就不会是我阁下。

送给我书的最大最老作家应是冰心，悔不该我把这书拿给一个翻译，指出他译错了她老人家引用雪莱的诗，如此一来，翻译的错误倒是旋即得到纠正，冰心的书却再也回不到我的手里。大老作家签名赠我的书可谓太多，但在早期，我向本单位的前辈《红楼梦》译者杨宪益学习，高风亮节，两袖清风，能翻译的就送给翻译去翻，不能翻的就插入公共书架。在书架上我曾见到钱钟书赠给杨老先生的书，扉页写着宪益兄、乃迭嫂教正。不过这些书后来都失踪如孙建成笔下的丈夫，包括大老作家们送给我的，估计又遇上了签名本的收藏者。直到后期，我才决定改变既定方针，将能翻译的篇章拿去复印，原书留下，暂时不翻译的一律收藏。

另有一种签名本，是已故作者的家属签字代为赠送，萧军的女儿萧耘就送过我萧老的书，董必武的女儿董良翚也送过我董老诗钞。想起这事，我竟每每觉得，特别地对不起董大姐，这是一本版式考究的书，书中每一页都是套红竖格，模仿旧时的十行签，董老极其工整的七律是用清瘦的长仿体，两句一行地印在竖格中。我的一位同事把它借去，说是按这模式给一位诗人出版诗选。我助人为乐，焉能拒绝，然而请他用罢以后完璧归赵，却意外听说已被印刷厂以五马分尸之法，将书拆成若干单页，分给各个环节的工人，有的套色，有的排字，有的拿着去买同类的纸张。我的心里叫苦连天，却碍于情面发火不得，只能把满腹的愤怒和后悔咽回半腹。

事过有年，忽一日我反思起来，那本按照董老诗钞的模式印制的某位诗人的诗选，怎么也不送我一本？即便不舍得送，拿给我看一眼睛又有何妨？于是我再一次地心生疑惑，是否也遇上谋求签名本的君子，该不得在某一天的清早出现在北京的琉璃厂或潘家园，写上一句口号，标上一个价码，让伤心的董大姐一边骂着我的名字，一边花钱把它又买回去吧？那本仿十行笺的套红诗钞，会不会连五成的品相也没有了？

我到潘家园旧货市场去买石头的时候，还发现了一本鲁迅的签名本，书衣全无，扉页上写着广平女士存，署名鲁迅。时间是1930年某月某日，字体乃鲁体无疑，价并不高，300元整。观者如云，摊主埋头看书，面无表情，同行的朋友二目放亮，一手便往裤兜里伸。我及时对他俯一个耳曰，这个作伪者是没读过鲁迅的，恋爱期的鲁迅一直呼许广平为广平兄，同住之后，昵称小刺猬，死前四年，改叫乖姑，况且书上落款已是刺猬之年，一室共读，何必还要买书互赠？朋友点头说是，转身离去，将这笔钱也买成了一个石头。

近日我在报纸或电视里，看到一位可嘉的老先生，晚年的雄心壮志乃是收藏签名本，得知哪里有名人卖书，下雨落雪，打伞排队，天远地隔，驱车而来。我为老先生白求恩式的精神所感动，同时转念再想，若是把买这种本子的精力、体力、毅力、财力，统统都用在读书上，省出坐车住店辗转奔波的工夫与银子，就在自家附近的书摊上多买一堆好书，抱回家去受用岂不是好，何须为子孙留下什么签名本？我曾亲眼看到，某个时代，恰似《增广贤文》所言，前人买书省吃似针挑土，后辈卖书喝酒如浪推沙。当然那一般是在前人作古之后，或者弥留之际，倘若坐车打伞半夜排队买书者还老而能动，那么这个家庭内部，就必将会有一场生死保卫战了。

去年9月9日，诺奖得主大江健三郎应邀从东京飞到北京，在中国社科院举行一场演讲，组织者是他的翻译、我的同学许金龙。金龙君知我朋友者众，给我寄来八张请柬，我把它分赠七人，演讲完毕，听者簇拥大江去西单图书大厦签名售书。这据说是他人生最后的一本书，书名就叫《别了，我的书》，朋友要为我代购一本，权作是与请柬的交换。我说不必，我已有了签名本，签者虽不是作者大江健三郎而是译者许金龙，然而无论谁签，书里的文字是一样的，何苦花钱再买一本？何况金龙君在扉页上写下的中文野莽二字，比大江千篇一律的日文，至少要情真意切得多。

我们外出参会，返回之际，总会收到大量地方作者的签名赠书。这些书编校粗糙，印制低劣，有的假托某社，虚拟书号，同样的条星码子已印过无数遍，如同反复炸了八百根油条的地沟油，还在地沟下面流通如故，编辑乃是自己化名以及同党。但我总是如数收下，装进包里，带回北京，没事时想起来就翻一翻，哪怕只翻一篇甚至一页，希望能够发现未来的巴尔扎克和夏洛蒂。事实上有人写得还算不错，无非限于诸种原因，暂且尚未变成紫红。

某些老师就不像话了，肩周炎不能手提重物，又害怕买行李票，抱着签名本上洗手间，出来时就空着一双洗过的手。人性化一些的是忘在宾馆里，若再顾虑作家要来宾馆送行，最好带到机场，临登机前遗失在休息厅。最初我是糊里糊涂，往往像雷锋同志一样热心提醒，嗨嗨你的书忘了拿！有时还会替他捡将起来，追将上去，害得老师心里窝火，嘴上还得笑说，你看我这个狗记性！你看我这个狗记性！

上月我收到一个签名本，作者是一位二十三岁半的大学生，书名《上陌·葵黄》，人名李叙栩，祖辈住在离我老家旧居五里的一座通陕小镇。书中附有一笺，说是几年前给我写信拜师，不见回复，唯恐资格不够，这次是他的第三部长篇小说出版，再拜看行不行。我惭愧得不想再生存下去，定睛读他书前文字，不觉大惊。小同乡曰："年五志学，十三溅血立救苦难之誓，十四习诗，十五煮酒嚼词，十六读史论经，奋笔为文，十九集诗文二十五册矣。二十大学，室书垒壁，海阔天遥，至二十二已成书三部……读书为文，不惊天地，何以为之？"

我的心已然有了大的尊敬，决心读完此书，将它收藏于我顶天立地的书墙，与大师为伍，让活者的精气与死者的魂灵，激动着和保佑着他，施以宠爱，使之长大。我敢跟时间打一个赌，这位不满24岁的青年，他的未来不会是个文学的梦。

然而我自己写的破书，是羞于再签名送人了。在我老家郧阳，有一个陈东明是我少时的伙伴，从前历次我出新书，总要买些寄到陈府，等我回老家时分赠诸友。这些人春天送我新茶，冬天送我腊肉，夏秋之季也都把一些清心补体的好东西寄往北京，书生野莽何以为报，唯有拙著，于是便逐一签书相赠。其间不乏故事，说来有趣，有些人我并没打算送书的，见了我却努力地握手，说是收到你书，你的几个字是越写越好了！听得我直发愣，转告东明，不得已他便嘻哈坦白，原来是他以我名义在我书上签字，送给开口要书的人，只因陈体比野体好看，得书的人便纷纷夸我写字有了长足的进步。那些人中，有芝麻大的官员，有绿豆大的老板，他那一把做生意的破铜壶，要学会煮三江之水，因此刁德一和胡传魁一个都不能少。

我怕拙著沦落在杂粮堆里，人家要着没用，自己还舍不得。从此再寄书给东明，必先在扉页写好名字，张农人便是张农人，李工友便是李工友，不再给他留下空档。正好白石老人的关门弟子，湖南的施杰云赠我一枚亲刻的印章，我再用它在签名下面一按，这便成了可验的正身。年事渐高，知识略长，我是终于发觉，签名赠书乃人生之一大蠢事。原因约有 N 种，一是若干年前的少作，有的应悔；二是若干年前的朋友，有的也应悔，然而已经不及。当初要了书去，后因某事不能如意，遂化玉帛为干戈，连人带书一道谩骂。这就好比不争气的人质落入他国，任其羞辱，花 50 元钱也赎不回来了。至于那些朋友的朋友，天知道又会说出一些什么话来。

另外买书太贵，吭哧写一大本书，咔嚓扣一小半钱。买了从邮局平寄，纵然按规矩包双层的牛皮纸，也有人截下卖给孔夫子网。保险起见挂一个号，成本转眼又增加三元。想一想，真是何苦，真是何苦乃哉！

石头新记

几位喜欢收藏的朋友告诉我，京东的潘家园，有一个很大的旧货市场，目前已有了世界的名气，逢双休日开，很值得一看。某日我去了，印象是果然。很多的古董玩物，很多的珠宝玉器，很多的青铜陶瓷竹木金石，琳琅得有些满目。尤其古玩一类，它的那种美妙和精致，让你看了以后想伸手摸它一下，摸了以后还想带回家去，变成自己的东西慢慢把玩。

但是全部带走又是不可能的，即便挑中一件也得花很多的钱，幸亏我知道那里面假的多于真的，而且假成真时真亦假，甚至往往假的比真的更像真的，它美得惊人，通体无一微瑕。我对精美绝伦的东西向来持一种担心的态度，就像街头直着走来一个美人，她连眼睫毛都是长长翘翘的一边正好十八根，我就担心她是一个妖怪。

想不到我竟爱上石头。一尊黑青石，形状似一把残破的折扇，厚如双掌，石头的右下角和左上角各有一片浑白的色斑。买石头的人很多，他们没有发现这块石头，而抱着灵璧看个不休，看了又看南阳玉，他们恐怕是真正的行家，因为一个个把眼睛眯成一条细线，用里面挤扁了的目光探测石面的纹理，鼻子就在石头上一碰一碰的，让人怀疑是个盲人，接着蓦地睁大如牛卵，散射出几许讶叹或者一丝惊诧。

石头的主人高兴了，立刻在喉咙里准备了一个高价，等待着他们的发问。然而就在这时，牛卵大的眼睛又看着看着缩小，目光如剧场芭蕾舞跳完时的射灯，倏然转暗，终于弃石而去。我有点遗憾，我原是想借助行家的慧眼评论一番这块黑青石，但是他们临走也没有看它一眼。

黑青石在离开行家之后，两片白斑越发清晰，分明是两个人体，右下角的一个丰满肥硕，背腹宽厚，坐臀坚实，一只大乳浑圆高挺，一条长腿平伸在地。在她注目的右上角，小些的白斑是一个女孩儿，端坐凝视，独辫及股。这是一对穴居的母女，裸体的野人，洞中应还有一个力敌虎狼的雄性，也许是打猎去了，眼前有淡淡的白光闪现，打猎人将从那里归来。

我决定买下这块石头，并且为它取名《母女》，我知道这无非是一块极普通的石头，远不及那令人两眼忽而细如盲人忽而又大如牛卵的名石尊贵，它的籍地并不响亮家族也不辉煌，因而石谱上不会载下它的名字。但是它的故事感动了我，就像是我看人从来无视他的身份地位，而只重他本身的才华，我认为它是一块难得的奇石，创造它的是上天而不是人，上天只造了这样一块，而这一块却属于了我，这就是石头和古玩的差别。

我怀疑世上很多崇高美丽的东西，但是我不怀疑石头，根本不必用一颗鸡蛋在上面碰一碰。我相信石头是真的，石头不会有假，不可能有人用粉碎了的珠宝玉器来研制石头，除非疯子和科学家，可是科学家研制了石头不会来卖这样几个小钱。

我很沉着，石头的主人没有发现我有如此深刻的思想，他甚至没来得及看懂他的石头上的画面，便以不算太贵的价格卖给了我。我怕他反悔，一手交钱一手就抱起这对母女。

黑青石足有十多斤重，冰凉而又光滑，这是大冬天的一个早晨，气温在零度上下，石头的主人见我是个文人的模样，害怕我怀里的石头会掉下来砸了自己的脚，好心地递给我一张报纸，我谢绝了，肉手抱着冰凉的石头在旧货市场踉跄着前进。与我一道的朋友用略多一点的钱买下了另外的一块，他是画中国画的，买的是一块奇峭的山石，山腰有几根乌藤和数点红梅。

我们继续寻找，接着在另两家石主那里，我又买下了三块别样风格的石头，用一只结实的提包装了，总共不下于40斤，历时一个多小时，我总算把它们背回家中，人已经是累得不成名堂。可是我还得给它们取个名字。除了那块令人玄想的《母女》，另外三块的名字分别叫作《冰河》《残林》和《拨云》，因为这些石头从骨子里长出来的，就是这样一些绝妙的画面。

给一块石头取名字也真不容易，远比给一个人取名字艰难得多，你得把它摆在那里远看近看，抱在怀里横看竖看，扭着脖子歪看斜看，必要的时候你还得再换一个比较刁钻的角度，趴在地上由下而上地看它。你得把它读懂，明白上天造它的本旨。

人的名字是很好取的，你说他叫狗娃子，他就越看越像个狗娃子；你说他叫异男儿，他就越看越像个异男儿，说他像他就像不像也像。可是石头不行，给石头取名字要符合天意，半点马虎眼也不能打，因此至少要等我恢复了元气再说。

以后我又去过几次离我家两站地的玉泉路，这里有个花鸟虫鱼市场，也有石头和古玩。我在这里得到了一块令人叫绝的石头，它形似沉船，一抹青黛好像混凝的大地，上面是苍天褐云，几丝血色点染其间，如晚霞初照，又如雨空飞虹。

我把它搬进我的书房听风楼里，置于电脑桌侧，嵌在大书柜中，凡是到我书房的客人，见之莫不惊叹。这块石头得益于我的一位高级记者朋友，他为石头的主人拍过藏品，石头的主人见我在此石面前徘徊不走，便略作个价，连同另外两块一道卖给了我，并白赠一块小石。

这个市场与潘家园不同，这里是每日开市，卖石头的铺面都有各自的斋号，写一块横匾悬在门额，古雅而清奇。有一家石屋的主人是个女的，奇石最多，要价也最昂贵，类似的石头与潘家园比，大约要高出一倍还多。后来方知，其家先生是一个老奇石收藏家，几十年广搜天下，每得一绝石，便从同类中取一次品，交夫人变卖，得钱再去买石，是一种以石养石的战略，逢双休日也到潘家园去，买了石头过来调价，颇有一些批发转零售的性质。

知其奥秘，我便不在此斋买石，美美地看它一顿，如同参观免票的展览，然后转身走掉。女斋主送到门口，把高价卖出一块石头的梦想寄托于我下一次光临。

画画的朋友春节回妻的老家房山县，年后带回两块石头，将其中的一块赠给我。这是一块杂色斑驳的坚石，大若双拳，狰狞凹凸，白处如玉，黄处如锈，青灰处如铁，且熠熠闪着金属的毫光。

我一时尚未看出它的意思，将它装进水桶里面，浇上盐酸，浸泡十日，打捞出来放水冲洗，大约花去半吨的水，竟洗出一池泥黄，再看石头，已瘦去四分之一，好像一位减肥的少妇，体态绰约不似当日。石头的腰部闪出一条峡谷，上可通天，峡谷边三孔石洞，有无穷的野趣藏于其中。

但是我也有上当的时候，就如同人生中看错了朋友。三月的一个下午我走出地铁，回家途中看见一块漂亮的石头，它像一颗美人的头颅，乌黑的发髻，银白的发带，从脸到脖子渐细下去，变为一段爽目的青灰。我弯腰把它捡起，像乞丐捡起货币。

石头大约有 25 斤，我一手托它一手提着书包，走十米远歇一口气，然后交换一下两手再走，好几个回合之后快要走到楼口，我放下它来，在阳光下细细观赏。突然间我怀疑那段青灰色的脖子和脸，莫非是水泥和砂石的融合，这样一想，情趣顿失，原来一贯信任的石头竟也靠不住了，世上的事情真是可悲。

我没有了重新托它起来的勇气，便想明日再来看吧。但是明日来看，美人石却已无踪影。

不过我所得到的石头，我却认为它是真的，因为我从画画的朋友那里借来一只砂轮，在每一块石头的底部都打磨了一下，彩色的石粉飘飘而下，新的石层露了出来，仍显出那美丽画面的底色。这一刻我依然崇拜上天，它毕竟是老天爷呵，无论多么聪明的人，又怎么能和老天爷比呢?

玩石者说

友人曾经邀我，写过一篇《石头新记》，发表后的可喜收入，不是稿费，而仍是石头。但凡读到我这篇文章的各地朋友，无不来函来电，说是何日进京，一定亲自为我背一个石头来，古人云千里送鸿毛，礼轻仁义重，若是千里送石头，礼重岂不是仁义更重吗？家乡有一位县长，长得像个鲁智深，文化水平却远比那花和尚高，他率先送我一块石头，色似黑铁，硬似乌金，上有绰约花点，朦胧云纹，看着像是一些奇形小虫，鲁智深县长一口咬定是四亿三千万年以前的生物化石，里面的小虫早已绝迹，自然我不认识。

一日半夜时分，有人按响我家门铃，梦中惊醒的妻儿吓个小死，疑是来了被人通缉的要犯，我却披了睡衣，开门迎进，原是好友，呼哧直喘，站在门外不肯动脚，两眼垂视脚下。他的脚下是一只纸箱，我伸手去搬，重得要命，使了足劲双手挪进家里，开箱看时，乃是几个圆咕噜嘟的石头，报纸包着，比足球要小一点儿，和那种名叫伊丽莎白的甜瓜差不多。

好友乘火车将它运到北京站，又乘出租车运到我的楼下，再要乘电梯运到我家时，电梯因夜深已停。好友是在伟大的毛泽东时代当过下乡知青的英雄好汉，便用肩膀扛了它，一口气从一层爬到九层，见到我时，脸色发灰，汗流如雨，嘴里就像拉风箱似的射出一股一股乳白色的气体。我问，这是什么石？好友说，恐龙，呼哧，蛋，呼哧，化石，呼哧。

此石为国家一级文物，无价，因其珍稀，我仅留下两枚，与我收藏的众多石头一样的待遇，搬进书斋，置于书橱一层，逢有人来，必引入室炫之，人皆好奇，赞赏，慨叹，艳羡，嘴里直说，哇，哪里得来的国宝？唯有一人，竟口出惊人之语，说他有位朋友，藏有一枚比此石珍稀百倍的恐龙蛋化石，是当年地球毁灭之时，恐龙蛋里不幸的小恐龙正在出世，突然天塌地陷，遂便成了活的标本。我怀着一丝的惭愧万般的欣喜，提出何时到他朋友家中参观那小恐龙化石时，他的表态却很含糊，因此至今我仍未能一见。

广西好友海鸣先生，为古神秘文化学者，住在漓江边上，通周易，精奇门，化名行人，著有奇门遁甲三书。来京住我家中，见了我听风楼中所藏的石头，跺脚大呼，抱怨我说，爱石头为什么不告诉他，一定邀我到桂林去走一趟，说那里有个石王，曾说赠他几块奇石，我若去了，定将此石转赠于我。

春节快要到来，就在我将带着妻儿回老家的前一天，我收到他寄来的一个牛皮纸封的卷筒，长长的，硬硬的，一看便知是一幅挂历。心想我是出版社人，挂历乃我出版之物，从来都是我赠别人挂历，你不是说好要赠我石头么，为何却将什么挂历寄我？

我随手将卷筒扔在编辑桌上，春节过罢回京上班，忽然发现我的挂历都送了人，自家墙上还没有一本，便把海鸣先生寄我的卷筒打开。卷筒展到一半的时候，我不禁大吃一惊，这原来是本石头挂历，每页都是一幅奇石，其状其色，真是妙不可言，大红封面上卧着一只金色猛虎，题联为：风从虎，虎年东风万里；云涌龙，龙国红雨八方。

回家当晚我就把它悬于壁上，以后每过一月，并不撕去，却把已逝的日子小心地卷到背后，用一枚回形针将它夹住，虎年过去，我就藏起它来。

在《石头新记》中我曾说过，世上唯有石头是真的，石头不会有假，然而我很难过，这话错了，我不该为石头打下如此的包票，我没有这个资格。在潘家园我终于发现了做假的石头，而且像雨后春笋一般。这是香港即将回到祖国的一年，那个中外游客风进云出的古玩旧货市场，上面出现“回归”两字的奇石几乎数以百计。在爱国主义的光辉旗帜之下，狡猾的石头商人借用现代的伎俩，嫁言于他的不会说话的石头。爱国很好，然而撒谎不对，当商业的阴谋侵入石头的内部，伴着尊严惨遭伤害的石头，文化的根据也受到了怀疑。不过这不是石头的品德，而是造石者的。

除了大量的“回归”，石头上还出现了一些更加神奇的字，有人将它们拼在一起，竟是一句长达十二个字的口号，全国各地的画报和杂志，满怀激情纷纷刊载。由此我想起上世纪60年代，鸭绿江彼岸的首相特派使者敬献给邻国领袖的，一个个都长着“毛主席万岁”的可爱的红苹果。

想起近年云南形似某人的卧佛山，湖南寒冬开放的杜鹃花。想起早年鱼腹中的陈胜王，金田的天父和天兄。有感于封建和迷信为政治立下的汗马功劳，今日奸商亦将此手段施于石头。石头自然无言，然而爱石者说，香港回归本是人意，而非天意，它是东方之龙奇耻大辱的百年到了，和石头上的字没有一丝一毫的关系。

热爱石头，懂得石头的人其实不少，只是几乎大多爱之能割，懂而不得，于是便造出一个藏之于天地间的博大理论，说服自己以及别人。间或花笔数目很小的钱，看一次奇石展，聊以自慰。而在今日世界，有幸成为藏石大家的人物，大体可分四类：

一是官员，得人赠石，自古从无受贿的闲言，名声之高，风气之雅，与毛泽东的藏书，郭沫若的藏画，同是一个道理。虽是地位所得，但类别不是烟酒和金钱，反而变成了千古佳话，至于文化部长的后代将傅抱石的赠物作了几百万元的拍卖品，这事说到哪里，却已与文化部无关了。

二是财主，银子多得无数，买足房产和小老婆后还无处花销，便买成字画、古董、名著以及石头，一手砂壶，一手折扇，摇头晃脑地做些动作，世人便不再将其财主的称呼前面，加上一个

“土”字。

三是有缘之人，如勘探地质的行者，镇守荒原的士兵，祖居名山的土著，家在河边的乡民。所谓山川之灵秀，日月之精华，他们一文钱也不用花，轻而易举，唾手可得。

四是痴者，见石生爱，爱莫能舍，如情僧见了梦中的可人儿。然而又无官，无财，无缘，穷得卵子打板凳叮当响，也要省下吃饭穿衣的钱，厚着脸皮，与心硬如石的卖石头人，讨价还价，好说歹说，买回家中，在老婆不绝于耳的抱怨声中，日夜赏看。

但是四者之间的藏石人，也是有的。在北京玉泉路花鸟虫鱼市场的一家石斋，柳州石王刘鼎发操一口河南话，眉飞色舞，对我形容一位石痴，九十高龄的美学大师王朝闻，他要在丑陋的石头上面研究出它的美来。老先生在刘石王那里观赏石头，两小时零六分钟，屁股没有沾一下板凳。后来偕夫人去往福州，什么也都不放在眼里，唯独捡了两块石头，上飞机时行李超了重，老先生把吃的穿的丢了，却带二石凯旋回京。

近日读书，忽想起古典名著，似乎总与石头有关，其石头又总是非妖即魔，非痴即顽。请看那“满纸荒唐言，一把辛酸泪，都云作者痴，谁解其中味”的《红楼梦》，第一回开章明义，《甄士隐梦幻识通灵，贾雨村风尘怀闺秀》：

> 说那女娲氏炼石补天之时，于大荒山无稽崖炼成高十二丈见方二十四丈大的顽石三万六千五百零一块；那娲皇只用了三万六千五百块，单单剩下一块未用，弃在青埂峰下。谁知此石自经锻炼之后，灵性已通，自来自去，可大可小；因见众石俱得补天，独自己无才，不得入选，遂自怨自愧，日夜悲哀。
>
> 一日，正当嗟悼之际，俄见一僧一道，远远而来，生得骨格不凡，丰神迥异。来到这青埂峰下，席地坐谈，见

着这块鲜莹明洁的石头，且又缩成扇坠一般，甚属可爱，那僧托于掌上，笑道："形体倒也是个灵物了，只是没有实在的好处；须得再镌上几个字，使人人见了，便知你是件奇物，然后携你到那昌明隆盛之邦，诗礼簪缨之族，花柳繁华地，温柔富贵乡那里走一遭。"

《红楼梦》是不必说了，它原本是一部《石头记》，那一个衔玉而生的痴情公子，他就是一块冥顽不化的石头。那么再说《西游记》吧，仍然是开篇第一回，《灵根育孕源流出，心性修持大道生》：

那座山，正当顶上，有一块仙石。其石有三丈六尺五寸高，有二丈四尺围圆。三丈六尺五寸高，按周天三百六十五度；二丈四尺围圆，按政书二十四气。上有九窍八孔，按九宫八卦。四面更无树木遮阴，左右倒有芝兰相衬。盖自开辟以来，每受天真地秀，日精月华，感之既久，遂有灵通之意，内育仙胎。一日迸裂，产一石卵，似圆球样大。因见风，化作一个石猴，五官俱备，四肢皆全，便就学爬学走。

不仅都是石头，而且各种数据也同样具体，一个是三万六千五百零一块，一个是三丈六尺五寸高，一个是二十四丈大，一个是二丈四尺围圆，一个是主人公的前世，一个是主猴公的出处，皆是从石而来。《水浒传》比以上二著的第一回还要第一回，它叫楔子，且看《张天师祈禳瘟疫，洪太尉误走妖魔》：

人等惧怕太尉权势，只得唤几个火工道人来，先把封皮揭了，将铁锤打开大锁。众人把门推开，一齐都到殿内，黑洞洞不见一物。太尉教从人取十数个火把点着，将来打一照时，四边并无一物，只中央一个石碣，约高五六尺，下面石龟趺坐，大半陷在泥里。照那石碣上时，前面都是龙章凤篆，天书符录，人皆不识；照那背后时，却有四个真字大书，凿着“遇洪而开”。

……太尉哪里肯听。只得聚集众人，先把石碣放倒，一齐并力掘那石龟，半日方才掘得起。又掘下去，只有三四尺深，见一片大青石板，方可丈围……看时，石板底下，却是一个万丈深浅地穴。只见穴内刮喇喇一声响亮，那响非同小可。响亮过后，只见半天里，空中散作百十道金光，望四面八方去了。

那便是三十六个天罡星，七十二个地煞星，他日啸聚梁山水泊，大碗喝酒大秤分金银，以及时雨宋公明为首的一百单八位好汉了。古人把许多的理想，许多的牢骚，都安排给了石头，安排给了这个看似没有生命的，又硬又重的怪东西，纷纷说它是有灵性的，比人还人，其妙无比，不知道是个什么道理。

刚才说到的北京潘家园，以及玉泉路花鸟虫鱼市场，去冬今春以来，尤其夏秋之际，由于世界经济滑坡，人们兜里没钱，最鲜明、最典型、最实际的例证，先是工人下岗，接着长江涨水，奇石因有灵性，便都知情识趣，大幅降价。石主在店门口打出广告，上半截用的是最古代的语言，不惜带着浓厚的封建迷信的色彩，如石能避邪、镇宅、送福、赠寿，以及其他万般好处，下半截却用了最时髦的商业术语，说是八折优惠，六折酬宾，含血狂甩，挥泪斩价云云。令人想到诸葛丞相眼中的马谡，再值钱的东西也决定要打发上路了。

国难民艰之时，从来是收藏家的欢乐节日。喜爱石头的人，若不是前三类，单是靠买，目前可以降低很多成本。

南 山

父亲被贬南山，举家随之，是年我方 4 岁。两年后发蒙读书，又过四年返回故里，老院子的儿童听我念课文时发音不同，视我为异类，当面大呼南山娃，甚觉受辱，小学毕业之前，一直对此耿耿于怀。后从少年鲁班去终南山学艺的故事中，知道终南山是秦岭，神仙住的地方。继而看到陶渊明诗，“采菊东篱下，悠然见南山”，更觉得南山是个好去处了。读了《诗经·国风》，“南山崔崔，雄狐绥绥”，为之一振，再读《诗经·小雅》，“如南山之寿，不骞不崩”，又是一喜。

父亲平反之年，我们为他庆祝 51 岁大寿，贺词便引用了民间流行的“福如东海，寿比南山”。俗是俗了一点，却很实惠。果不其然，大难不死的老父很是争气，活到今年 80 多岁，坐如钟，立如松，行如风，一顿尚能像廉颇似的吃一大碗鸡蛋炒油饭，想着要随心所欲，还学会了做打油诗。时而挣点子稿费去打酱油，一路与人大声说话，听着像喊船工号子。

关于南山的划分，《辞海》里说，是面对日出的东方，凡是长在右手的山峦，均为南山，反之就是北山。“陟彼北山，言采其杞。偕偕士子，朝夕从事。”是说北山上的汉子忙着采枸杞子，从早到晚都没有闲的，与在南山里采菊花的陶渊明比较起来，一点儿也不悠然，简直是辛苦多了，这越发证明了南山比北山好。至于白居易说，“卖炭翁，伐薪烧炭南山中”，那还是证明南山树木很多，用时下的话讲，森林覆盖面积大，广有植被。只是与《诗经》中的“坎坎伐檀兮，寘之河之干”一样，有点儿违犯森林保护法，不过那是古代，人民的日子又很艰难，不砍柴烧炭卖钱吃饭，你说怎么办呢？

干宝的《搜神记》中，有两篇提到南山，一篇是《干将莫邪》，楚王令干将莫邪三年铸出一双能飞起杀人的雌雄剑，夫妻二人三年铸成，干将唯恐楚王杀他，遂将雄剑埋了，只带雌剑去见楚王，临行对妻子说："汝若生子是男，大告之曰，出户望南山，松生石上，剑在其背。"楚王不见雄剑，果然把他杀了。死后妻子生下一子，取名为赤，眉间广尺，长成，母令其遵父嘱，望南去松柱石砥之上取出雄剑，为父报了大仇。后鲁迅根据这个故事，新编了短篇小说《铸剑》，写得鬼气森森。

还有一篇是《吴王小女》，吴王夫差小女名曰紫玉，爱上了在齐鲁两地学道的少年韩重，吴王不允，紫玉气结而死。三年后韩重学成回来，听说紫玉死了，备下祭品去她坟前祭吊。紫玉的魂魄从坟里出来，对他唱道："南山有乌，北山张罗。乌既高飞，罗将奈何？意欲从君，谗言孔多。悲结生疾，没命黄垆。命之不造，冤如之何！……"把它译成如今流行的通俗歌词，歌名可以叫《爱情鸟》，与林依轮唱的那首重名，但没关系，这适合女歌星唱，王菲那英都可以的。

歌意大致是说：妹是南山的一只鸟，哥是北山的一张网。爱情鸟她已经飞走了，还把网伸来为哪桩？当初妹好想跟哥走，又怕多事人来中伤。妹妹想哥想成了病，可怜一病就起不了床。这都怪妹的命不好，想起来真是太冤枉！……

干将把雄剑埋在南山的石头下面，他是认为南山可靠；紫玉把自己比成南山的鸟，她是觉得南山凄美，凄美的鸟儿消失在凄美的山中，让北山的那张罗网扑了个空，这是多么凄美的爱情故事啊。结尾的时候干宝于心不忍，让韩重进到紫玉的坟中，紫玉陪他过了三天三夜，尽了夫妻的情分，临走还送他一颗大夜明珠。

这个故事，为以后蒲松龄的《聊斋志异》，提供了人与鬼魂性交的参考。蒲松龄为之发扬光大，又写了一个红玉，不仅赠珠，还赠儿子。

《山海经》的神话记载广及五山四海，第一篇就是《南山经》，说是南方的头一列山系叫作鹊山，鹊山的头一座山峰叫作招摇山，它耸立在西海边上，山上有很多桂树，还有很多金属矿物和玉石。有一种草的形状像韭菜，开的花朵是青色的，名字叫作祝余，吃了它可以不饿。有一种树形状像构树，树上的纹理是黑色的，光华四射，名字叫作迷榖，佩戴着它可以不迷失道路。有一种兽形状像长尾猿，一对耳朵是白色的，能够匍匐前行，又能直立走路，名字叫作猩猩，吃了它可以走得快。丽麐水发源在这座山，往西流入大海，水中有很多名叫“育沛”的动物，佩戴着它可以使肚子里不长蛔虫。

这么多奇妙的东西都出在南山，足可见南山之神秘。书中南部诸山，我一座也没见过，若无此书，可以说是闻所未闻。然而我所见过的南方的山，却的确比北方的山长得好看。北方的山多呈金字塔形，下粗上细，好像盘膝打坐的罗汉，山大就是个大罗汉，山小就是个小罗汉，若是长得偏了，也像罗汉的大肚子侧影。南方的山则不然了，且不说桂林的山是甲天下的，黄山归来不看山，庐山归来不看云，衡山的秀色，峨嵋的佛光，张家界群峰的鬼斧神工，奇绝美绝，它的山形如柱如树，如窟如碑，有的甚至是上面大，下面小，仿佛存心要做一个改革家，把人间的规矩颠倒了过来。

道教圣地武当山，那就更值得一看了，因真武大帝在此修炼得道，世谓“非真武不足以当之”，故得其名。山上七十二峰，三十六岩，二十四涧，三潭九泉十一洞，主峰天柱山如一柱擎天，气压五岳，遂称玄岳。游遍四海名山的徐霞客叹息说：“余髫年蓄五岳志，而玄岳出五岳上。”

还有一座苍莽神秘，谜语一般的神农架，得名于炎帝神农氏率领一个部落，进山搭架建屋，“尝草别谷，以教民艺；尝草别药，以救民夭”，名气更是大得不得了的。

神农架的巴东垭号华中第一峰，又称野人之乡，据说山中有野人，政府曾悬十万重金捉拿，猎奇者无以数计，然而见过的人死了，活着的人却未见着。某夜读袁枚的《子不语》，忽见书中有对野人的描述，毛发盖面，仆然而出，口中大叫："筑长城！筑长城！"甚喜，以为找着了古代的佐证，读至篇尾，方知还是秦始皇时代不愿响应国家号召去筑长城的民夫，逃入神农架里躲了千年，偶一露面，还怕被秦始皇派人抓去。"子不语"者，出自《论语》中"子不语怪力乱神"也，是说孔子不谈鬼神的事。此书还有一个版本，名字叫《新齐谐》，一语道破，是袁枚的幽默笔记小说集。

我一直想进神农架去，并不是要捉野人，挣那十万块钱，倒是想见一个朋友，一个几十年来在深山老林挖掘民间歌谣，老婆都被人拐走了，独自一人用脸盆煮饭吃，上世纪末终于发现并整理出了一部名字叫作《黑暗传》的汉民族史诗，人称中国荷马的胡崇峻。年轻时候进的山，现在都是个老头子了。这是一个文人，迂人，蠢人，老实到顶的人，但是，我把他看成一个非常了不起的人。

南　水

我来北京的第二年，单位请来海军医院的高级医生，一人体一个检。七天后发下体检表来，一见大惊，上面写着我的尿道内部有颗晶体，名字叫作结石。从此我便有了心理作用，每小便时，总觉速度缓慢，像是堵车，又像人走在王府井的步行街上，着不得急，远不如往常在老家时酣畅淋漓，心中百思不得其解，怎么人一到了首都，连尿都学得摆架子了。

后来用水壶烧水，又发现一个奇观，一把茶壶，打满了水，烧开灌瓶，初时正好两瓶，接着两瓶不足，再接着一瓶半，再接着就只有一瓶了。掀开壶盖来看，竟看出壶底藏了一个烧饼，四壁也筑了一圈城墙，像担心铁制的水壶不够坚固，又来个双保险。这样的森严壁垒，容水量自然就小了，尤其是那一根壶嘴，内径日渐一日地变细，细到最后，倒水竟成了一条线。极担心继续下去，水壶将会变成一块化石，于是敲邻居门，请教扩充之术。

邻居老太太正为孙儿奶瓶注着开水，冲好一瓶，并不喂宝宝喝，却倾下老迈的身子，呼的一口，将上面一层自己吸了。惊问其故，答说上面一层都是水碱，宁可大人吃亏，也要保护好革命的后代。老太太是正宗的北京人，京腔京韵，授我祖传秘方一个，乃壶内不必加水，置之炉上，大火猛烧，烧得青烟直冒，壶底红透，突然倒入一瓢冷水，壶内水垢可以自除。

回家我就依计而行，开火烧壶，待壶上壶下呈现青红二色，一瓢凉水灌将进去，只听轰的一声巨响，如同谁丢了一枚原子弹，又像是误入了《西游记》里的白骨精洞，满屋浓烟，嘭嗵乱炸，三五分钟不绝。等这阵子过去，提下水壶来看，壶里尽是炸碎的石块，呈奶黄色，如钟乳石，形状不等，其硬似铁，敲之当当作金属之声，便知那就是爆破下来的水垢。整个过程，惊心动魄，类似一场武装起义。水壶洗心革面之后，轻了一半，再烧开水，一壶水复又可以灌满两瓶了。

由此及彼，想到尿道里的结石，直吓到浑身发抖，那不就相当于壶嘴里的水垢么，然而又不能用对付水壶的办法来进行爆破，任其下去，里面的水垢结满，尿一滴也放不出来，那时该当如何是好？于是为生命计，很想放弃文学，而去主攻科学，为消除水壶的积垢和尿道的结石而奋斗。

入夜难眠，又深深地怀念起了南方的家乡，心想着美不美，家乡水，家乡的水是多么的美呵，清澈，明亮，纯净，甘甜，无论是怎样地饮用，尿道和壶嘴都休想堵塞得住。什么时候走进厕所，叉腰往那里一站，大江东去，汹涌澎湃，疾如暴雨，势如破竹，随着地下管道而一泻千里，是多么的威风，多么的大丈夫啊！

一日闲翻报纸，见到一条标题，南水北调云云，心想这个主意不错，何时能把南方的好水调到北方，至使北方的水壶不再结垢，尿道不再结石，京城的老祖母不再以舍己救人的悲壮，呼的一口将宝宝奶瓶里的一层水碱吸进自己嘴里，这就是一项英明的工程，伟大的工程，积德行善造福于中国北方人民的工程。北京的宝宝们长大以后，如果做史学家，编修史书纲鉴，追认前辈功劳，除了记下为自己吸去水碱的老祖母，自然还要记下南水北调的策划者、组织者和千百万的战斗英豪。他们的丰功伟绩，断不会小于秦始皇，小于修筑世界七大奇观的万里长城。

南方的好水多有妙典，有一则是苏东坡某次出差在外，途经长江，王安石托其沽三坛江水煮茶，一为江头之水，二为江心之水，三为江畔之水。东坡一心做诗，忘了此事，记起来时船已过了江心，便一下子沽了三坛，回来交差，不幸却被王老师尝出滋味，将他奚落一番。这事疑是出自野史，有褒王贬苏的倾向，立意类似于王安石题诗“昨夜西风入园林”，苏大才子以“吹落黄花满地金”续之，最后遭了王老师的批评。但以三江之水煮茶，可分上中下三品，如此神奇而有灵性，却是为南水做了一回大大的广告。

说到诗人，南水的美丽也是有罪过的，中国两位最大的诗人，都是死于南水，屈原愤而沉汨罗江，李白酒醉去捞水中的月亮，一脚踏进河里。如果那河是大量污染的北方的河，水面哪里能照得见月亮的影子？而如果那水太浑浊，没有游鱼，屈大夫投江之后，人们自会采取其他的有效措施，绝不会只顾着包粽子往江里扔。

南水之名，不可胜数，试举有长江之滚滚雄姿，汉水之古远神秘，漓江之美，九寨沟之秀，金鞭溪之幽，洞庭湖之出才子，西湖之出佳人，湘江之多情，钱塘江之潮涌，清江之清，丹江之纯洁，三峡之惊波险浪，而又急流勇退，截断巫山云雨，高峡出平湖；还有一条能站起来的美河，闻名世界的黄果树瀑布。信手取来一水，调到北京也是生命之泉，健康之泉，美丽之泉。

所谓南国出美女，认真追查起来，功劳不能全部归于自己的娘，凭良心说，原因多半还在水里。人说一方水土养一方人，盖因西施浣纱，用的是西湖水，昭君梳妆，照的是香溪水，如果二位姑娘生在老舍剧中的北京龙须沟，每日以污染之水，煮其茶饭，淘其蔬菜，洗其脸蛋，漂其头发，泥沙水垢糊得乌鼻子皂眼的，娘娘妃子的好事断然临不到她们的身上。台湾民歌中的“阿里山的姑娘美如水”，自然是指南方的水，《红楼梦》里，贾宝玉说女儿是水做的骨肉，自然也是指南方的水，如果用目前北京的水来做女儿的骨肉，那么多的水垢，“质本洁来还洁去的”的林妹妹，骨质可就要疏松了。

新世纪之初，在北京的国际展览中心，我看见了南水北调的水源，居然就在我的家乡，武当山下，神农架边，汉水之邻的丹江。立刻想起60年代中期，小学语文老师用一管毛笔，写了两句不知是谁作的打油诗，发给我们套在纸下，号召练写大字。那诗我记得的，是“十万英雄战丹江，汉江两岸换新装”，后面没了，因为一张纸只有十五个格。从此才知道丹江在修水库。

只是没有料到，三十年后我到北京，这水库的水也追着我的屁股要到北京了。不禁怡然，想这丹江的水，含着武当山的仙气，漂着神农架的落叶，涓涓潺潺，逶逶迤迤，穿山越岭，不远千里，毫不利己专门利人的白求恩大夫似的，坚强而又执着地终于流到北京的时候，北京的水壶容量就会加大，尿道结石就会减少，绝代佳人就会增多，若是再用望远镜看，老头老太太的皱脸也将变成苹果，纷纷呈现出酷毙和帅呆的样子。总而言之，把南方的水调到北方，这个主意最初究竟是谁想的，他应该站出来。

南　瓜

在南方老家的时候，并不以为南瓜怎样的稀奇，后来到了北京，才慢慢地琢磨起这两个字来。起先是在机关食堂吃饭，看见一盆青绿色月牙状的薄片，将铁钵子从窗口伸去说，来一个南瓜片儿，掌勺的大师傅却当的一敲盆沿，恶狠狠道，看清楚了，这是西葫芦。西葫芦就西葫芦，打进碗里一尝，不就是南瓜片儿吗？这北京人也是。老家的南瓜的确有这么一个吃法，趁它还没长熟变黄，还在年轻时就把它摘下来，喊它南瓜蛋子，皮是青的，里面也没有长籽，用刀竖着剖成几牙，再顺着它的弯形切成薄片儿，丢进锅里大火猛炒，味道脆脆甜甜，是夏季里的一道农家好菜。

我认定这北京的西葫芦，就是南方老家的青皮南瓜蛋子无疑，无非是名字不同罢了。只是总见它青绿色的薄片，却不见它老了变黄的样子，心想莫非正如这世界轻视老人，食堂里的大师傅是不喜欢老南瓜的。不料成家以后，学着市民的做法去菜场买菜，转来转去也不见有老南瓜，倒是发现一种颜色像青皮南瓜，形状却是锯了把的弹棉花锤子，整整齐齐摆了一排，好似一列练习卧倒的新兵。我问摊内的老女人，这是什么？老女人伸手就捉住一个大的，扑通一下丢在秤上，一鼓作气地说，西葫芦，好吃得很，来一个，一斤二两五钱，一块七毛五分钱，给一块七算了！说时迟那时快一把就丢进袋子塞到我的手上。

我佩服这老女人的速战速决，掏钱买了，心想原来这就是食堂大师傅让我看清楚了的，原来这真不是老家的南瓜蛋子。老家那足球似的玩意儿到了北京，怎么竟变成了弹棉花锤子，并且它永远也不能老成一只黄灯笼的模样，这个问题很深奥，可能与气候与土壤有关，我得翻书。

书没翻到，却回忆起南瓜的许多好处，就像回忆一个老家的朋友，这朋友因故不能到北京来，要想见他，必得再回到老家去。我记得的，那时候南瓜的阶级地位很高，似乎它是一个处处打胜仗的人物，青的做菜，黄的做饭，不青不黄或者又青又黄的就做成汤，炸几片干红椒，丢几星葱花，滴几滴菜油，象征性地在上面漂着，再放点盐就行了。煮出糊嘟嘟的一铁锅，黄亮亮的分不出瓤子和水，拿小脸盆大的乌窑碗装着，双手捧住就往灶门口一蹲，嘴里呼噜哈啦一阵乱响，其间适当地挥动几下筷子，窑碗里面也就空了，于是再来一碗。这是那个年代的事，那是一个火红的年代。

那年代全国人民都唱一首歌子，有人教的：公社是棵长青藤，社员就是藤上的瓜，瓜儿连着藤，藤儿牵着瓜，瓜儿越肥藤越壮，藤儿越壮瓜越大，啊啊啊啊啊啊。不用说，这个瓜就是南瓜。社员知道自己是南瓜了之后不仅没有意见，而且还有一些骄傲自满，白天在地里劳动，夜晚还挑些模样比较端正的青年男女出来演戏，一人头上戴顶草帽，脚上穿双草鞋，在土戏台上蹦啊跳的，唱到长青藤的时候就往天上比，唱到瓜的时候就往自己胸口上比，唱到啊啊啊啊的时候就把许多个脑袋凑在一起，伴着节奏一左一右地摇。摇着摇着，后来公社还是没有了。

这歌子唱得要说也不错，就好像母系社会的一个女人，那藤儿结起瓜儿来一串一串，摘了一个又长一个，吃得快它长得快，傻呵呵地往大里长着，长大了就让人摘下来吃。生存的能力数它最强，命又极贱，坡梁，洼地，沟垴，田坎，哪里都是它的阵地，路过坟院时无意中掉了几颗瓜子，过不多久一根藤子从死人的头上爬出来了，然后就结出一个一个的大家伙来。而且越是这些不正经的地方，它越是丰乳肥臀，一不小心绊你一跤，是想引起你的重视，摘瓜时不要漏掉了它。偶尔也有个别狡猾的南瓜，它长在一片南瓜叶子的下面，蒲扇样的瓜叶把它盖了个八九不离十，它就在这样的环境里隐蔽着长大，长成了坟院里的一个瓜王。忽然有一天，南瓜的主人从路的一侧看见了它的小半个屁股，等他欣喜地走过去要摘它时，换个角度它却狐狸似的又不见了。

常有天才的放牛娃，偷了家里过年做甜酒的曲子，潜入别人的南瓜地里，创造性地用小刀在某个南瓜的身上旋一小洞，将曲子丢进里面，再把旋下的部分原缝盖上，过上几天再来，揭开了就有甜兮兮的南瓜酒喝。更还有天才且恶劣的放牛娃，旋开南瓜丢进里面的不是酒曲，而是自己的屎橛子，解下裤子坐在上面，对准小洞拉出一泡，同样盖好如初，日久天长恢复成原来的模样。待到南瓜的主人有一天把它摘回家里，一刀切开，一股奇臭扑面而出，于是捂了鼻子，弃刀奔出院门，厉声大骂是谁干下这短寿的事！

夏天一过去，南瓜蛋子们就长不大了，已经抓住机会长大了的南瓜们也开始由青变黄，藤子由粗变细，秋天的南瓜地里，枯干的瓜藤已萎缩成细细的一线，形似地图上的川藏公路，瓜叶也都变黄变蔫，最后死亡在南瓜的身边。整个地里只剩下一些老南瓜，黄亮亮、红扑扑、粉嘟嘟地现出真身，磨盘形的，墩子形的，猪腰子形的，还有一形是上小下大，有如李逵等人的由字形脸。这样形状的南瓜肉是最厚的，味道最甜、最面，肚里的瓜子也极饱满，主人若收获了这样的南瓜，那将要激动一个冬天。他们舍不得马上吃它，不摘又怕人偷，摘了又怕沤坏，于是就把它摘下来码在院子里的房檐下，让它继续晒着太阳。晒到冬天农闲的时候，拿刀将它剁开，抓几把米蒸出一顿香喷喷、黄灿灿、甜蜜蜜的南瓜饭来，饱满的瓜子抠出来洗净晒干，等过年时炒熟了待客。

冬天的农家院子里，屋檐下码满了奇形怪状的老南瓜，大的码在下面，小的码在上面，吃的时候按照顺序，从上到下，从小到大。

或者先向形状特别古怪的开刀，因为它的身材太占地方，还容易从南瓜堆上滚下来摔破，造成不必要的损失。家家户户都是这样，房檐下的老南瓜和地窖里的老红薯一起，成为农民今冬明春的主粮。全国的人民都听英明领袖毛主席的话，忙时吃干，闲时吃稀，不忙不闲半干半稀，杂以薯豆和瓜菜。

不听不行，不听人就饿死了，所以在阴历年前后这段不忙不闲的日子里，农民就用南瓜和红薯煮着稀饭，舀在小脸盆大的乌窑碗里，蹲在墙根下面呼呼地喝，一直要喝到明年的阴历五月，才会有洋芋和麦子出来为它们换岗。农民在院子里出来进去，都以爱惜和感激的眼光望上它们一眼，甚至还拿手摸上两把，屈起两根指头用骨节敲敲外壳的响声，以判断里面的肉有多厚。

除了唱“社员都是藤上的瓜”，那年代还流行一首与南瓜有关的歌子，“红米饭那个南瓜汤呀么嘿啰嘿，挖野菜那个也当粮呀么嘿啰嘿”，听说吃了南瓜汤能打胜仗，全国人民就一边大口地吃着，一边跟美帝苏修作着殊死的斗争，实在斗不过了就转而斗自己身边的“地富反坏右”，这一仗立刻就打胜了，为了争取美好的明天，于是回家又喝起南瓜汤来。

南瓜的功劳如此之大，南瓜的名誉却又不好，这事让人想来很不公平。某人的嗓音有失嘹亮，人们就说他是南瓜腔，让人极其地想不通，一向沉默的南瓜怎么会有腔呢？某人的相貌不大秀气，人们又说他是个南瓜相，被形容的若是个男人也就罢了，南瓜相就南瓜相，有一个好身体就行，长得像南瓜的人身体棒着呢。但若恰好是个女的，尤其目前还是一位姑娘，那可就坏了菜了，此女以后的嫁人将大成问题。谁不想娶个瓜子脸的老婆呵，如果把南瓜那扁圆的外形变化成里面的瓜子，白白净净，光光溜溜，上面稍圆而下面略尖，这就是中国男人心中的美女的榜样，长这种脸型的姑娘是最划得着的，在过去那么困难的岁月也会找到一口饭吃，现在就更不用说了。

外国人似乎并不这么认为。近年来一些好色的外国人坐飞机跑到中国，用美元和绿卡搂走的中国女孩儿，他们觉得都是西施，而我看不少都是南瓜脸。

南　腔

一个时期以来，中国的某类影视片中的主人公，嘴里开始有滋有味地说起了方言土语，令观众听起来耳朵（目还依旧）一新。普通话教学委员会的语言学家们固然在暗中叫苦连天，分明预感到他们的事业行将受阻，但回家一打开电视，屏幕上那几位不肯按照他们要求讲话的人物立刻把他们镇住了，于是就再不打算提什么臭意见。

从此以后，方言土语长驱直入，势如破竹，回响在中国的每一个影院和每一个家庭，甚至直抵东京柏林和威尼斯，使得几种味道十足的小汉语在全世界把风头出够。由于“毛泽东”和“彭德怀”，首开先例的是拐弯抹角的湖南话；由于“邓小平”和“陈毅”，紧随其后的是抑扬顿挫的四川话；由于“周恩来”和“蒋介石”，同台亮嗓的还有吴侬软语的浙江话。在那一部又一部大气磅礴的史诗片中，“毛主席”总是要“呷红烧肉”，而他的死对头“蒋委员长”则直骂“娘希匹”。

无论川湘，还是吴越，版图上均属中国之南，生长于斯的人物说话自然是一口南腔。南腔本应与北调对应，听来方才有味，也比较符合公平原则，然而同类影视片中的北调却几乎罕闻。这种失衡现象令人感慨多多，不仅联想到历史上的川军的骁勇，湘军的无畏，联想到一县出两百个教授另一县出两百个将军的楚鄂。而且我敢断言，它早晚会启发一些思想活跃的哲学家、史学家乃至地理学家，写出一部诸如《从银屏角色的腔调看中国伟人的分布》之类经典之作。不过，导演且不可一听这个消息就走火入魔，乘胜前进，让“孙中山”先生叽里呱啦说起粤语，那么一来，广东以外的观众可就惨了。

虽然没有政策规定，但是聪明到了极点的中国人都会像善于明白一切国情一样，明白银屏上操南腔者是应有资格的，如同坐小汽车和使用秘书，并非是人人都能得到许可。唯大英雄能本腔，平江起义的勇士们几乎个个都是毛、彭的同乡，却因级别不到，直到死于敌人的枪下，也仍得朗诵课文似地的普通话。这一点又颇似京剧，帝王将相出来念韵白，丫环家人出来念京白，两者泾渭分明，不得混淆。受政治上等级差别的无形影响，艺术界线也便存焉。

南腔角色在影视中的炮炮走红，使国内迅速涌现出一批演技不怎么样，但很会叉腰说几句方言的特型演员，令怀才不遇的实力派大发阮籍之慨。成名一时的竖子借着相差不多的身长，大体相似的脸型，经点石成金的化妆师用颜料抹过之后，旋即就成为灿烂的明星，有朝一日到所扮演人物的家乡去，向他们的后代乡亲们要出场费。看在先人的面子上，当地人常常勒紧裤带，眼含热泪，让他们身穿戏装满载而归。

仅靠南腔成功的艺人，毕竟算不得是真正的。中国的影迷中喜爱费雯丽者，听到的是她的中文译音，没有谁会质疑“洋人怎么会说华语”，从这一点上判断，演员更具生命的却是神形的天才。巴黎圣母院的丑陋的打钟人加西莫多，到底说了几句话我已忘了，只记得摩登时代的卓别林一句不说，他依仗的是他变幻无穷的两眼和快速扭动的双脚。

鼠年的最后一月，几位朋友在西城相聚，要我选择一家喝酒的去处。想起从单位去邮局的途中有一家门前正摆满开张的花篮，号称毛家菜馆，我便率了一干人去。用心并不良苦，只想听听有人出来劝我们“呷红烧肉”时，乘机比较一下古月的配音者水平如何。非常不幸，挂牌毛家菜馆的老板是北京人，厨子是山东大汉，端盘子的是河南乡下小妞儿，大红缎子旗袍（应当穿湘潭妹子的绣花小袄吧）绷得两腿走路不大利索，不出几步就险乎儿一个跟头。

毛家菜隆重地端出来了，有一道被我慧眼认出是东北的猪肉炖粉条，只是漂了一层红辣椒。小姐开口说话，一个是“咱”，一个是“俺”，老板出来则转入一口油不拉叽的老北京土话：“嘿哥们儿，要么儿么儿有，吃么儿么儿香!”至此我才发觉把朋友们带给了李鬼，让两省一市的假冒伪劣人士联合起来，在毛家菜的大旗下宰了我们一斧。

由此想到，影视和饮食都容易进入一个误区，前者认为长相加方言，就是一个什么人，后者也认为副食加辣椒，就是一道什么菜。这其实是搞错了。

怎样植树

春天来了，又要种树了。想起种树，鬼使神差，眼前立刻浮出这样一幅画面：几个人挥锹弄铲，几十个人端水运苗，几百个人照相摄影，然后若干辆轿车的屁股后面，一股蓝色烟起，树便种毕，人便走了，到某一个地方去答记者问。第二天的早晨，甚而至于当天的晚上，几千几万人便从电视机里，看到了这个激动人心的伟大场影。至于那些树种倒了没有，淋水了没有，后来活了没有，如果万一活了，又是谁把它弄活的，谁也不知道，想知道也知不道。反正人家在一片欢呼中的确种了，有影有相为证。

我年少时，就开始种树。在我家后院的空地上，兄弟二人，从野山挖来桃李杏树的苗，取坨稻田里墨绿色的肥泥，握住树根，捏成拳状，植于不大不小深浅正宜的土坑之中。然后记住，哪几棵是我种的，哪几棵是弟弟种的，做出记号，各自负责淋水追肥，直到长高长粗，开花结果。其间若有某棵，不幸被某家管教不严的猪狗咬了，必号啕大哭一场，边哭边痛骂猪狗，又怪自己警惕性不强，并不施怨于他人，哭罢忙又补种，以免少了棵数。如今回忆起来，笑是好笑，却断无自嘲的意思，反而惊叹自己早在少年之时，就已经相当符合目前的改革精神，搞起了承包责任制。而不搞有些人那一套，种的种，喊的喊，照相的照相，热闹时纷纷都往镜头前靠，作挥汗如雨状，三周之后，光荣于斯也倒霉于斯的该树，不知为何死了，遂又互相乱指，都是他没弄好。

首长种树，其情足可动人，然而其效似可研究。孔明素未挥刀，子龙亦不喂马，但他们一个善用妙计，一个能打胜仗，硬的指标摆在面前，三军将士无人不服。但你若身为林官，不善育林，不懂植被，纵然日植八株（掘八个坑，丢八根苗，活与不活，那是老天爷的事），举国却荒山一片，如真敢让老百姓投下一任的票，谨防有人在你那张选票的反面，写上要你自己付小轿车的汽油费，以及胶卷和录像带钱。当然，若能根据职位之高低，包下面积之大小，弯腰埋首，让那些全副武装的摄影记者都走开些，防止挖了他们的脚，如此三春，令秃山染翠，那便是真的种树人了。

除上述这些真的种树人外，国家的电视里，自然亦可宣传从小轿车里钻出来的持锹者，但是最好安排在夕阳红节目，或者健康访谈节目，因为那应当算是锻炼身体，作为业余生活的一种方式，对防止和治疗骨质疏松有很大的好处。观众们换一个角度，作体育新闻观之，遂不会关心被种之树后来的命运了。

中国有句俗话，曰：“十年树木，百年树人。”原来树人树木，竟有相同之处，即一样的需要“真”。若仅仅是为了做个姿势给别人看，好像京剧人物的出场亮相，那么，被树之木必死，被树之人亦必伪。

中华民谣点评

中国不出大理论家，究其原因可能是受孔子影响，认为越是有思想者，越是述而不著。倒是曾经盛行点评之风，如张竹坡点评金瓶，脂砚斋点评红楼，毛宗岗父子点评三国，金圣叹点评水浒、西厢。因为要将几十万几百万的字一个一个地拿毛笔誊写在草纸上面，还要面壁十载，增删五次，毕竟是件很伤身体的活儿。那时候没有王码电脑，闲来用朱笔在人家写的文章上批几行字，情形有些像是今天的领导签署秘书起草的总结报告，写个很好或者发下去再讨论讨论之类，又说了话，又不腰疼。此风渐长，不仅长篇小说，连短句民谣也被纳入点评之列，冯梦龙就点评“我明一绝”《挂枝儿》，花底闲人就点评冯创山歌《夹竹桃》，居然精彩绝伦，四海流传。

在今日的中华民谣中，像冯评《挂枝儿》那样满口男欢女爱的艳词，已经不多，也许是人们的低级趣味已随着时代的高级而脱离，也许是害怕扫黄。而一般表现的都为社会闻见、时代特色，内容有的跟中央电视台每日新闻中的“焦点访谈”差不多，出语幽默，造句精辟，韵脚也押得很准，有一定的艺术性，比目前有些著名诗人的诗歌作得好。京城有自号听风楼主者，便仿了梦龙狂士，试作点评，供人饭后一乐。譬如：

中华民谣之一：小贪戴手铐，中贪吓一跳，抬头一看，大贪正在作报告。听风楼主曰：贪者，贪官污吏之爱称也；小、中、大者，贪者之层次地位，所贪之数额品类也；末句最妙，有点“蓦然回首，那人却在灯火阑珊处”的味道。第三句“抬头一看”，恰似惊鸿翘首，又像吴牛喘月，同时还可看出台上作报告的大贪声音之洪亮，令人不敢旁顾。而吓一跳的中贪直到此时，方将一颗砰砰直响的心儿放回肚子里头，面对戴手铐的小贪暗自笑道，该你倒霉。

中华民谣之二：烟酒基本靠送，鱼肉基本靠贡，工资基本不动，老婆基本不用。听风楼主曰：有此四个基本，一方霸主之形象即活灵活现呼之欲出矣。既然吃喝拉撒人生诸项皆有了铁的保证，工资动它何益。然不动工资可也，不动老婆则万万不可也。君不见，成年累月在外搞他人之美老婆而寂寞己身之丑老婆者，早晚必为丑老婆所英明觉察，妇道人家可是不知天高地厚的主儿啊，一气之下把你几十年的烟酒鱼肉乃至金条美元一篮子兜将出来，你就完他娘的蛋了。

中华民谣之三：清早对着镜子转，上午坐着轮子转，中午端着杯子转，下午瞅着骰子转，晚上抱着裙子转。听风楼主曰：转转转转转，五个转字，旋风一般次递转来，记录了一天紧张而有秩序的工作，难得有此多才多艺，能文能武，受苦受累，任劳任怨，德、智 、体全面发展，吃、喝、嫖同时进行的转型期干部人才。只是转来转去，别把脑袋转晕了，一头撞在了南墙上！

下　海

编辑打电话来约稿的时候，身边正在讨论下海。预备下海者说："过年后我就跳下去了！"应声便有人发问："都下海了，这里谁干？"预备下海者笑答："都下海了，我又游上岸来，正好喘一口气。"笑中有一种挑战：你也敢下海么？问者果然便不再问了，因为如果再问下去，后果只有两种，一是真就赌气脱光衣裤跳下海去，淹个半死；一是为了不至海葬，只好红了脸老实承认：我当然是不能下的，重任在肩，我若下了，我现在的职务谁来接替啊？地球的自转若是慢了……

这种人可能觉得自己是舞台上一个很重要的角色，如同京剧中分列大堂两侧的人，头戴高帽子，手持杀威棒，腰杆笔直地在岗位上坚持上班。但其实不过是龙套而已。这样的角色在剧本上连名字也不必写的，只用甲乙丙丁来作代替也就行了。挑选演员也不必像张艺谋寻找巩俐和章子怡，闭着眼睛，在千人百众当中摸一个足可称职。这样的角色没有也罢，即便退一万步说，一家单位留一个做标本，节约几个动员下海，哪怕只挣回他们自己的一份工资，又何尝而不可呢？

近日我有了一个新的考证，国人纷纷下海，其中奋勇抓钱者有，且数不在寡，但也不尽然。据我的观察，立志下海者有诸多是别有动因的，如众人同乘一条船，此船泊海不前，抑或驰往一座绝无希望的死岛，这时候，摆在众人面前的无外乎有三条选择，一条是仰天长叹，同船共死——却又不愿；一条是接过舵来，扭转航向——

却又不能；另一条就是跳下海去，搏水求生——唯此一条选择于某人而言似乎是既愿且能的。于是一个划时代的名词产生了：下海者。

下海者往往是舱中的智者，船头的勇士，是面对惊涛骇浪脸无惧色的水手。下海并非是每一个人都敢启动的念头，起码他不可能是懒汉不可能是懦夫不可能是抓住船板瞑目待毙的可怜虫。也曾有人为下海先驱的成功所诱惑，在喝过几杯二锅头后趁势打着赤膊，奔至海滩，但冷风一吹，顿时一个寒噤，吓得复又逃回温暖的老窝，将脱下的棉裤和棉袄重新穿上。然后，捧一张不新不旧的报纸，泡一杯不冷不热的花茶，伏案作勤奋工作状，静候出纳递来的一份工资，抖着手一连点上三遍，觉得总共仍只有几百元，摇摇头：多乎哉？不多也！不过一会儿就想过来了，于是又点点头：少乎哉？稳当也！

假面舞会

中秋节时，老家县城几个老男人，闲得没事，冒充才女，用号码陌生的手机给我发诗过来，句子写得缠缠绵绵，也有学问，把跟月亮与故乡沾边儿的典故都用上了。因为提到南雁北飞，误导我记起当年是从武昌坐火车出的发，眼前遂浮现出一位长江岸边倚栏望月的薛涛。按照这个妩媚的形象回诗过去，想着你不署名，我也不署，两人如此黑灯瞎火，往返了几个回合。没曾想对方来了劲儿，而在我这壁厢，夫人却催命似的要我陪她去秀水街买裤子，无心恋战，只好投降，说罢“老夫怕跳假面舞，此曲唱罢应卸妆”，然后就卸妆了。

佳节过后几日，收到一个通知，是主编内刊的一位兄弟，他说大作收到，准备在下一期隆重登出。这消息令我惊异莫名，记不起何时何地给何人寄过何作。忽然间怀疑起八月十五的假面舞来，慌忙调出那个陌生号码，打将过去，手机里听出几个老男人正在喝酒吃菜，接话的是小城诗坛领袖王义才，一听是我，咯咯咯咯笑得快要断气，缓过命来之后，说是可把你的作品搞到手了！吓得我差点儿屁滚，请他赶紧把诗收回，不能刊登，那都是些神马玩意儿！

此夜我又读到一篇网文，易中天写了一本《闲话中国人》，土家野夫写了一篇《闲话易中天》，后者手持一杆土家猎枪，将试图叫板易中天的歹徒横扫了一大片。二人一个是我 21 年前的老师，一个是我 22 年前的学弟，因此野夫绝妙的文章，讲的乃是珞珈山上我们共知的往事。后面就有人跟帖子问：“野莽吗？久仰！”帖主署名童志刚，此公也是武汉大学毕业的高才，方方女士的同窗兼同事，《今日名流》杂志被勒令停办之前，他与方方共掌此刊。武汉一文坛老无赖写了一篇攻击我的文章，想在刊上登一下子，顺便自己也成名流，为此在水果湖宴请童主编，孰料志刚兄无欲则刚，吃了人家的嘴却不软，说是这篇文章不能发表。消息传到我的耳里，遂将此人认作君子。

野夫见问，立马答曰："不是野莽，是野夫；他鄂西北，我鄂西南；他小说，我诗歌；他英俊，我丑陋。"看后独自面窗大笑，觉得这个野夫真是谦虚谨慎，戒骄戒躁，他的英俊是土家式的，若有人去商场扯一条丈把长的红布，在他的头上缠上一饼，他就是那个刘三姐生死不渝的爱人，莫老爷战不能胜的情敌阿牛哥哥。而且文章写得那样的好，文章里的旧体诗写得那样那样的好，后面没人跟帖子，才是奇了怪了。

网络与手机联袂的时代，分别上演了多少上个世纪没有的精彩剧目，人们正在做着观众，稍不留神，扑哧一下，瞬间就变成了剧中的角色，想起来，有些惊心动魄。

可惜的是今晚的月亮，圆过之后又再缺了，但它依稀能够照耀进人的心里，给人一些浅薄的感悟、天真的理想。譬如我便这样以为，自从有了社会，人类的面孔已日益变得复杂，或狰狞，或恐怖，或比狰狞与恐怖更难看的伪善，远看近瞅，使人不得开心颜。若是国家下令，节假日里，每人持身份证免费领取一张脸谱，用胶带固定在各自的头部，乘车去赴一场假面舞会。想必那张死脸虽是假的，却能换取一些真的欢乐。哪怕只有一天，也好。

伴你同行

初到京城的时候，我曾对人吹牛，如何会看手相。不想有一天真的有人找上门来，来人是本单位的一个姓高的东北大个儿，身高一米八几，体重二百多斤，张开手掌，有一本书那么大，上面纹路简单，只是血色浓重。我握住他的四根指头，且看，且想，且诌，说他有多少钱，有多少异性的朋友，老婆是怎么被他娶到手的，过去都干了一些什么坏事。

高大个儿呼吸急迫，嘴唇也直哆嗦，我又指着他手上的那条所谓的生命线说，你看，这条线如此茁壮，走到中途却咔嚓一下断了，这说明了什么？说明了你将遭遇突然的、意外的、非正常的死亡！高大个儿呼呼地喘气，简直像一条捉上岸来的鱼，沉默许久，和我握一个手走了。我说这番话时，很多同事都将信将疑地坐在一边听着，高大汉一走，同事就问我说，你知道他是司机吗？我说我不知道。同事说，你知道他在兵团时骑马摔伤过头，以后就老爱睡觉，有次开着车就睡着了吗？我说我也不知道，要是这样，他倒真是要注意了！

想不到我的胡说八道竟说对了，而且更想不到，这番戏言居然改变了一个人的职业。过了几天，同事告诉我说，高大个儿昨天找到领导，说打死他他也不开车了。领导问他是为什么，他不明说，直嚷着再开出了问题他不负责。领导上下班是坐他车的，见他哆嗦着嘴唇，神情有点儿可怕，只好同意他去改行做发行工作。我吃了一惊又吓了一跳，担心领导没车坐了，转过头来会追究我的责任。

幸好没有，这件事就这样平静地过去。不过我从此吸取教训，轻易不再给人看手相了，实在有人缠住不放，我就说是开个玩笑，千万别当真。高大个儿改行从事发行工作以后，事业蒸蒸而上，后来又当了这个部门的头儿。当了头儿他仍然牢牢地记着我的话，还是坚持不开车，他买了一辆摩托，头戴红色钢盔，噗嘟噗嘟地满北京开着，因为骑摩托他不打瞌睡。

读者同志们，你们会认为我在宣传手相吗？我敢保证不会，你们会认为我笑语解人，会为那个被我救了一命，从此化险为夷、转败为胜的高大个儿庆幸。

我喜欢听孙悦演唱的那首歌，“……祝你平安，哦祝你平安……”唱得转弯抹角，回肠荡气。我想你们可能也喜欢听。是因为喉咙里出来的声音美妙吗？是的，但不全是。还因为五线谱上的音符婉转吗？是的，但不全是。那么还因为什么呢？当然是歌词！哦，多好的歌词儿啊，善良、贤惠、细心、负责，像是日日夜夜思念着你的母亲、妻子、妹妹、好朋友对你的小声或无声的祝福。

人在旅途，有此歌伴你同行，红尘当有多少温情，人间当是多少爱意。写这首歌词的人是谁，我们请他站出来。

祝你年轻

年轻是最美丽的事情，年轻人自己往往发现不了这种美丽。年轻的时候因为精力过于充沛，激情无处喷涌，细腻而结实的皮肤上憋出一个一个的小疙瘩，红红的，硬硬的，年轻人误以为它们很丑，苦恼得通宵不能入眠，一个人躲在厕所里，举着一面小镜子要把它们除恶务尽。

年轻人误会了，其实它们不丑，它们是最美丽的，这是一种年轻的资格，像一枚一枚红色的印鉴盖在脸上，老了想有也没有了，你们苦恼个什么呢？年轻又是最骄傲的事情，骄傲得令已经不怎么年轻的人欣赏、羡慕，甚而至于妒忌，因为年轻人偶尔骄傲得过了头，气焰十分的嚣张。

年轻人喜欢吊儿郎当，玩世不恭。上个世纪的60年代，年轻人流行唱这么一首歌："我们年轻人，有颗火热心。"然而有些年轻人偏偏不这么好生地唱，他们个个是出口成章的幽默大师，他们唱的是"我们年老人，有些怪毛病，不是腰杆疼，就是腿子疼"。那时候他们认为年老是一个遥远的词汇，永远地坐在天边笑望着他们。不料半个世纪一晃就要过去了，这些年轻人果然都变成年老人了，他们果然有一身的怪毛病了。他们很想回过头去，重新好好地唱一遍"我们年轻人"，可惜他们一开口就跑了调，原因是他们的中气已经不足了。

年轻是多么的好，它一点也不沉重，它是轻的，轻得像一片天马行空的薄云，想飘到哪里就飘到哪里。轻得像一朵透明的蒲公英，春风一吹就悠悠地飞走了，在土地的上空任意选择落脚的地方，从从容容，不慌不忙。轻得像一个梦，只需白日里一个浪漫的念头就可以把它托起来，去寻找它的秘密的向往。如果一个梦没有做对，没关系的，第二天晚上再做一个就是。没什么可懊丧的，一切都来得及，仰仗年轻，有的是充足的白天和同样充足的夜晚。年纪一大就不行了，老胳膊老腿儿，夜里做梦插了翅膀也飞不起来，连梦都是沉甸甸的，现实主义的萝卜白菜和西红柿。

年轻也被写作年青，它是青的，不是黄的，如一株笔挺挺的竹子，新鲜极了，活泼泼，水灵灵，刚从雨后的林子里生长出来，而且还在咯咯啪啪地继续往上长着。只要它不堕落，只要它有成长的欲望和奋进的决心，谁也不知道它的将来会长得多高多粗，会长成一片何样迷人的风景，那真可以叫作前景无限。而当一些美好的季节无情地逝去，它就会渐渐褪下年青的颜色，它就成了一株黄竹，它就是竹林里的老年人了。

年轻不仅仅是生命的，同时它也是精神的，灵魂深处的年轻完全可以滋养垂垂已暮的衰体，这就是尘世中有一种人能够永葆青春的奥秘。在已经过去的某些个荒诞的年代，比方说不可遏止的武装的战争，比方说完全人为的文化的革命，有一些年轻的生命从来也未曾享有过年轻，这是时代的罪恶和人性的悲哀。

目前的情况不是这样，当我们走进和平、善良、美好的花园，满目都是年轻的人。

被勒索的滋味

闲读报纸，见一新闻，美国新泽西州有位名叫祖拿斯基的医生，1993年来到可口可乐公司，说是他在一罐可乐中喝下了“一点滑腻物体”，引致恶心并患上胃炎，令其丧失工作收入，结果得到了四千六百美金的赔偿。三年以后，这位祖拿斯基又来到麦当劳店，说是他的儿子在吃该店的炸薯条时，吃下了一条老鼠尾巴，要求赔偿五百万美金。联邦警察局为此做出调查，却发现那条老鼠尾巴是他自己带来的，因而又重新调查三年前他与可口可乐公司的同类事件，认定那次的“滑腻物体”也是他自己放进可乐里的，于是将他拘捕。

这条新闻被编者刊在“珍奇趣闻”一栏，想必是觉得它又珍稀又奇怪又有趣。然而我读之后，却无比伤感，因为我近年也遭到一次勒索，这位“祖拿斯基”不是医生，而是作家，一个听说某位文坛名家死了就写散文称他是那位名家的生前朋友，平时央求企业出钱买版面给他发表文章，基本上没挣过什么稿费的专业老作家。几年前他给我寄来一部稿子，先是提出自己筹资出版，后来因为久无钱缴，又进而要求免去稿费由出版社投资。

由于稿子的品格不高，我社不愿做这赔本且又赔名的蠢事，而我又禁不住他的哀求和致谢，便利用个人的关系将其转给兄弟公司，并且替他找了一位投资印发的书局。不料打版样书刚一寄去，这位斯基觉得金钩被咬，立刻以没有正式委托书为名，向出版公司索取巨额稿酬，以致引起一场长达三年的官司。

他的原意并非害我，实话说他对我仍然心存感激之念，因为那堆周游列国先后被四家完璧归赵的稿纸终于变成了一本书。他想的只是让拥有千万之资的国家的出版公司吃个小小的哑巴亏，于人家无非是九牛一毛，于他则是一个翻身大仗，便写信要我不必多言。可是我怎么能不多言？他的稿子是我给他转人出的版，也是我给他找人投的资，我是这个世界上唯一的知情人，我不多言就意味着出版和发行两个单位面对勒索而无一人做证，我不多言就意味着我将被两方面的朋友认定是他精心勒索的当然同谋，于是我毫不动摇地站在了被勒索者一边，因此我也就成了第二被告。

当我收到法院发来的出庭通知书时，心有万感，口无一语，愤而作下打油诗二首。

其一：

中南有异人，蔷薇花开绝。
欲得满城香，蒙面写厚黑。

其二：

自古捣鬼易，从来成事难。
奇闻终作丑，坐厕一笑谈。

前首摘句李卓吾的《厚黑学》，后首引了鲁迅的《捣鬼心传》。我把两首打油诗附在答辩书的后面，一同寄给了法院。不过油是打了，诗是寄了，气是出了，庭还得出，律师还得请，电脑里正写得来劲儿的小说自然也写不下去了。此间这位“祖拿斯基”抓紧时间，利用当地新闻媒介歪曲真相，大作文章。这场官司从狗年打到鼠年，直到牛年之春方才结案。

这是永生难忘的一天，我在这一天的日记里这样写着：

1997 年 3 月 10 日，星期一，好晴天

上午处理琐事，中饭后看电影《离开雷锋的日子》。前半部分极为感人，后半部分则有些小品化，乔安山救人反被讹诈一节，乔妻（走红演员宋春丽饰演）的一番慷慨陈词完全是席勒式的话剧独白。然而虽则如此，影片却仍令人激动，剧终灯亮满场泪光一片。

看罢电影，突然接到北京市第一中级人民法院的电话，通知去取判决书。略一愣怔，旋即断定必是书稿勒索一案，遂乘车前去，一路心中作好各样准备。到法院会客室打一电话，坐等判决，俄顷一法官至，问过姓名，验明正身，让签字收存文本二份。当即站看三遍，原来因我与出版公司两被告出示铁证，言之凿凿，勒索者被迫于诉状驳回之际选择了撤诉，诉讼费150元由原告担负。

手握此判，仰天无言，回家静坐一刻，挥笔又作打油诗二首。

其一：

尝闻周郎妙计多，不期大意陷网罗。
三年狗血今可拭，从此世上无东郭。

其二：

狗年江城兴奇波，自编自导自鸣锣。
人不开言天开眼，大笑三声泪滂沱。

写罢自赏，末句简直有点泪飞顿作倾盆雨的味道，险乎儿发出真笑。古人云愤怒出诗人，那自然主要是指当年《离骚》的作者，而我这被人勒索的打油诗人不知算不算数，又不知美国可口可乐公司和麦当劳店的老板会做中国的打油诗否？

这位中国的祖拿斯基一分未得，反而赔了150元，若以稿费相补，还得耐心等到文坛又死去一位名家之后，由他再冒充生前好友写上五千个字。

舌头的和平演变

目前几乎垄断京城青少年快餐市场的有四大家族：麦当劳，肯德基，爱德熊，必胜客。前三家都是美国人的，只有后一家来自意大利。麦当劳的三大法宝是薯条、汉堡和炸鸡腿，此外吃它一顿，临别还赠送一个小玩具，小玩具千变万化，绝非一律，各大商场都买不着的，勾引着得赠者下次来吃，还可再获取另一种。

肯德基的形象比麦当劳严肃一点，一位长者，白色西装，黑色手杖，他的名字的最后一个字与“鸡”同音，所经营的主食又是炸鸡块，于是刚开始占领中国阵地的时候，就很容易被人误以为是与本土田园鸡、香酥鸡、贵妃鸡类似的什么什么鸡，一见那高大的白衣长者，方知此“基”非彼“鸡”。肯德基没有玩具可赠，拿手绝活是一只纸桶，内盛鸡腿、鸡排、薯条、巨无霸汉堡包等，谓之家庭套餐，可提回去全家慢慢享用。

爱德熊的店门口专设有儿童游戏场所，吃的内容与以上两家大同小异，自称美国快餐之父。

与美国三只鼎足相比，意大利的必胜客虽然显得势单力薄，但仍充满必胜的信念，店内不送玩具和纸桶，门口也不造比萨斜塔，它就以神秘兮兮的比萨饼将人召进店门。说来也怪，中国的青少年们还就爱进去，一遇上过生日之类的什么好事，就成群结伙地往那里赶。

必胜客的沙拉是自助的，交一份钱可以拿碗随便去舀，只要你有肚子，吃多少都行。然而意大利人心里明白得很，光吃沙拉也不行的，光临一场，总还得来一只比萨饼，来几段鸡翅或牛排吧，吃了饼子和鸡牛肉，心里不免腻得慌，总得喝碗汤吧，这就好了，那盛汤的小碗比茶盅略大，汤分红白数种，红的如西红柿面条水，白的如牛奶酥油茶，二十块钱一碗，一口下去十块钱就没了，两眼紧闭，双唇连咂，一心想品出一种绝妙的味道，但它就是没有，咂来咂去还是面条水和牛油茶，直怀疑是意大利人的恶作剧，嘴里却不敢说，害怕露怯，眼睛看着穿梭一样来来回回的小姐，希望她快些过来结账，早点儿回家做碗炸酱面吃。

这说的是中老年人，舌头经过几十年的教育和熏陶，胃里装满数千年的传统和历史，上至皇上爱吃的回锅肉，下至饥民裹腹的南瓜汤，训练有素，森严壁垒，尝不得另类，容不下异己。这辈人如今已经日落西山，打靶都归来了，鸟枪换炮的工程不小于脱胎换骨，这几乎是不可能的事。

青少年则不一样，早晨八九点钟的太阳，一心要吃饱了好冉冉地升上去，又是一张崭新的白纸，想画什么就画什么，想包什么就包什么，无论是东方的还是西方的，中国的还是美国的，舌头和胃全无禁区，也没有任何阶级性可言，身体的各个接收单位都采取拿来主义的政策，认为好的就吃，认为不好，皇上吃的满汉全席也是白搭。

三天打鱼两天上网

我是一个摇晃而踉跄的与时俱进者，甲申年的榴月或蒲月，石榴花开得如火，蒲公英飞得似雪的美丽季节开始网上生涯。此年为猴年，此月为马月，为了便于纪念这个伟大的日子，我遂称之为猴年马月。国人对于遥不可及的理想之事，谦逊也罢，悲观也罢，常对人摇头摆手，笑说那都是猴年马月的事，意思是没有十足的把握，是一个表未来时态的词。而我的猴年马月却是过去时态，那一天的晚上申请网名，我也想用名字的拼音缩写，孰料一举遭到人家的拒绝，说是这个名字已经有人登记注册，我就只好在前面加了“正宗”二字的拼缩。将就着用了一些日子，对人通报起来，总觉有些麻烦，遇到有一丝不苟科学态度的朋友盘问这名字里含有什么深刻的道理，麻烦便又增加一倍。于是不想做行不更名的英雄，中途又改了一个，延续至今，网事尚顺。

跟天天在网上聊天看球的新新人类不同，我不过是个老老人类，一般两三天才打开一次，仅用以收发邮件而已，典型的三天打鱼，两天晒网。朋友间若有紧急事宜，如约稿、寄稿，恐我误事，先从手机上发一句短语过来，说声收信，宛如武林豪杰口中的接招，我便立马儿打开，搜索枯肠进行应对。这样一来，邮票是节约了不少，时间也省去了很多，还渐渐地发生了一些既省邮票又省时间，尤其还能增加快乐的事情，想起来真是开心不已。

譬如家住株洲的聂老夫子，他有一个新新人类没有的雅好，善于把诗句用毛笔写在宣纸印的竖版十行笺上，花八角乃至一元六角的邮票，让人送到北京来给我看，旅途大约一周。我收读后摇头晃脑答上一首，也花八角乃至一元六角的邮票，让人送到株洲去给他看，旅途大约又是一周。这样来来往往一个回合，快则半月，慢则两旬，有时遇上不负责任的鸿雁，还不幸把诗给传丢了。为了保险起见挂一个号吧，一来一去却要花一个月。诗中若有花开花落之类的雅句，寄时花开，收时正好花落，有了这一个时间差，诗人满腹的诗兴恐怕是早已淡了。聂老夫子恰又是个性急的人，往往诗一寄出，等不得我收到，就追补一个长途电话过来，用他那毛泽东式的湘音，抑扬顿挫地朗诵一遍，十有五字听不甚懂，加之频频用典，仅注释部分就得花去个把钟头，诗瘾是过足了，电话费则需大把地费去。

终于有一次，我们不约而同地想到了网，嗨真是的，用这玩意儿，嗖的一下不就过去了吗？聂老夫子于是首开先河，嗖的一下，给我来了一首《西江月》：

雀噪晴窗影俏，冬来石砚水温。京华诗兴遣湘中，喜得吟笺新韵。已报猴年大捷，又闻铁骨铿铮。洛阳纸贵是何因？野莽笔风强劲。

我也嗖的一下，回他一首，他夸了我，我得夸他，不说别的，老夫子的这个姓就不同寻常：

既得天赐三耳，自比朋辈尤聪。夫子美文飞如雪，更兼妙手丹青。翘然小城一株，湘水远载芳名。恰在隔湖相望时，鸿雁又过洞庭。

过一阵子，他又嗖的一下，给我来了一首《水调歌头》：

不见故人久，何惧北风寒。蓦然相聚携手，风雪拥双肩。添却赵燕豪兴，践了旧盟新约，把酒夜阑珊。多少枯荣事，冷眼佐笑谈。冰雕劲，华灯俏，且留连。行吟坚地犹记，步步赖扶搀。展翅雪波飞滑，归路餐车饮醉，朋侣应千年。挥泪自兹别，万里共江天。

我又嗖的一下，步其原韵，回他一首：

只为重聚首，千里赴冰寒。去岁新城小雨，别时有盟言。初见胡地风流，趣闻粗话豪饮，但将大杯换。从此沾匪气，斯文不能谈。鹊桥白，晶雕亮，二人转。且仗一身快意，滑雪威虎山。归车又遇知音，倚窗把酒论书，夫子醉眼圆。再说明年事，西子在湖边。

又过一阵子，他又嗖的一下，这次来的是一首七律：

乙酉初春，遥寄野莽兄：
又唤东君柳眼青，鬓边可见白发生？
履痕黔鄂烟尘旧，笔墨词章肺腑馨；
楼槛听风双影健，露台看月数山亲。
闻鸡起舞心犹壮，饮马文坛水浪惊。

此夜已经十一时许，估计他已下网，嗖的一下过去也只存在网上，翌日凌晨方复，曰：

鑫森吾兄：昨夜行八千米归，食国光小苹果三枚，酸奶一杯，读英人菲力普·肖特著《毛泽东传》一章及‘××’书数页。梦非小儿乘机上网看足球讯事，令其替查函件，言有兄诗，读之并下载，时已十一时许，遂洗脚上榻，作衾中思。得一首，颇得意，尤其‘因特网’一句前无古人，凌晨复之，曰：

劝君何必闻鸡起，妙著等臀勇尚余。投书索文捋瘦腕，登门求墨挽长衣；无暇居内贤士三，因特网上律诗七。吟罢忽觉春意到，推窗但见燕双倚。

长沙的《东方新报》，今年给我开了一个专栏，名叫“野莽说书”，在其中的一篇书话里，我把惊堂木啪的一拍，说是聂老夫子若在“五车”“万卷”的竹简时代，著作早已等身，且擅水墨丹青，即便而今百万妙著，高不盈尺，他写的书摞起来也齐他的瘦臀了，何必还要如此地勤奋呢？诗中的无暇居是他的书斋，《三贤图》是他的名作，末句乃言，春天来了，老夫老妻出去玩一玩吧。

网络的语言革命

时至今日，在中国作家的队伍中，再也听不到攻击电脑会破坏语言感觉的理论了。据不完全统计，百分之九十以上作家的书斋里都摆上了一台品牌各异的电脑，所剩的百分之十，资格稍老一些的作家，身边也有了妻子或女儿以及小秘书们红袖添香。尝到甜头的同志们几乎一致认为，假若这玩意儿提前诞生在曹雪芹时代，那就基本上没高鹗的什么事儿了，因为一部八十回残本的《红楼梦》，以文房四宝为写作工具，写几笔就得蘸一下墨，改一处还得抄一遍稿，增删五次需要披阅十载，那么要是改用电脑操作，恐怕至少会省下几倍的工夫，用节约的时间来写后四十回，贾宝玉最后到底选谁做他的爱人，就不会让浩浩荡荡的红学家们来打架了。

鉴于以上原因，签名本上珍贵的作家墨宝是越来越趋于难看。三天不写手生，偶尔捏一次笔，在稿费单上填写自己的名字，那字迹仅次于医院的大夫。接下来，给杂志寄稿连信封都不写了，不舍得再上邮局去买邮票，弄一根线牵进电脑主机的某个孔里，再按一下鼠标上的某个小方丁儿，无论世界各地，对方统统都能把文章收到，很快发回一个消息，表扬说是写得如何的好，谢谢。再接下来，又取消了曾经立下汗马功劳的电话，嫌它太贵，改为相对便宜的网上交流，还能修辞，电话里硬邦邦的一句“干吗哪”，网上可以无限温情为“你好吗”。

最近看见传统媒体猛烈批评网络语言，觉得大可不必。窃以为鸟有鸟语，兽有兽言，只要彼此能够达到交流的目的，菜鸟也罢，粉丝也罢，旁听者你管不着，管也没用。老老人类最初的语言多少有理，多少无理，本来是一件极其说不清楚的事情，但是三说四说，五拉六扯，无理就变成了有理，说不清就变成了说得清。诸如古文通假，约定俗成，子孙后代不都继承了下来，成为灿烂文化的一个部分了吗？至于网上的新新人类，人家要把哥哥写作 gg，妹妹写作 mm，不嫌麻烦地在键盘上进行两次功能转换，一看不仅具有情书的倾向，并且略带加密的性能，本身就不是给你们这些老八股看的，何必要没事找事，自寻烦恼。

有一句网络语言，曾经在我生日那天，给我带来了巨大的快乐。极有可能这是一位女孩儿的天才发明，她跟男友在网上吵架，想让对方明白她的择偶观，又不忍心直接表达，想起《醒世恒言》中苏小妹三难新郎的佳话，于是就噘着小嘴儿说："呕稀饭爹淫 84 酱紫爹淫。"男友居然是秦少游一流聪明人物，运用小学教师修改学生错别字的基本功，迅速得出此语的正规写法是："我喜欢的人不是这样子的人。"也就是说，她不喜欢他，即便他如此地会修改错别字，也难以得到她的芳心。

由此我联想到了 20 世纪中期，国内流行过一阵子的汉语速记，觉得这句网络语言除了"84"替代"不是"，将此二字减少了几个笔划之外，其余的八个字都复杂了若干倍数。如果从中抽去滑稽搞笑的作用，仅从简便迅捷起见，此句难以达到推广的目的。而且它无意中还暴露了这位苏小妹的身份和追求，她似乎是一个准香港籍小姐，或者十分地向往港台，热爱和模拟刘德华的发音方式：呕稀饭爹淫 84 酱紫爹淫——我喜欢的人是华仔这样子的人。

21 世纪初一场网络语言的革命，正在静悄悄地登录华语大地，其中有一些势必要取得辉煌的成功，而另一些，则会沦为未遂的暴动。无须惊恐，也不要愤怒，老八股们的唯一出路是加强学习，隔两三天，添置一部增加了许多词条和价格的新版辞书，这样才会踉踉跄跄地跟上时尚。要么就索性放弃对网络世界与青春物语的窥视欲望，去旧书店里淘点子古书回来打发日月，不然的话，既不能成为人家“呕稀饭爹淫”，自己还会气得“呕稀饭”，那真是何苦来哉？

改变中国人的陋习

丙戌年正月初七，我冒着寒风，去送别一位生前曾留给我笑容的逝者，仓皇中我走错了医院，因此晚到了七分钟。所幸送别的队伍很长，从门里拐着弯儿地排到门外，殡仪师把最后一朵白花递给我的时候，我看见了很多熟人的侧影，他们面部的表情是悲戚的，有的眼中闪着泪光。逝者生前无非是一位翻译，于是我相信这些悲戚和泪光的自觉与真实，因为这里是灵堂，不是剧场。我在戴白花的人流中继续寻找昔日我们共同的同事，找着了一些，还有一些没有找着。我感到了一丝失落，原以为大家都会聚在这里，死去的和暂时还没死去的，这里是双方最后的一次聚会。

我咨询了联络人如何发布的消息，与传统的公告信函相比，新世纪的治丧委员会与时俱进地用上了高科技，根据不同的人，大约采取三种不同的方式。一种是打电话，一种是发手机短信，一种是在网上通知。我还想了解用哪一种方式通知哪一种人，回答说对断定必来的人打电话，对不知来否的人写短信，对肯定不来的人发电子邮件，后者是避免收件人婉言的推脱和勉强的光临，同时也为了逝者以及遗属的尊严。此外还有一个好处，可以减少口舌和电话费，却能使人圆满地完成通知任务。

联络人骄傲地认为三分法是最聪明的，我立刻表示了认同。我说假定在一个特定的岁月，双方曾经在心里暗自发过“这辈子死都不想再看到你”的誓言，而同事们并不知晓，那么这种网上通知的做法就能在成全一方的同时，也免去了另一方被心怀异想者在自己脸上不严肃地看来看去，算是对双方都给了面子。在过去的生活里，我们传统的通知方式其实充满了动员、命令和胁迫，那时没人发明网络，因此也没人发明把网络用于改变通知的方式。

然而对于有利害关系的权势者，这个方法目前还没推行，联络人会选择比电话更好的工具。

初七之后，我听说已经用于丧礼的网络接着又用于了婚礼，妻子单位的工会干部把同事即将结婚的喜讯分别发进了职工的邮箱。20 世纪末叶，机关单位的工会干部和婚礼爱好者们，喜欢左手一张账单右手一支圆珠笔，挨家挨户号召为新人捐“份子钱”，份子们清楚地看见，账单的排头上事先已经有了一个参考数字，大家只好按照这个数字开始掏兜。其实这对新人与同事们的关系处理得并不好，有时还为奖金的问题发生过争执。妙的是谁也不能让人看出自己的小气，纷纷迅速地当众出手，捐完钱后才背过身去犯起了嘀咕。

网上婚讯降低了中国人的面子成本，也使婚礼爱好者们把更多的精力投入到学习和工作上。在这之外还有一个相当大的好处，年轻人可以通过这个测验，知道自己是不是真的讨人喜欢。

然而对于有利害关系的权势者的子女，这个方法目前也没推行。不是推行不了，而是很多人会主动地打听婚礼的消息，一直都在暗中等待着这个机会，时刻一到，会带上早已备好的重礼，争先恐后地去喜欢他们。

于是我便又想，到了我们儿子那一代，情况或许会有不同，网络甚至还将改变中国人更多的陋习。除去葬礼和婚礼上并非自愿的聚会，还有一些更加频繁的政治报告会、工作总结会、精神表彰会，诸如这些会议完全有可能在有声网上进行。这样做的好处是省地、省时、省钱，还能锻炼主讲人语言综合和表达的能力，通过高科技的处理把“那么”一类废话都给抹去，三个小时的演讲压缩到三十分钟，使之区别于王婆娘。聆听者都坐在自己的电脑桌前，自己喝茶自己去倒，听他讲的全是假大空话，可以用鼠标轻轻一点，改而去关注其他的信息。

当然这样做也是有一弊的，比方说听不到所谓暴风雨般的掌声。不过倘若讲得很好，掌声自会响在听者的心里。倘若讲得不好，虽然听不到鼓掌的声音，不也听不到打呼噜的声音吗？因此不要担心王婆娘的会议转移到了网上以后，将会失去昔日的听众。那些听众也许本来就是受绑架的，他们手拿纸笔坐在那里，满脸肃穆，两眼发呆，心里到底想的什么，只有他们自己知道。

日子再往后去，大大小小的选举也将在网络举行，就像按照自己的审美和意愿，给一位参加大奖赛的网上歌手打分，一人手里一只鼠标，箭头在竞选者的档案和业绩上悄然游走，目光一亮，忽然停下，大家便各自选中一位足可信赖的人。选举的结果，真正取决于民众的点击率，鼠标的箭头老是不往他那儿去，那人就该从网络与现实的位置中一道消失。

网络诞生于进步的时代，网络又引领着时代的进步，一点一点悄无声息地改变着人类。因为这个我爱上了神奇的网络，并且希望全世界的人都爱它和善待它，寄予它很多伟大的希望。

经常在夜深人静的时候，我独自为它激动不已。

为网络打抱不平

网络一边给人类带来无限的方便与乐趣，一边又成为人类无形的被告。被害者们愤怒地指出，女骗子用它骗钱，男骗子用它骗色，还有一些人心不足蛇吞象的骗子双管齐下，骗色的同时顺手牵羊把钱也骗了，经营界的行话叫作一条龙。然而这并非是最可恨的，最可恨的乃是网络上还有一种魔鬼游戏，让人玩了以后就想杀人。

这些问题的确严重，正因为严重才值得写篇文章，跟愤怒者讨论一下问题的出处，讨论一下网络与犯罪的先来后到。主讲人当然认为，犯罪在先，网络在后，根据是早在20世纪末地球上还没有出现网络这种怪物，往前数有多少个年头，人类被骗、被奸、被杀的历史就有多少个年头。石器时代用石器杀人，青铜时代用青铜杀人，没有英特网一点也阻挡不了杀人的念头和行为，其他的网照样能叫人头落地。诸君请看，电视里每天都在嗷嗷大叫的武侠片中，一张渔网从天而降，把一位有万夫不当之勇的英雄网入其中，拖回去剖腹挖心，实施各种刑律之苦。把青春期国民犯罪之因全然归结于网络游戏，这种思想，我认为有点儿幼稚，有点儿浅薄，也有点儿偏颇和不公道。

网络游戏是网络的一个最调皮的小儿子，它的爸爸为人民服了很多的务，因为网络游戏这个小家伙的出世，使人忘却了它无数的好处。其实就说网络游戏本身，我也不认为它有什么罪过，小时候我们玩积木，并没有立志要做伟大的建筑师，玩木头做的手枪，也无非是闭上一只左眼，对着小伙伴说一声“啪”也就罢了，从没想过真要把人拉出去执行枪决。网络游戏不过是现代的积木和玩具手枪，一个人有了作案动机，他会满世界地寻找相应的工具，床头上的一只袜子也会让他颓废的思想瞬间受到启发，三毛使用的不就是一只结实的长筒丝袜吗？当然她杀死的是她自己，但是凶手兼被害人的妈妈，并没有起诉设有袜子专柜的商场，也没有建议有悲观主义倾向的女作家以后要打赤脚穿高跟鞋，以此保护更多人的身家性命。

我家共有三台电脑，一到晚上各上各的网，老婆既不骗钱，老公也不骗色，儿子尤其不好奇一个人为什么要杀另一个人，只会在网上读书做题，小型社会是非常的和谐。有时候我还动员儿子学习累了玩会儿游戏，包括那些战斗的游戏，我的观点是杀人之心不可有，防杀之心不可无，有歹徒入室抢劫或绑票勒索，或许游戏中的某个方案还能起到决定性的求生作用。不妨让我来做个假设，假设一位英雄少年智勇双全，救人救己，有记者闻讯采访，得知其本领来自网络游戏，而这位记者刚刚撰写一篇声讨网络游戏的檄文，不知此篇又当如何去写。2005 是抗日战争胜利六十周年，电视里的八路军每天都在跟日本鬼子浴血奋战，好孩子看了无不激起国仇家恨，但要是遇上一个坏孩子，喝多了酒想吃西瓜，瓜主要钱没有给的，顺手抄起一把切西瓜刀捅向人家的腹部，你总不能怪电视里不该出现拼刺刀的场面吧？

网络是什么？网络就是那把切西瓜刀，用马克思的话说，它属于生产力的范畴，而非生产关系和社会意识，使用这种利器解剖西瓜比石器时代的钝工具来得有效，它的诞生原意是为人类谋幸福，炎炎夏日吃了西瓜，可以一身清凉地去实现英特纳雄耐尔。然而有人酒后误解了此刀制造商的初衷，不把它用于崇高的事业，倒一心扑在杀人的游戏上，你怎么能把罪责强加于刀？当然也不能怪酒，武二郎喝了十八碗酒后，一顿拳脚把吊睛白额大虫给打死了，为景阳冈一带的贫下中农除了一害。他的鲁哥，花和尚鲁智深喝的酒还没有他多，却把佛教圣地五台山的文物破坏得一塌糊涂，老住持口念阿弥陀佛，号召小弥勒们将他赶出山门。学不严，师之惰，这能怪老和尚没教育好吗？我们中国目前有一股可爱的潮流，错误明明是某甲犯的，恰恰把某甲保护起来，专找某乙某丙以及某丁的麻烦，甚至戊己庚辛也难逃干系，唯独某甲本人一脸的委屈。其实凭良心说，破坏文物案不能怪老和尚，因为金老汉的员外女婿送鲁提辖一上山，住持就及时跟他签了合同，戒酒戒肉，戒色戒欲，笔名智深也取好了，是他自己不守纪律，如若再要管得严些，恐怕他还会手持禅杖对着师傅的光头大开杀戒。

所幸宋朝那个时候没有电脑和网络，不然依着花和尚的顽皮秉性，不天天在网吧打游戏机才是怪了！这又说到那部小说中的另几个人物，王婆开婚姻介绍所，骗客户的衣服料子，她要网络干什么？有一间卖茶的铺面房，外加一张好嘴就行了。西门大官人骗色也不用网络，他的办法非常原始，喝酒时假装筷子掉在地上，用手去捏人家娘子的脚。直到今天，偏僻山区拐卖妇女儿童的案件还时有发生，穴头的方法跟网络没有半点关系，那些鬼地方要是能通宽带网，能在网上看到防骗指南一类信息，悲剧发生的几率反而要小得多。

网络给了我太多的好处，做人得讲义气，所以当网络以及网络游戏遭人误解和攻击的时候，我忍不住要替它打抱一个不平。

千秋功罪网来评说

这句话说得太大，说得太早，但是没有关系，说大总比说小好，早说总比晚说好，这说明主讲人不仅先天下之忧而忧，而且先天下之乐而乐。注意，不是范仲淹说的那个后天下之乐而乐。因为网络这个东西自从一出世，它就在改变着世界，创造着奇迹，从这点来看，在以后漫长的日子里，它还将干出的惊天动地大事，决不会少。别的不说，我们仅看与作家有关的几个项目便知端的，上世纪末，几乎是在一夜之间，它以神秘的投影瓦解了中国传统的文房四宝，以神奇的速度嘲笑了大清以来的邮政传递，以神话般无极限的空间简直要取缔全世界所有的报纸、刊物、书籍、平面的图画和其他文字。

它还要雄心勃勃地兼并书店、剧场、影院，以及更多巍然耸立的纸媒机构，节省地球上的很多资源以及地球本身的一部分，开创出一个漫无边际的空中文化系统，最后它究竟要把世界引向何方，我们大家都在静候佳音。

但是它在接受人类颂扬的同时，也在不断遭到人类的误解和攻击，最近一例，说是一批当红的影视歌星和电视节目主持人，他们的性生活也被一网打去，丰富多彩，图文并茂，把当事人气得直翻白眼。我的看法，这是错的，不应该这么做，明星歌唱得好，你就听她唱歌，舞跳得好，你就看她跳舞，电视剧演得好，你就看她演的电视剧，开心辞典主持得好，你就开开心心地听她提问，你干吗要了解她的性生活呢？在那个方面，全世界所有的人其实都差不多，明星们一天到晚忙着化妆演出，处理某件事情的技术甚至还不如没事干的人先进和纯熟，与其知彼，还不如知己，何苦要去上网挨骂。这是其一。

不过我劝明星本人，也适当地放清高一点，自尊一点，爱自然是要做的，但是尽可能地保持跟自己真正的爱人，这样一来，网民就觉得明星的性生活跟自己一样，看你还不如看自己，就不再表示好奇了，你号召他们来看，他们的鼠标还懒得往你身上点击。然而，你要是跟赖昌星之类的货色搅在一起，你的点击率当然就得一路飚升了。这是其二。

其三，真要是问题严重，请听我出一个馊主意，第一不能割电线，第二不能砸电脑，这两样东西没有罪过。既然这个网吧是黄色的，那么就好，实事求是，由政府的人出面买一桶黄颜色的力邦漆，把这个网吧的门窗墙壁都染成黄色，再做一套乾隆皇帝那样的黄马褂，作价十万元卖给网吧老板，叫他上厕所都穿着，不穿不行，为什么呢？因为他开的是黄色网吧，黄色网吧的老板难道还要穿绿色马褂不成？绿色是安全环保的标志，涂有这种标志的网吧，未成年人可以放心大胆地进去，一进去里面的叔叔阿姨就发一块巧克力，然后教给你一个游戏规则，如何玩法。这一下子，问题不就解决了吗？总而言之，攻击网络而不是网站的做法，非常的苍白，非常的没有力量。

小的时候，我看过一出鞭打芦花的戏剧，说的是一个做后娘的，大冬天的给两个儿子缝棉衣，亲儿子的一件里面装的是棉花，继子的一件里面装的是芦花，孰料亲儿子关心弱势个体，毅然舍己为人，孔融让梨，他让棉衣，把自己那件装着棉花的衣服换给异母弟弟穿了，自己穿上装着芦花的衣服，结果冻成了重感冒。后娘气得要打继子，见义勇为的邻居向知府报案，知府大人说这事都是棉衣害的，喝令兄弟二人把棉衣都脱下来，扔在地上让衙役用鞭子一顿狠抽，棉衣被抽了个稀巴烂，露出里面的两样货色。于是真相大白，后娘羞愧得无地自容，在知府大人的素质教育之下，以后成了一个心灵美的好后娘，对待两个儿子一视同仁。实践证明，这是一个睿智的知府，他的责怪棉衣与有人责怪网络游戏是不同的，他知道棉衣无罪，那不问青红皂白的一顿鞭子，实际上是旁敲侧击，一下一下抽在了虐待儿童的后娘身上。

中国有一句家喻户晓的俗话，用餐的时候严禁使用，说是拉不出来屎赖茅厕，这句话的最后一个字念“私”，意思是明明自己没听洪昭光教授的健身指导，多吃水果和蔬菜，因而引起严重便秘，却不进行内省和自我批评，偏偏把矛头对准没有促泄功能的坐便器。这句话虽然难听得很，但是它的精僻、深刻、生动、形象，却远远胜出许多疙里疙瘩的哲学著作，几乎要属于朴素真理了。不过相对上述那句难听的俗话，现在问题又反过来了，主人公的肠胃有了毛病，拉出来了一些不该拉的东西，有人也要赖茅厕了。

赖也赖不上，赖上也没用，因为无论如何，已经进入全球网络信息化的时代，世上谁也没有力量挡住这股泥沙俱下的东流水，让人类重新回到过去慢条斯理的日子。何况再说，即便能够回去，已经尝到网络甜头的同志们，无网的生活还能习惯吗？

此线只应月下有

在白先勇、王蒙、刘恒分别获得三种文学奖项的，北京作家协会召开的颁奖会上，我首次收到一张名叫“中文在线”的蓝字名片。当时我并没怎么细看就塞入兜里，它的下落如同很多在机场、车站、宾馆、饭店、商厦、公园以及其他公共场所收到的名片一样，离开首都剧场以后便不知所终。

某日我闲着无聊，上网查字玩耍。先查了“媒”字，出来一大串儿：媒体、媒介、媒人、媒妁、媒怨、媒质、媒子、媒婆子……又查“网”字，又出来一大串儿：网子、网兜、网点、网线、网纲、网巾、网篮、网篓、网球、网罗、网膜、网眼、网络、网虫、网页、网址、网民、网吧、网费、网恋、网购、网约、网上骗子……接着再查“线”字，又出来一大串儿：线索、线条、线圈、线段、线材、线春、线路、线脚、线面、线毯、线呢、线头、线衣、线香、线装书……

其实并非无聊和玩耍，而是在试图发现这三字之间的关系。结论立刻就出来了，它们岂但存在关系，而且本身就是一体。这时候我鬼使神差地想起那张失踪的名片，忽然觉得那个网站的名字取得不错，临渊羡鱼，不如退而结网，然而没有线何以结网？没有网何以打渔？何以网罗天下男女以行媒妁之事？

这期间陆续有北京的有声读物网、书生网，湖南的科技远景网等若干网站与我联络，伴着设计精美的名片，还有从邮局挂号寄来的宣言书与空白合同，坐地铁来到家里的年轻人。隔三差四，前前后后，据不完全统计，我有幸得到过他们单位抑或个人寄赠的各种物品：免费阅读卡，实验剧院先锋话剧嘉宾入场券，文字与音像光盘，铸有网站徽记的旅行杯，绣着“书生”的红绢靠垫，刻着“不忘师恩”的水晶球，中秋月饼……有一次北风怒号，年关将至，版权部主管初丛达小先生还登门送来了一笔版权使用费，以资买米。这位书生网又高又壮的白面书生，同期送来的一种最是令人难忘的好东西，是他一张大白脸上弥足珍贵的憨笑。

稍后一些，我又收到了蓝色“中文在线”的第二张名片，一位名叫海天的青年到我府上，洽谈合办一份文学杂志的伟业，这根野心勃勃的线头试图穿过网络，进入网外之境的传统纸媒阵地，从朝不保夕的老爷子们釜中再分一杯羹去。接着我又收到了第三张，这次是一位名叫艳宏的女孩儿，我想起了一首早年流行的游击队之歌，在一座密密的树林里有他们无数的好兄弟，以及姐妹，他们或她们似乎是在一张网络、一条主线、一个足智多谋的游击队长统领之下分兵作战，各条支线的线头酷似鱿鱼的触须一样四处游动，在京城的大海中快速寻觅捕获的对象。

艳宏在网上查阅了我的档案资料，然后代表“中文在线”来与我签订版权合同，顺便也给我带来两本名叫《幻王》的她们的纸媒文学杂志。我认出了这个杂志的母体，正是半年前海天到家来跟我洽谈合作的《都市小说》，该刊的女社长兼总编辑芦伶莉曾经请我做他们的顾问。我从杂志的封面和版权页上发现了与上次所谈不同的两点，一是年度合作变成了单本合作，一是海天的名字变成了唐风。

三天以后我旅行去往异城，负责接站的是一位网名叫作仰天啸的朋友，他正在网上以每期一章的速度公布一部漫长的迷幻小说，我特意把《幻王》带给他，作为夜半相逢的见面礼。果然他就喜出望外，此时天色未晓，我们在一家酒店大厅相坐饮茶，仰天啸公高谈他的网上粉丝和上千跟帖，谈到得意处就仰天一声长啸，两保安持棍而来，欲行禁止，一听是说网上迷幻，也便被迷得坐下听讲，不知脚下幻软实软。

社科院哲学博士尚杰先生叫板文坛，撰有一部跨文体大著《完美的折磨》，私下允许我为继阿蕾之后的第二读者。一番阅省，遍体生津，想起“中文在线”宣称连通纸媒出版体系以及反盗版的神奇功能，力主作者全权交付女游击队员艳宏联络出版。本是太虚初试，不期然此著很快就要问世了，令我惊羡。尚先生的处女作一点儿折磨也没有受，却坐享如此完美的结局，功在月老，中文在线，实在是一根为人民服务的红线线。

此线目下放射的几根最亮光芒，除却旨在将中国作家一网打尽的版权代理，尚有它的反盗版行动和书稿经纪，网络的倚天奇术使其动如脱兔，温酒斩贼，然后走马再荐诸葛。言及此处，我忍不住要为一些有眼无珠的出版社担一个杞人之忧，主事者或近亲结婚，或误识东施，或路碰忽悠女，或引雌狼入室，将好端端一座文化的雅堂经济的宝库，硬生生整成垃圾站和狼崽窝，怎么就不肯到月老的桂花树下登几个记，迎娶一些既能生儿育女，又能提篮小卖，作风正经名声且好的良家女子呢？

即将消失的鱼雁传书

网络把人变得天涯咫尺，网络也把人变得咫尺天涯。邻居与我相隔一道承重墙，听说我收到友人传来的好文章，如在过去，敲一下门，想看就来看了。但是网络时代不然，先打电话联系，将邮箱号码发于我的手机，然后恳请在我方便的时候把好文章发过去。依计而行，几日之后，在电梯口偶尔抵面，竟像他乡遇故知，欢喜不已。又有一好朋友，虽非隔墙，也仅隔楼，彼此相距约百米余。一个上班，一个不上，一个六点钟吃晚饭，一个七点多钟才吃，一个吃完饭携胖太太共遛一狗，一个吃完也遛，却只遛自己的腿。由于双方前后错一小时，居然一年未曾谋面，平素都在网上联系，密切得很。忽一日，邻楼好友写信问我，昨晚七时许在门前大马路南边人行道上，有一长发男人仰脸望天疾步如飞，老婆说是像你，我说不是，理由是七点钟你正吃饭，我们夫妻二人打赌，谁个说错谁个洗碗，你说到底是不是你？我回信坦白说是然也，昨晚与朋友在外聚会，提前赶了回来。

老父亲现年八十，写信是童子功，时代越是向前发展，他就越是失落于发挥不了写信的才华。想当初在我小的时候，父子之间家书往来，他的开头是某某吾儿，结尾处父字云云，一写就是三四页纸，我的回信只有半页，还努力把字写鸡蛋大。当了右派，他竟以写信的手艺幸免了多场批斗，替公社主任的儿子写恋爱信，替大队书记的女儿写入党申请书，还有一次民兵连长搞了人家老婆，还送一斤红糖来请他写过一份检讨。

凡这类事一经他手，无不取得成功，得了好处的诸位也都在暗中保护着他，于是他跟罗隆基章乃器们不同，平反之后，还念念不忘那段写信求生的岁月。如今倒好，他写信来，我回他一个电话，因为比邮政快。他再写信来，我把回信发在老家朋友的邮箱里，委托打印出来转交给他，不仅比邮政快而且比电话省钱。久而久之，老父亲看不到我的手迹，如同拍马叫阵的老将望见对方的城头上高挂一面免战牌，英雄无了用文之地，终于觉得这烽火之年可抵万金的家书没什么写头了。

除了家书，天南地北朋友的书信也将绝迹。上个世纪，我每年的书信最多可达十余公斤，还不包括年节的贺卡。现在没这事了，相互赠送新书，表现最好的尚在书中夹一短笺，以潦草的笔划写上几句比唐诗还少的字，一般的只在扉页签个某某先生指正就算了结。贺卡也有一部分改在了网上，鼠标一点，里面的人就给你作揖拜年。好倒是好，只是不能拿到邮政局去兑一等奖。

作家朋友之中，目前只剩下两人还用文房四宝跟我通信，一个是陕西的贾平凹，一个是湖南的聂鑫森。贾平凹至今不会电脑，作代会上我劝他把网络建起来，他说“饿（我）回去就告（搞）”，但他回去多日也没有搞，仅把手机短信学会了，给我发来一个很凝练的句子，我立刻对他表示热烈的祝贺，以后我们就以短信取代书札。真正认识到网络的重要，是猪年网上有人造他的谣，说他嫖娼被抓起来了，气得他要在网上骂人，可惜不会上网，任人欺负，十分后悔不该没听我话。接着他写了一篇纪念路遥的文章，网上又有人给他加油添醋，害得他无计可施，最后托人把手稿贴在网上，以正视听。

聂鑫森的电脑网络其实已经玩儿得相当的溜，但他网上的信不值钱，我就要他用狼毫写在套红十行笺上的信。从前逢年过节，他必画一幅画，附一首诗，让邮政局的人给我送来。今年是鼠年，他倒是学贼了，去文物古迹市场转了一圈，发现字画价格与猪肉共涨，就去买了一个数码照相机，把画好的画拍照下来改从网上送我，真品留下到海外竞拍，以为这样可以敷衍塞责。孰料我哪里能够同意，收到翻拍的图片，我回信夸他画得实在是好，接着又说，最好春节之前再画一幅，还像以前那样从邮局寄我。

他就又给我画了一幅寄来，一株古松，四只松鼠，一鼠倒悬于松树之上，三鼠在松下觅食松子。附一诗曰："家居松涛万顷间，饥餐野果渴思泉，君虽称鼠休惭愧，心底无私可对天。"查看邮戳，因湖南遭冰雪之灾，路上走了半个月，我自然不从邮局回他的信，网上写了几句张打油："鼠年送鼠十多天，鼠标一点回信完，网络虽好摸不着，还得有画挂房间。"然后鼠标一点，挂画去了。

网上抢亲

平日读网，总会遇到一件事，正在键入邮箱代码，发现那道横格子里为何不显示英文字母，大惊失色，以为电脑又坏了。赶紧四处查找，竟从电脑屏幕的右下角找到一个小方块，如腰疼者贴在患区的伤湿止痛膏，红砖步行道上的刻章办证启事，以及穷人早当家的孩子李铁梅肩上那个异色的补巴，几个香车美人之类的小玩意，在那小方块里妖艳地扭来扭去。你须得硬下心肠，操动鼠标把它们驱逐出境，然后才能进入自己要进的程序。

这情形好有一比，好比你计划去看望一位女朋友，刚一出门，拐角处跑来一个不相干的婆娘，当街把你拦住，花枝招展，风情万种，使出浑身解数请君入她的瓮，令人想到抢亲。若是遇上好奇的小青年，跟她走到一个去处，什么都没做成，忽然间记起自己的女朋友来，时间不知不觉过去了个把钟头，回头已经夕阳西下，断肠人走到天涯去了。

问题是风情万种的拦路者们，急着要卖的东西也很难卖得出去。原因在于有钱人年纪偏大，久经沙场的老狐狸才不上你当呢，翩翩少年倒是见一个爱一个，可惜身上又没有钱，目前还处在打拼阶段，咬牙跺脚买辆摩托还有可能，香车宝马就别提了。因此我对网络上的产品推销商们表示由衷讨厌的同时，也施以深切的同情，误人误己，还招人烦，真是何苦乃哉。努力推销的货色再要是假冒伪劣，坑蒙拐骗，玩儿空手套白狼，有人吃亏上当过后，不骂他个不要脸的才怪。

由此联想，我曾去商场买过一次抽油烟机，掀开门帘，迎面扑来若干女郎，红嘴巴里学麻雀叫，争先恐后要这位先生买她家的那个牌子，说是抽油烟的风力如何强大。吓得我拨马便逃，恳请她们别把我的血压嚷上来了，到时候再能抽风也抽不下去。我告诉她们最好的促销员应该是十指微曲放在小腹前面，露十二颗洁白牙齿耐心等待上帝的垂询。结果我在一个背静处买了一台，那里的小女孩儿没有这群扑上来的麻雀会说，我问一句她答一句，无为而无不为，用她的实事求是竞争走了我的这笔生意。

电视里的那些广告明星，对我更加不起半点作用，她们越是说好吃的东西，我越是不买，我知道厂家是卖不出去才花钱雇她们来蒙人的，卖得出去早卖光了。而且那东西肯定比成本价高出八倍，因为广告蒙人费都是羊毛出在羊身上，豆腐早已超过了肉价。味道也不会好到哪里，别看那些戏子嘴里嚼得起劲，闭目沉醉作欲死欲仙状，其实刚咽下去的那个冠军牌水饺是自己老妈包的，跟广告宣传的产品半点关系都没有。所幸，好像先知先觉，我家电视是画中画，随时开着一大一小两个窗户，但凡广告出来，嗖的按一个键，另一台晚会就来及时把它赶走，一分钟都不耽误，让你白花黄金时间一秒一万的广告费。

又回忆我还在上班的时候，某日趴在办公桌上午睡，推门而入一条壮汉，哇哇大叫，将背上一卷铁丝往我面前一扔，从裤腰上拔下一把明晃晃的菜刀一通乱剁，叮铃咣啷，寸把长的铁丝截子如同散射的火枪子弹。俄顷将刀一收，拿手比出一个数字，原来是个推销菜刀的哑巴，逼着我买。我也学他哇哇大叫，摇手说是不买。中国有句俗话说得好，你有千条计，我有一杆枪，遇上我这号死心眼子，不需要的东西你就是动用人体广告，我也还是不要。

同此一理，那些沤着心呖着血地利用网络，妄图以虚假广告拦住我们前进的道路，一心想把我们骗去挨宰的奸商们，除了惹人恼火之外，他要是能让我花一分钱我算他有本事。多年以来，我就这样顽强地跟他们作着斗争，别说是一辆汽车，就连一件汽车玩具我都没买过。我认为一个有志气的自尊而有道德的商家，应该在不妨碍他人工作和学习的前提下，以一种对方乐意接受的方式推销他的货色，不要强卖，不要抢新郎，尤其是不要用经不起实践检验的人妖冒充新娘。

如果他不听劝说，决意要这么骚扰网民，那么我就免费告诉大家一计，每日一开电脑，可预先将鼠标的三角箭头对准电脑屏幕的右下角，等那张伤湿止痛膏一贴出来，立刻毫不留情地把它赶走。此计叫作守株待兔，又名枪打出头鸟，打罢还别忘了转告网友，那个产品你本来想买也不要买，以防有诈。

奥运风采与网络读图

上世纪末，一位名叫吟龙的年轻漫画家，请我为他两本上下卷的漫画书作序，从他口中我正式听说了读图时代。当时我思维敏捷地想到了四种东西，做小孩儿时最喜欢的小人书，稍大爱看的连环画刊，文革中与漫画相结合的大字报，接着还有台湾蔡志忠的画说庄子系列。那上面要文有文，要图有图，我的理解突然变得非常可怕，那些浩如烟海、汗牛充栋的中外文学名著即将作为可利用垃圾，被一车一车地运进有再生能力的造纸厂，化为纸浆，变成白纸，然后送到印刷厂，重新印上有图有文的书，按照国家规定的图文比例，7:3，或8:2。

否则何以敢称读图时代。我认为读图可以，成为时代尚可商榷，而且以上假设的7:3或8:2，还只能对文学才有可操作性，哲学呢？苏格拉底和亚里士多德呢？心理学和精神分析学呢？弗洛伊德发现的潜意识本我力比多又有谁能够画出来？世界一级的刑侦绘像大师如何？并非我们不愿意读图，而是图不愿意让我们，或者说不可能让我们读出它之线条和色彩以外的，只有文字才能解决的复杂内容。

但是读图时代的口号愈喊愈响，随着本世纪电脑传媒的日渐发达，还与时俱进地在这四字之前冠以“网络”。这一次它们的声势浩大了，真是叫作如虎添翼，除了一小撮顽固不化的真正的读书人，它们已经成功地把亿万读者改名换姓变为网民，娇惯他们在吞下最后一口方便面之前，以最经济的时间成本，从网络图片上猎取最多的信息。所谓的网络读图时代诞生的孩子目光敏锐但性情急躁，反应迅速却感觉粗糙，此外，这个时代还培养了大量的懒女人和格外勤奋的老家伙，网络图片上的美女嬉笑着吸收他们进色鬼队伍，好听些说，成为意淫和柏拉图主义者。

网络读图时代的到来，使大批缺少准备的文字工作者感到迷惘、委屈、不平甚至忿忿然，于是反抗，结果惨败。与此相比，除了依然反对时代一词，我对网络读图宁可选择享受。奥运期间这种态度尤其鲜明，因为我在观看有限的、一闪即逝的电视和现场画面之余，只需轻点鼠标，就能看到无以数计的我所没有看到的精彩。比方说全地球黑、白、红、黄各个种族的人民，在各个场所以各样方式庆祝奥运；比方说世界上最牛的两个人，最有金钱的比尔·盖茨自己拖着旅行包走进沙滩排球赛场，最有权势的布什汗流浃背、忘乎所以地拥抱半裸的美女球员；比方说还有一位名叫信海光的网络精英，他把各国五十家大报关于本届奥运的报头，一次让我看了个够。

我承认了视觉的力量，这些无语的图片的冲击力，有一些的确是我们业已习惯和偏爱的文字不仅在时间上，而且在能量上所不能达到的。

湘人聂老夫子似乎也爱网络读图，奥运开幕的翌日，他给我发来的七律让我一眼看出玄机：“鼓缶雷鸣动九州，百年奥运梦今酬。中华画卷淋漓墨，异域衣冠艳羡眸。焰火排空催夜短，金牌嵌玉待歌遒。纵横丝路飞花雨，共建鸟巢一地球。”其中“异域衣冠”一句，我发现是拍自各国的灿烂网图上的，因为飞进中国鸟巢的异域健儿，一律穿的都是运动服，也很少戴帽子。

我回他一首：“应封此夜为金宵，坐看五环卷玉蛟。千古中华圆夙梦，百国洋雀进鸟巢。长老席上布为大，健儿丛中姚最高。天亮且等红袖女，穿杨一弹射金标。”同样，“长老席上”一句来自网图，电视播放的开幕式上的布什，远没有网络记者捕捉到的那么深情，那么专注，这个美国总统，他简直是如醉如痴。

警告越俎代庖的人和网

刚过完年，一连串的好玩儿事就来了。先是我收到一些朋友的邀请，说是他加入了人和网，要我也加入。接着又有一些朋友收到“我”的邀请，嬉笑问我，人和网是一个什么党，加入这个组织除了那么严格的政审，为什么还要银行存款的密码？我不由得重视起来，打开那些邀请信再仔细一看，虽然信上写着朋友们的名字，邮箱却不是朋友们的，原来是那个人和网的越俎代庖。信上先喊一句口号：“人际关系就是生产力！”随后这样写道：

> “某某（英文拼写）：你好！我最近注册加入了人和网。这个网上好友圈给我的工作和生活带来了很多帮助。通过它，我和很多朋友、同事、同学保持了更紧密的联系，随时了解他们最新的联系方式和近况。通过他们的引荐，我还在人和网上结识了很多高素质的合作伙伴，找到了很多潜在的商业机会。我正在邀请我的朋友、同事、同学都来加入这个网上的好友圈，你也快点来吧！请点击下面的按钮，几秒钟就可以完成和我的网络连接。”

我让一些询问我的朋友把“我”的邀请信发给我，又将另一些朋友发给我的邀请信调出来，两相对比，是一样的。我便越发明白，这个名叫人和网的组织很可能通过一种高级手段，把我们的网络邮箱，以及与我们通信哪怕只有一次者的网络邮箱，差不多已经一网打尽。事情真如我的料想，晚上妻子回家，说是她也收到了“我”的邀请。我都是你的老婆了，怎么还要当你的好友？她一脸困惑，不知道老婆与好友谁个跟我更加亲密，为这问题可能思考了一天。接着，周末儿子回家，说是他也收到了“我”的邀请。嘿老爸，你邀请我做你的好友，那你得先请我撮一餐！

杨献珍先生的秘书萧岛泉先生，牛年八十大寿，清晨给我打电话来，先说要请我到一家俄罗斯风情的饭店，一边看歌舞，一边吃西餐，然后问我，人和网是不是天时、地利、人和的意思？我立刻料定老人家下面要问的事了，赶紧先下口为强，我问他是不是有一个叫野莽的邀请您做他的好友，老人家说难道不是你吗？我说不是我，我没工夫做这事情，作协给我建的博客三年我都没有装修，好友来了坐在哪里聊天呢？老人家说是呀，我们要聊天，就到俄罗斯饭店去边吃边看边聊。

我回忆收到的第一封邀请信，是我的忘年之交，天津老作家林希先生发来的。当时我很高兴，随即点击了“是”，然而接下来进入第二关，要填写真实姓名与身份证号的时候，我才想起野莽是没有身份证的，有身份证的另一个名字我又不想公布，就如同邀请我的是津味小说家林希，而不是七月派诗人侯红鹅。这样一来，虽然我在对方承诺保护隐私的前提下，填写了我的邮箱密码，但我认为，我并没有进入好友圈，因为对方明确地向我抱歉：对不起，您的注册失败！

林希先生每年要在美国度几个蜜月，我测算春节元宵过罢，老先生还没来得及动身，一个电话打到天津老窝，果不其然他笑呵呵地接了。二人先谈一番天地，接着再谈人和，他说他最早看到的这个东西，是来自某报的一个朋友，不过没有危险，纯粹好玩儿而已。我说我正要给《网络传播》写篇文章，刚好就写这个，你老人家也写一篇吧！我顺便为潘蕾女士拉着稿子。

接下来我继续收到一些朋友的邀请，有的甚至多遍，标题取得最妩媚的是“你快来呀，我都等了三天啦”！与此同时，另一些收到我的邀请的朋友也继续来信咨询，我一律点击哈哈大笑的脸谱作为回复，然后敲字，说是本人素质不高，也没有在人和网上“结识了很多高素质的合作伙伴”；而且，本人不擅经营，更没有“找到了很多潜在的商业机会”，云云。

我认为这类事件还会发生，既然我的邮箱密码被人盗走，与我有过通信关系的人数百以计，老头子们误会也罢，小女孩儿们尤得注意，也许他们先后都收到了“我”的邀请，此时心里正犯嘀咕呢。与其屡被质询，不如主动则个，我便起草一封公开信，群发了一拨人，让大家明白事件的真相。发罢就寝，依然难眠，睡到半夜又想起一拨人来，于是起床又发。重新睡下之后，发觉还有人漏网，决定天亮再发一拨。一夜一天都忙这个，将自己的正事都耽误了。

网络是个好东西，网上交友同样不坏，假如我有很多用不完的时间，道行且高得足以对付那些魔高一丈的网络精英，我会响应人和网的号召，在这张网上去找“高素质的合作伙伴”，以“共赴潜在的商业机会”。实可惜我无福生受，这是一件令人遗憾的事。

无耻的渔人

并不是我要替学弟邱华栋的新书做广告，事实上我是真的后悔莫及，如果早几日打开他送我的新书《教授》，我就不会好奇地点击任何来历不明的邮件，以至于被一个名叫人和网的组织盗用我的名义，骗取那么多的朋友加入什么好友圈。

《教授》第17章第173页，“叫兽”赵亮为了得到太太曾莉的第一手外遇材料，求助于建议他雇佣私人侦探的好友段刚：“尤其是她的电子信箱的密码，这个很关键，要是我能够知道她和谁有邮件来往，我就赢了。我预感，她的秘密都在电子邮件里。”段刚教授回答他说：“那要找数学好的，给你来计算出她设计密码的各种可能，或者电脑技术好的，以黑客技术，直接进入她的邮箱。你数学不错啊，经常玩数独游戏，其实，你满可以自己去破译你太太的密码，这多么有趣啊。”

段刚教授就找到了他的研究生，曾经以黑客攻击过日本右翼组织，还会用索绪尔的语言学理论，借助电脑分析小说《肉蒲团》的汉语词汇结构的童小林。这位电脑天才欣然领命。“这个我很擅长啊，段老师，您找我，找对人了。我前天还在设计一种病毒程序呢，就是专门感染邮箱的那种病毒，只要你打开你的邮箱，那么，你的邮箱就自动地向我设定的一个邮件发送邮件，就会秘密大泄露。这是一家很大的公司委托我设计的，他们给的费用很高。”

然后，曾莉邮箱里的全部邮件都被拷入了段刚教授的U盘。再然后，在一家饭店的钟点房里，赵亮在天才童小林的帮助下成功地捉获了两只在被中翻滚的肉虫——太太曾莉与一个名叫“北京浪人”的丑八怪。

我不由得打了一个寒噤，几天前，我遭遇到与那位名叫曾莉的女律师同样的情节，我说的是邮箱，幸好我的邮箱里没有北京浪人。出于礼貌，我打开了对方感染有病毒的邮箱，自动向它设定的一个邮件发送邮件，于是我的邮箱密码被“人和网”盗走，上百位与我即便只有一次通信关系的朋友，邮箱都被这个无耻的渔人一网打走。

从此几乎每天我都会收到回信一至多封，有收件者本人，如阿敏，居然是先知先觉，对我说早先自己也中过“同学网”的圈套，烦死个人，极其负责地劝我此刻就修改邮箱密码，因为里面还有她的多封邮件。有收件者家属，如阿成的女儿，替父从文说：“野莽叔叔，您好，我是若楠。老爸在外地，我替他回信。我认为他没有网络方面的‘特长’，让他加入啥啥网，他会很茫然。祝您春天愉快。”

我立刻愉快起来，暂且忘却人和网带给我的晦气，从大家的宁可信其有，不可信其无，真把我的邮件当回事中，得知了我在网络上的人缘。另一方面，我又十分佩服华栋学弟，小小年纪怎么会有如此之多的高科技的知识，他一定也收到“我”的入网邀请信，但他也一定会把它一键删去，半点儿也不会感到茫然。我认为，这是一位在国内真正走在前沿的青年小说家，我说的不是创作的思想和手法，我说的是在人物和事件的选择上，他们和它们都以最新的姿态走在时代的前列。

刘震云在《前行者邱华栋》中说：“内容也太庞杂了，信息也太密集了。”他是作为短处说的，我却觉得对于文学也许是这样，但是对于社会学，庞杂和密集恰又成了长处。就如同，我喜欢文学的福楼拜，也不讨厌社会学的巴尔扎克。而且我以上所说的只是“也许”，这就给未来的文学留有功能转化、扩展与多元的余地，另一种“也许”同样存在。

电脑黑客的网络钓鱼，往往假扮成享有信誉的公司、银行，或者神马子在线商店，向用户索要账户名和密码。还会用各种病毒感染私家电脑，获取对方的网络数据。网上公布，目下有微软、谷歌、雅虎、美国在线等公司被成功下手，其旗下的电子邮箱内有 3 万账户信息失窃，继而又有腾讯、淘宝、工商银行被列为被钓的前三条大鱼。中国反钓鱼网站联盟今秋已宣告成立，三个月后，捕获钓鱼网站 8342 个。这对于时刻面临灭顶之灾的鱼儿，自然是一种水中保护。

时代进步到了今天，便是毕昇蔡伦在世，大抵也会快乐地享用电脑网络这项新的发明，同时又为那些将聪明智慧用于制造电脑病毒的天才而叹息，而痛苦与烦恼。想起去年，我的家乡湖北有一位制造熊猫烧香病毒的名叫李俊的网络青年被捕之后，有人以百万年薪虚位以待，我曾经给《网络传播》写过一篇文章，题目是《无须为人类的病毒烧香》。现在我的观点依然没变，引用一句东北小品中的台词，都是发明者，差别怎么这样大嗫？

网络传播向何处去

《网络传播》是行业内的一本新兴期刊，刊名决定了其鲜明的办刊理念，前者是工具，后者是行为，二词组合起来，可以理解为用什么来干什么。干什么呢？尾端还有一个隐形的词，就是内容，用网络的先进工具进行快速传播的一种内容，它包括新闻、文化、思想。同时也有另一层的含意，刊物的主题即用以传播上述内容的先进工具：网络自身。

但是第一种诠释应该是更可靠的，因为使用任何一种工具进行传播，目的总是大于方法，这么一来，我们就没有理由认为它仅仅是一本讨论技术的刊物，譬如《栽培水稻的最新方法》，而更应是一本学术讨论的刊物，类似《新法推出最好的稻种》。因此我们就更加寄希望于它所承载的新闻、文化、思想的重量和价值，应该与迄今为止全世界范围内最先进的传播工具相匹配。

这就不但需要办刊人具备对于网络传播技术的熟悉，而且更重要的是应具备现代知识分子必须具备的良知、责任、胆识，从而把最真实的新闻，最进步的文化，最深刻的思想，利用网络的神奇手段传播出去，致使在精神上已经消灭国界的网民读者提高对于自己所处世界的认识和把握。这是《网络传播》下一步要继续努力的方向。

运用网络进行传播，这只是一种技术，而非艺术，对于新闻、文化、思想的成功的传播而言，艺术从来都比技术重要得多，这就需要刊物上发表的所有文章的语言、文体、叙述方式等更加新颖活泼，引人入胜。它的读者除了行业内的少数精英，还有工作在网络世界以外的数以亿计的普通人，让他们在这本关于网络的刊物里获得文化和思想的同时，还能享受到阅读文学和生活刊物的轻松与快乐，这将是刊物成功的标志。

这是一本中国级别最高的官办网络杂志，创办不久，我与我的几位好友都被画了漫画像，成为24号PPS的专栏作者。大家常常一对一对地在此邂逅，谈网说事，有时各持高见，有时异口同声，配合起来不亦乐乎。

主持人潘蕾女士是一位非常敬业，且又非常内行的编辑，久而久之，熟谙了我们各位的思想轨迹、知识结构和写作风格。于是，往往先向她选定的作者传播一些可资参考的写作材料，犹似为庖厨代采最新鲜的萝卜和西红柿，使其选用起来方便及时，得心应手。文章受到读者的褒奖，凭心而论，军功章上应有她的一半。

问题是24号PPS的厨房太小，一次仅容二人，开不了群英会，办不成大宴席。如将施展手脚的空间拓宽一些，出品势必也会更加精彩一些。另外，刊物的编排本身也是传播的重要手段，首页目录的文章标题后面居然没有作者的署名，这在国内外期刊界是一种罕见的错误。

得陈老三网信喜复

牛年6月，28日，竹溪新闻网周明鑫转来一信，有位署名陈老三的在网上寻找我的下落，发一小愣，继而大喜。信中提到1977年我等三人高考前夜，共眠一榻，我便立刻想了起来，这位陈老三应该是陈君，现任十堰市某部副官。我们曾是32年前的朋友，1977年恢复高考，耀林和我都报了名，当时他家住在竹溪县城关镇东门街（文革中改名为东方红街），钟鼓楼的西侧，县一中的对面，旧称武衙门，门前左右各有一面石鼓。那年竹溪的考试分场设在县城一中，因为与他家只有几步之隔，考前几日我就住在他家，饿了吃饭，困了睡觉，他家房子不多，我们睡在一张床上。

我写《庸国》第四卷的时候，写到清朝一个名叫张自成的竹溪千总，还想起他家住的武衙门。依照古制，每县应有两个衙门，文衙门相当于县委县政府，武衙门相当于县武装部，明清时称守备署，游击、守备、千总一类县级武官在此办公，打败吴三桂部的张千总很有可能与耀林是跨时代的同房。

那时我虚名在外，很多人都以为我会考取无疑，陈君也怀此想。我的同窗好友凌受举还专程赶来送我，同时赠我一条红色毛毯，预备我上了大学盖在身上。但是出人意料，通知下来，他取了，我却没有，事后得知我的总分已达，不该数学是一个零，录取规定各科成绩均不得空白。就这样我们命里不能成为同学，他乘车东进，赴丹江上郧阳师专，我步行南返，回龙王垭茶场继续深造。

我并不为自己数学得了零分而羞耻，因为考的是高中数学，我则只读了一年初中，大约上到一元一次方程的那一学期“文革”开始，停课闹革命，高考卷子上的数学题我闻所未闻。从此我脑子里生出一个念头，永远不上大学，却一定要给大学生们讲课，让他们读我的书。直到多年以后，教育部的刘道玉执印武大，对各类人才实行破格录取，搞文学的不考数学，优胜者直接插入大学三年级，两年后获本科学历、学士学位。我以第三名的成绩被武大录取，从初一到大三，中间跳了八级。要毕业时，校方开除了当年荣获第一的武汉学生，他的入学成绩是假的。

考前他是高中毕业，70 年代初邓小平一度复出，那一届的中学生趁机读了几年好书。在校时他开始创作，为竹溪一中的四大才子之一，属学院派，才子系列，齐名者有县城无人不晓的肖建森。

很多年后，我到北京，他则当了房县的纪委书记，我带妻儿回乡看望父母，他派一辆车把我们接到房县，洗温泉澡，钻野人洞，打保龄球。我忘了送给他书，他反倒送我一本他编的《武当山珍》。临别还送了我一桶皇酒，不是一瓶，不是一袋，而是一桶，有二十多斤，提在手里要把身子拧着才能保持平衡。我知道这是李显和韦氏从长安带来的东西，没舍得送人，全都自己喝了。

他请我到他家里坐上一会儿，我去坐了，比家徒四壁要好一点，像毛泽东时代的县级招待所。如果我是一个浅薄的作家，我会联想到纪委书记，联想到生活简朴、作风清廉一类的新闻词语。但我偏生不是这样的人，我用一双慧眼，看出他将不久于房县的一只马脚，笑问他说，是不是想调走？

问题是他的夫人坚决不接见我，理由是脸上长了个包，情愿垂帘听我与她夫君话旧。我不禁反思着，二十多年前，我参加过他们的婚礼，那时她在城关第二小学教书，光天化夜之下，大家争先恐后地对女老师说下流话，我也说了一段，不过这与脸上长包没有关系。

他们的公子在上海念书，带一个上海女孩儿回家过年。我叫了她一声侄儿媳妇，旋即遭到房县一位女县长的批评。女县长双手擎杯过来敬酒，用卷舌的房县话，说我真是个土老冒儿，应该叫女同学儿。陈公子与其父一样会写文章，当晚我一鼓作气看了三篇，带走一篇，回京推荐给《青年文学》，很快发表。听说他正读大四，我建议报考研究生，我的朋友评论家郝雨几年前调上海大学任教，我曾赠诗“郝雨知时节，当春乃赴申”，那年郝雨已是上海大学教授，博士生导师。我当场给郝雨修书一封，交陈公子和那位被我叫错的女同学，嘱咐他们回申之后，去郝府拜一个师。

但是后来的情况我不知道了，陈君与我失去联系，也没让我看他儿子的新作。我知道80后的青年是酷毙的，直到今天，老家和外地还常有50后的老人请我指导作品，陈公子却并不在意《青年文学》一类传统纸媒的提拔，他的雄心恐怕早已超过其父。

陈老三在网上发表这则启事，勾起我的往事如许，为了证明未能忘怀，我今撰文一篇也贴在网上，聊作回复。结尾处问一声我的兄弟，忙否？胖否？牙口好否？

月票书签

上个世纪80年代，我每天总有两个多小时牺牲在路上。过去我骑车，骑车潇洒，但是累，从家骑到出版社，储蓄一夜的元气大伤，再从出版社骑回家，进门就仰卧沙发不起。而况我性急，骑车必超车抢行，将那两个轱辘的小玩艺儿穿梭于喜怒无常的电汽车间，每每还要趁早生出加入人寿保险的忧思，以防某日真地葬身车腹，后来是因为想起人家奥斯特洛夫斯基说的一句名言，他说生命属于人只有一次，便决定采取自我保险的措施，敝帚自珍，于是改为乘车。大老爷们儿乘车实在不够意思，但从“只有一次”起见，保命率毕竟高于骑车，试想若是命都没了，即使很够意思又有什么用呢？考证北京的交通事故，一般都是一次死一个人，而一次死一车人还没有过。

乘车得转三次，清晨七点，自郑王坟而公主坟，公主坟而工会大楼，工会大楼而甘家口商场。下午逆向运行，转站亦然。乘车不仅不得轧死，且比骑车省力，两腿笔直地站着，不必弯曲着左一下右一下地蹬。但有一利却有一弊，从心情到肉体上，都不得自由，不是被某先生的胖屁股顶了腰（由于生活水平提高，男人的那个部位也喜欢长肉了），便是被某女士的高底鞋踩了脚背（越是乘车的女人越是爱穿钉了铁的高底鞋）。更多时候，则是车上四面八方的肉们联合起来，进行夹击。严冬到来，乘客固然可以相拥取暖，炎夏取的却只能是一身的臭汗，即便远看绝美的可人儿，彼时谅你也不会喜欢伊那热包子似的玉体，只恨不得离它三公尺才好。

而实际上，相距三十厘米的理想也不容易实现，但凡是乘过北京公共汽车的人，也许会忽然间觉悟过来，前辈们的理论并不是很可靠的，世上最紧俏的东西原来并不见得就是美女，这公汽上的地盘，价值连城。有时候你明明看着一对男女肌肤相贴，亲密无间，你以为他们是去办结婚登记的，但一个念头未消，便听得二人用恶毒的语言骂了起来，女的说男的用身体耍流氓，男的则说女的何不去坐小卧车呢?

北京上车的情景，简直如同空中来了敌机，无论小姐还是老妇，都是一种千篇一律的动作，将别人往外扒，将自己往里喂，女人的韵味，男人的风度，这时候都是阻挡人类进步的东西，统统都丢了它。通过一番搏斗，若是能够抢得上去，算是有幸，倘若还能扑住一个脏巴溜叽的塑料座椅，用以安排自己刚才顶过别人的部位，那实在要叫万幸。

一周里头，我难得一次坐的机会，一般是站客，于颠簸的破车上，于团结的人肉中，闭了两眼，装作即将行刑的死囚，最好的办法是用心来默数着剩下的还有几站，形容度日如年远为不够，因为是在度分度秒。心中悲叹连声，人生既然短暂，为何这短暂的一生还不抓紧去做点什么事情，抑或享点什么福也是好的，何必花钱待这流动监狱呢?光阴本来如箭，却还要匀出那箭的半根来受这份活罪，苍天全不怜见则个。

乘车生涯渐长，忽生一念，何不带本书看?打发时间，变废为宝，若是看到一段妙语，改善改善环境，只当自己对自己发了一个旅游奖。便开始车上看书，能抢到一个座位，当然是好到了极至，抢不到时则努力争取挤到票台边，以臂挽住栏杆，腾出手来好举书本。再不行就只好退居座椅一侧，以背靠之，仍有一手可以握书。

车上看书毕竟不能与在书斋相比，一碟瓜籽一杯香茶再加一只坐躺两用的沙发。车上看书有时还得会点武功，千军之中，挤而不掉，车簸人跳，二目不移。有时还得有点气功，气功者，忍气之功也，譬如某次在某车上，某男见我看书竟看得如此艰苦卓绝，断定有诈，唯恐我想以治学的优势夺取他可能好不容易才搞到手的女朋友，便侧身对某女曰：嗬，还怪勤奋呢！某女嬉笑。我低头作迟钝状，也笑。当然更多的时候是白白地拼搏一场，上车即被人潮挤到车正中央，头不可抬，腰不可直，前不着村，后不着店，需双手乱抓，才能稳住阵脚，这样就只好勤奋不成了，闭眼但称憾哉。

车上看书日久，我居然有一发明，将兜中月票作了书签，夹于正阅的书中，一车乘罢，下车时正好随手亮给售票小姐，转了一车，再接着看。日复一日，习惯成了自然，一日往返六次车，两小时许，三十二开的书，竟能读三十至五十页，如湖北老家的朋友杨书案先生，他赠我的长篇新著《孔子》，我就是在车上一礼拜间断读完，回编辑部写上好的意见，作为国内优秀作品翻译到国外去的。

乘车读书确有妙处，甚或有利还在书外，比方说可免去与人为一地盘的争执。你碰人家一下，人家骂你，你可能真不怎么还嘴；人家碰你一下，你也大多宽谅，只求事情早早了结。今秋我写过一个短篇小说，写某人被人踩了，尚不等人说对不起，便主动说出一个没关系来。不过事情总是有利有弊，诸弊之首，当推听不见报站。北京人本来舌头就比外地人大，好像迟早含着一个小号的萝卜，加之售票小姐儿偷懒节省唾液，报站的声音如同温开水漱嘴，呜噜呜噜，你再把注意力放在书中那就活该倒霉了。

为此我好多次坐过了头，有一次回家坐 324 路，从公主坟一直坐到了木樨园，大禹治水似的路过家门而不入；还有一次上班误上了 52 路快车，又从公主坟一次性运到天安门，眼见花山人海，摄者如云，方知来到了节日的广场，只好下车过地道乘 1 路回原站，再转 114 路到出版社。

生活是大作家

作家如想以编故事取胜，其实是非常不明智的，信手拈来一张今天的晚报，且看你哪位作家编得过它。

其一，六十一岁的老头儿朱多明喜欢遛弯儿，本月三日，身背六个鸡蛋，两瓶可乐，拉着老伴儿马雪英乘车遛到颐和园，想起报上说这里有个凤凰山，便去游山，不幸于返回时迷路，在山中困了十二天，恰在此间天降大雨，老俩口儿躲进山洞，洞中进水，至第七日，饿得半死的朱老头儿全力将老伴儿托上岩石，让她出洞呼救，自己凭着年轻时当侦察兵学得的知识，每日用可乐瓶喝三瓶雨水，以此使生命各以延捱。十二天后，方被老伴儿唤来的人马救出。

其二，塔克拉玛干大沙漠的一个小水坑里，有人发现一群小鱼游动，此鱼呈黑色，约两节手指长，比铅笔略细。目击者是中国科学院副院长陈宜瑜院士，此公确认，这群黑色小鱼并非由石油工人带入沙漠。

其三，湖北黄冈堵城镇军岭农民马启腾，一日在院中打水井，打到三十一米，儿子马迪觉得井口有气泡冒出，用火一点，竟燃烧起来，马家从此便用此井做饭，用时点燃，用罢吹熄。距离马家三十米远的村民汪松，院里水井也冒气泡，听说马家用它做饭他也来做，一点火却爆炸了，由此烧伤两只胳臂。

其四，成都老汉吴德坤家中养了八年的爱犬，突然发疯，咬了老汉之手，又抓伤其妻之背，两眼通红，满院蹿跳，主人吓得只好报警。两巡警持枪赶来，疯犬知它末日来临，与巡警展开激烈博斗，双方对峙十分钟之久，巡警连开五枪，结果了它的一条狗命。

其五，重庆几名目不识丁的农民，于拆迁的教堂清除垃圾时，捡到一箱字画，以为是废纸，抬到废品收购站卖，其站人员不收。农民就拿到回水沟市场去碰运气，摆了一星期仍无人要。遇一位喜欢收藏的教师，以每张十元的价格买回几张，请行家辨认，原来是明代董方达、清代康有为、民国徐世昌等名家的真迹，大喜，飞速赶去水沟再买，一箱字画已被一抢而空。

以上五则，只是一张晚报上刊登的一日新闻，没人统计过全国有多少家晚报，一张晚报一天要刊登多少则新闻，一年到头又有多少张晚报要印出来，而要构思出一个上述新闻那样的故事，不知作家要抽多少包香烟。由此便想，生活真是个大作家，依靠抽烟而编传奇故事的作家者流，实在是很小很小的。

京城一吃

老北京人饮食简单，早上起来一碟老咸菜，一个窝窝头，一碗大米粥，讲究点的把碟里的老咸菜切成细丝，拌几颗芝麻，一只炸焦圈儿，一碗鲜豆汁儿；中午一碗炸酱面，肉丁黄瓜胡萝卜都在里面，全家一人一碗，不用桌子，端在手里呼噜呼噜几下就解决了；晚上一盘水饺，水饺的做法和南方不同，皮儿是圆的，用七寸长的小擀面杖一个一个地擀，内包猪肉大葱，不讲造型，溜着边儿捏成一个半圆，馅不露出来就行，煮熟后捞进一只大盘子里，不要汤，不要油炸葱姜辣椒水儿，一家人围着盘子，你一个我一个地往嘴里夹，吃白的，嘛儿香。

这是老北京人的上等伙食，三年自然灾害时期是吃不到的，七十年代也不能天天吃。老北京人的饮食重实惠，不重口味，更不重形式，身子吃得白白胖胖，就是原则。

到了九十年代，小北京人可不这样，这时候全国好吃的东西都涌来了，甚至全世界好吃的东西也涌来了，小北京人的钱也挣多了，想吃就邀上几个哥们儿，开一辆车，打“的”也行，到一个曾经吃过或者听人说过的馆子，要两瓶酒，点几样菜，撮他一餐。

北京人的舌头别看大，却比外地人的娇嫩，怕辣，听说辣椒这个玩意儿挺好的，男人健胃啊，女人美容啊，就赶时髦似的上菜市场去买，买来买去却只敢买几个大屁股的柿子椒，见了真正的尖椒还是咧着嘴巴就走。

现在北京人舌头练出来了，无辣不成席，想吃风味，不怎么奔生猛海鲜的粤菜馆了，说是残酷，活鱼活虾还在盘子里蹦呢，怎么下得了口？也不吃淮扬的甜菜了，觉得那是娘们儿吃的，腻嘴，特没劲儿。要撮就撮一顿辣的，辣菜好，辣菜是咱们中国的国菜，没听人家湖南妹子宋祖英唱歌：辣妹子辣，辣妹子辣，辣妹子生来不怕辣，辣妹子生来辣不怕吗？咱大老爷们儿未必还不如一个湖南妹子不成？

可是北京人未必全都懂行道，辣有几种辣法，川菜是麻辣，湘菜是香辣，鄂菜是酸辣。这三种辣菜已经风靡了一座北京城，像三国演义中的魏、蜀、吴一样要三分天下了。慕名而去的食客无不白的进去，红的出来，那是辣红了脸；干的进去，湿的出来，那是辣出了汗。电视剧《爱情麻辣烫》在火锅里添了一味伟大的爱情，使川菜火上加油，越发火爆。湘菜一急之下，把已故的毛主席给搬了出来，大街小巷，高高挑起一面面毛家菜馆的大旗，而且重点推出他老人家爱吃的回锅肉。

与随处可见的川、湘两系菜馆相比，鄂菜在京城只有两家大的菜馆，一家是“九头鸟菜馆”，一家是“湖北菜馆”。中华民谣曰：“天上九头鸟，地下湖北佬”，是说智慧的湖北人和不死的九头鸟一样，应让人相待以另眼。此民谣其实是“唯楚有才”的通俗版。

“湖北菜馆”还有一个美雅的名字，叫作“季芳轩”，位于去颐和园途中的海淀区苏州街，一侧是饥饿的曹雪芹曾经投靠姑母，在那里写作《红楼梦》的、与圆明园同期建造的、距今已有三百余年历史的礼亲王花园。红轩古风，雅如其名，是才子和美人相会的地方。当然有钱的老板也可以去，不过去了不要酒后装疯。

“季芳轩”除了真正来自家乡的武昌鱼、洪湖藕、老通城的豆皮、湖北味的酸辣鸡、昭君爱吃的糯米糍粑、屈原爱吃的酸辣青蒿，还有几道不可能在京城他处吃到的菜，如酸辣魔芋豆腐、酸辣豇豆、凉拌蕨菜。

魔芋豆腐是一种野生的山芋状的植物磨成粉后制出的豆腐，其色微紫，切为半寸宽、二寸长、三分厚的片段，加青红二椒爆炒，鲜嫩而有嚼头，其味美绝，妙不可言，传说是《白发魔女传》中的魔女指地而生，现代医学称可防癌、抗癌，为第一号绿色食品。

酸辣豇豆也传说是二十七岁的诸葛孔明未出山前，在襄阳隆中读书躬耕时的发明。蕨菜的官称叫作薇，当年的著名爱国知识分子伯夷和叔齐亡国之后，不食周粟，隐居在首阳山中，每天吃的就是这个玩意儿。铁史家说金圣叹临刑之时，没喊一句口号，却闭着眼说："豆腐干和花生米同嚼，火腿味。"

金先生死前还贪恋着的这两样小菜此地都有，那真是叫作小菜一碟，并且是有湖北特色的熏豆腐干，金边银心，五香俱全，不见片辣椒却味在其中，与花生米同嚼味道比火腿还要好，先生在生命的最后一刻，若能到此饱吃一餐，虽死无憾。